anagramma

234

Prima edizione: marzo 2014

Roma, Casella postale 6214
Per accordo di Thésis Contents S.r.l., Firenze – Milano

ISBN 978-88-541-6193-1

www.newtoncompton.com

Stampato nel marzo 2014 presso Puntoweb s.r.l., Ariccia (Roma)
su carta prodotta con cellulose senza cloro gas provenienti
da foreste controllate, nel rispetto delle normative ambientali vigenti

Laura Schiavini

A qualcuno piace dolce

Newton Compton editori

A Livio L.

CAPITOLO 1

Maggie, Phil e io siamo comodamente distesi sul divano, davanti alla televisione, con popcorn, Coca-Cola light e patatine, neanche stessero per trasmettere la finale del Super Bowl! Sia chiaro: non che mi importi qualcosa del football… Non mi piace lo sport, sono una newyorkese ma non vado in palestra, non pratico yoga né pilates. Tantomeno vado a correre a Central Park. Per tenermi in forma cammino, come il settantasette per cento degli abitanti della Grande Mela. Un sistema senz'altro più comodo, economico e sano che sudare in una palestra insieme ad altri fanatici, al modico prezzo di duecento dollari al mese. Dopotutto, non è arcinoto che nessuna disciplina faccia bene al corpo e allo spirito come camminare?

Phil, che si mantiene, e piuttosto bene, gestendo una palestra, sa come la penso. La prima volta che gli ho espresso la mia opinione sullo sport mi ha risposto, scandalizzato: «La palestra è il santuario dove si va a purificare il corpo. E il corpo è, a sua volta, un tempio che noi dobbiamo curare al massimo delle nostre possibilità». Del resto, Phil è gay e si sa che i gay sono iperattenti alla forma fisica, quanto e più delle donne.

Comunque, la mattina mi faccio quasi tre chilometri a piedi per raggiungere la redazione di «Manhattan Rumors», sulla Trentunesima Strada, dove lavoro come giornalista. Tre chilometri che, sommati al ritorno, fanno sei. Li percorro ogni giorno purché non piova, non tiri vento, la temperatura non sia glaciale o tropicale. In pratica, circa dieci volte in un anno... Ma ho un ottimo metabolismo che mi consente di mangiare quello che mi pare senza ingrassare. Forse dipende dal fatto che sono nata l'11 febbraio, come Jennifer Aniston, che è in perfetta forma nonostante abbia compiuto i quaranta. Quando raggiungerò quel traguardo – spero il più tardi possibile – vorrei essere come lei. Tutti i miei amici dicono che le assomiglio. Peccato che non abbia ancora trovato il mio Brad. Ok, è vero che lei l'ha trovato, poi però l'ha perso...

«Ecco che inizia...», esordisce Phil dandomi una gomitata nelle costole. «Ahi, mi hai fatto male!», ribatto alzando il volume. Maggie ingoia un sorso di Coca direttamente dalla lattina e stende le gambe sul tavolino davanti al divano, mettendosi comoda.

Sul video appare l'immagine di una signora sulla sessantina, capelli permanentati di un colore grigio tendente all'azzurro, come si usava una volta, colletto della camicia abbottonato e chiuso con un cammeo. Voce modulata da insegnante delle medie. Maggie, Phil e io ci scambiamo un'occhiata perplessa.

«Forse non è il programma giusto», azzarda Phil. «Questa Costance o come diavolo si chiama assomiglia a mia zia Temperance, quella che ha settant'anni, non si è mai sposata, che la domenica va in chiesa e sforna torte di mele per tutta la famiglia...».

«Shh!», lo zittisce Maggie, «non senti che cosa sta dicendo?».

Alzo il volume e restiamo in ascolto. Dalla bocca della signora Costance stanno uscendo parole che niente hanno a che fare con l'immagine della settantenne zia di Phil, timorata di Dio e amante delle torte.

«Volete smetterla?», grido ai miei amici che stanno sghignazzando come pazzi, «non sento nulla!».

Be', credo che a questo punto si renda necessaria una precisazione riguardo al programma che Maggie, la mia migliore amica e coinquilina, Phil, il nostro vicino di casa preferito, e io stiamo seguendo. E sulla signora Costance, operatrice sanitaria del reparto di ginecologia di un ospedale di Toronto. Dove, qualche tempo fa, è stato aperto un ambulatorio dedicato all'educazione sessuale delle giovani donne. L'ambulatorio, gestito da Costance insieme a un paio di medici e altre due infermiere, è stato letteralmente preso d'assalto dalle pazienti; così, sull'onda di quel successo, di cui hanno parlato tutti i giornali canadesi, una rete televisiva indipendente ha prodotto questo talk show, in cui Costance tiene le sue lezioni e le spettatrici telefonano per chiedere consigli.

«Questa è una banana», sta spiegando Costance mentre la telecamera inquadra il frutto: lungo una spanna, con la giusta curvatura e delle venature verdi che mi fanno pensare sia un po' troppo acerba per i miei gusti.

«Non è igienico usare questo frutto», prosegue Costance, estraendo da sotto il tavolo un altro tipo di banana: grossa e lunga come l'altra, ma un po' meno curva. In compenso è rosea, luminescente con una piccola protuberanza di lato a forma di coniglietto.

Alzando l'oggetto affinché la telecamera lo inquadri in primo piano, Costance lo presenta al pubblico: «Questo sex toy, un modello di ultima generazione, prende il nome da Rabbit, il coniglietto posto di lato, che serve a stimolare il clitoride». Così dicendo, accarezza Rabbit, che sembra fatto di materiale morbido e malleabile. Quindi, con perfetta nonchalance, preme un pulsante che si trova alla base di Rabbit e lo avvia. Il giocattolo – se così vogliamo chiamarlo – vibra fra le sue mani strappando una risatina a Phil. «Santo cielo, ragazze, non ci posso credere...», commenta, «è come se vedessi mia zia Temperance masturbarsi davanti a un camionista del Kentucky».

Maggie tiene gli occhi incollati allo schermo, piuttosto interessata al funzionamento di Rabbit, anche se so che non si separerebbe mai dal suo Jack, a cui è molto affezionata.

«Ragazze, vedete anche voi quello che sto vendendo io oppure ho le allucinazioni?», chiede Phil a un tratto.

«No, non hai le allucinazioni», lo rassicuro, mentre guardo la scena basita. «A meno che non si tratti di un'allucinazione collettiva...».

La signora Costance, il cui aspetto ricorda quello di una governante inglese, sta spiegando le fasi del sesso orale con la stessa disinvoltura con cui illustrerebbe la cerimonia del tè.

Maggie e Phil sono colpiti da un attacco di ridarella che, ovviamente, non si placa, quando la telecamera passa in rassegna una nutrita serie di esemplari, per tutti i gusti e le necessità.

Non ho mai usato un vibratore. Al college quasi tutte le mie compagne ne avevano uno, se lo portavano addirittura nella doccia, chiuso nei loro beauty case come se fosse un rossetto, ma io ho sempre preferito arrangiarmi da sola...

Maggie, che ha sempre tenuto molto al suo Jack, ha tentato più volte di convertirmi all'uso. Mi sono sempre rifiutata: non che sia una bacchettona, intendiamoci, è solo che quei cosi mi suscitano una specie di ripugnanza.

È più forte di me!

Ora Costance sta mostrando al pubblico un aggeggio che mi sembra davvero terrificante. Non solo perché è nero, ma perché si dirama in due tentacoli spaventosi. Il suo nome è Black Roger e il suo doppio uso assicura secondo lei un piacere indescrivibile.

Vedo Phil farsi attento, anche se cerca di darsi un contegno. Quindi sospira: «Perché non sono nato donna...».

Be', io sono una donna ma al solo pensiero di prendere in mano quel mostro tecnologico mi vengono i sudori freddi.

È il momento delle telefonate. Giovani donne chiamano per avere informazioni tecniche sui gadget, ma anche per chiedere consigli di natura medica.

Restiamo a guardare, a commentare e a ridere finché i titoli di coda non compaiono sul viso di Costance, ancora sorridente e rassicurante.

«Cavolo, che sballo di programma!», esclama Phil, «è proprio il caso di dirlo. Comunque, voi donne siete messe proprio male, se c'è tutto questo interesse intorno ai vibratori. Del resto... lo sapete bene anche voi... tanti maschi ma pochi uomini, e quei pochi sono tutti gay, per fortuna...».

Maggie gli tira un cuscino. «Tutta invidia perché tu il Black Roger non lo potrai mai usare. Comunque... hai qualche ragione. Ho pensato tante volte che Jack fosse meglio del ragazzo con cui uscivo».

Io no, non ci ho mai pensato. Insomma, ho sempre creduto e sperato che un giorno avrei incontrato il mio Brad Pitt e non me lo sarei lasciato soffiare da un'Angelina qualsiasi, a costo di aggrapparmi a lui con le unghie e con i denti.

«Non è che ne sappia molto più di prima, a parte che il programma è esilarante», osservo meditabonda.

Secondo Colette Winter, il mio capo, questo show dovrebbe fornirmi un'ottima base da cui partire per l'articolo sull'uso dei sex toys da parte delle celebrità, che dovrei scrivere dopo aver intervistato star del cinema, della TV e della musica. Come se fosse facile presentarsi davanti a J-Lo dicendo: «Parlami del tuo vibratore preferito, tesoro. Scommetto che è meglio di quel tuo marito da cui hai divorziato...».

«Buona fortuna, dolcezza», interviene Phil, «ti darei volentieri una mano ma, come ho detto, noi non abbiamo bisogno di questi espedienti», afferma in tono altezzoso, poi prende una manciata di popcorn e se la ficca in bocca.

«Attento che ingrassi», lo ammonisce Maggie, mentre io le lancio un'occhiataccia. Iniziare un discorso sul peso forma, sulle diete e sugli attrezzi da palestra in presenza di Phil, in questo momento sarebbe deleterio. È quasi l'una e domani mattina devo alzarmi presto, perché alle nove Colette ha indetto una riunione. Sbadiglio esageratamente per far capire a Phil che è ora di andare a nanna.

«Ok, levo le tende», replica lui cogliendo il messaggio. «Chissà a che ora tornerà Malcom», sospira alzandosi dal divano.

Malcom è la sua ultima fiamma, un ragazzo di ventuno anni che lavora in un pub dell'East Village, bello come un modello di Hugo Boss. Infatti, sta cercando di sfondare nel campo della moda. Forse è un tantino troppo giovane per lui che ne ha trenta, ma una delle massime di Phil è: purché non sia minorenne. A volte lo esibisce come un trofeo, ma ne è anche terribilmente geloso.

Maggie e io abbiamo conosciuto Phil cinque anni fa, il giorno in cui, armi e bagagli, mi sono trasferita a casa della mia amica, un bell'appartamento al primo piano di un palazzo dei primi del Novecento, sulla Decima Strada, nel quartiere universitario. Guarda caso, stava traslocando pure lui e il furgone con i suoi mobili ostruiva il passaggio. Mio padre, che in ogni caso non sperava di trovare un parcheggio proprio sotto casa, dovette mollare i miei quattro scatoloni e le mie due valigie sul marciapiede, e andare a cercare un garage a dodici isolati da lì, più o meno.

Era un'estate piuttosto calda e quel pomeriggio di luglio i raggi del sole fendevano con ferocia le fronde degli alberi che costeggiavano la via, facendoci sudare come se fossimo in una sauna. Ma Phil, che indossava un completo cachi di lino, sembrava sopportare benissimo la calura. La camicia gli cadeva alla perfezione, così come i pantaloni che sembravano appena usciti dalla lavanderia. Il viso, dall'incarnato olivastro, era piacevolmente liscio e gli occhiali da sole Gucci lo rendevano un po' misterioso. Pensai che fosse davvero un bell'uomo, forse un po' troppo agghindato per i miei gusti, che all'epoca erano piuttosto ruspanti. Il mio ideale, in quel periodo, era lo studioso o, in alternativa, l'artista squattrinato, che indossava jeans sdruciti, T-shirt scolorite e non si faceva la barba da tre giorni. E non per il desiderio di apparire "figo", ma perché aveva altre e più affascinanti priorità cui dedicarsi. Tipo il suo nuovo romanzo, un thriller filosofico destinato a diventare un best seller, o un farmaco rivoluzionario per la cura dell'Alzheimer. Ferma restando la mia infatuazione per Brad, ovvio! Non il Brad di *Ocean's Eleven,* ma quello di *Thelma e Louise*, un ragazzaccio che nella mia immaginazione era un mascalzone dal cuore tenero e con una forte vena romantica.

«Salve ragazze, traslocate anche voi?», ci salutò togliendosi gli occhiali e rivelando due occhi incredibili, tra l'azzurro e il verde, che mi fecero pensare alla meravigliosa pietra di acquamarina che avevo visto montata su un anello da Tiffany.

«Io abito qui da sei mesi. Amy, invece, è arrivata oggi», gli spiegò Maggie.

Phil si presentò porgendoci una mano perfettamente curata, quindi aggiunse: «Sono molto contento di avervi come vicine di casa».

Maggie e io ci scambiammo un'occhiata di approvazione. Ci conoscevamo talmente bene che ci bastava uno sguardo per intenderci. «Pure noi», replicò lei, parlando anche per me.

Phil ci informò che avrebbe occupato l'appartamento al terzo piano. Un vero affare, considerati la zona e i prezzi degli affitti a Manhattan. «Non appena mi sarò sistemato darò un party e siete invitate sin d'ora», disse.

Fu solo quando pronunciò la parola "party" che mi venne un sospetto. Aveva usato un tono leggermente stridulo, di un'ottava sopra il normale. Tuttavia non era abbastanza per dedurre che fosse omosessuale.

«Con molto piacere, verremo senz'altro», risposi battendo Maggie sul tempo.

Quando il nostro nuovo vicino si girò per impartire gli ordini ai facchini, con un timbro di voce che mi ricordò Samantha, l'amica di mia madre che faceva la parrucchiera nel Queens, il mio sospetto si fece più forte. E si trasformò in certezza nel momento in cui, dopo averci salutato, prese a salire i gradini che portavano all'ingresso del palazzo. Muoveva il suo fondoschiena, messo in evidenza dal tessuto aderente dei pantaloni, come Shakira. Come io non sarei mai stata capace di fare, nemmeno prendendo lezioni di sensualità, posto che ne esistessero.

Maggie e io ci scambiammo un'altra occhiata. «L'avevo intuìto subito», commentò lei.

«Anch'io», replicai, anche se non era vero, per dimostrarle che una volta tanto ero stata più perspicace del solito. Non che fosse necessario, Maggie mi conosceva e mi voleva bene così com'ero. Diceva sempre che avevo un bel senso dell'umorismo, che le piaceva la mia autoironia, che sapessi ridere delle mie défaillance. In un modo in cui la furbizia è più importante dell'intelligenza, quella, secondo lei, era una grande dote.

Maggie era la sorella che non avevo avuto, la persona che mi capiva più di quanto io capissi me stessa. Anche se, a volte, riusciva a essere irritante. Ricordo che al liceo, non appena mi ero messa con Mark, aveva commentato: «Meriti di meglio». Non sopportavo che alla mia migliore amica non piacesse il mio ragazzo, in fondo era bello, gentile e educato, come le avevo fatto notare.

«Appunto», replicò caustica, «è prevedibile e noioso, senza slanci. Studia come un matto, non per passione ma per un forte senso del dovere, perché è quello che tutti si aspettano da lui».

Darle ragione era stato più doloroso della mia rottura con Mark, che non fu improvvisa né traumatica, ma la naturale conseguenza di un rapporto che non aveva mai funzionato ed era scivolato pian piano nell'indifferenza.

«E così siamo proprio le classiche single che condividono un appartamento a Manhattan e che hanno un vicino di casa gay», sospirò Maggie mentre mio padre stava venendo verso di noi.

In poco tempo trasportammo i miei effetti personali in casa. Mi bastò solo qualche ora per sistemare vestiti, scarpe, CD, libri, spazzolino da denti, creme e shampoo vari, e solo un pomeriggio per sentirmi come a casa mia.

CAPITOLO 2

Ho amato subito questo appartamento dai soffitti alti e le modanature dei primi del Novecento, che Maggie aveva ereditato da un'anziana zia e che si era rivelato molto più pulito, comodo e ben arredato di quanto si fosse aspettata. Ci abitava già da qualche anno, da quando era stata assunta come assistente personale di Colette, mentre io frequentavo ancora il master alla Columbia; durante il periodo degli stage, capitava spesso che mi fermassi a dormire da lei.

La zona è molto tranquilla, a metà strada fra Washington Square e Union Square. Per raggiungere Washington Square Park si impiegano solo pochi minuti e appena posso vado a sedermi su una panchina a osservare gli uomini che giocano a scacchi, i musicisti di strada che suonano rock o jazz e i cani piccoli e grandi che sgambettano nei recinti a loro destinati. Il parco è affascinante in ogni stagione, ma d'inverno, con la neve, si trasforma in un luogo suggestivo. Gli scoiattoli si fanno più arditi, zampettando sul manto fresco e venendoti quasi in braccio per elemosinare qualche nocciolina. Il traffico, specialmente se le nevicate sono state copiose e le strade non sono state ancora ripulite, si azzera, e allora è come essere proiettati nell'Ottocento, quando il tempo scorreva lento, quando nelle case accoglienti, illuminate da luci calde e soffuse, si ricevevano gli ospiti per il tè in un'atmosfera carica di romanticismo. Quando si sospirava per amore e l'oggetto di questo amore era un bellissimo gentiluomo alto ed elegante come Daniel Day Lewis ne *L'età dell'innocenza*. A ben pensarci, potrebbe essere una valida alternativa a Brad Pitt. Più sofferto, più tenebroso, ma forse più gentile e misterioso.

Maggie e io non disponiamo di una stanza tutta per noi, ma di un ambiente unico piuttosto grande, dove abbiamo collocato un letto a est, addossato a una parete, e l'altro a ovest, vicino alla finestra che dà su un giardino interno. Maggie occupa il letto vicino alla finestra e, dato che ha un gusto e un talento non comuni per l'arredo, ha acquistato in un negozio di antiquariato un paravento in stile liberty di grande effetto, che ci fornisce un po' di privacy. Il resto dell'appartamento è composto da un ingresso-stanza-salotto che si affaccia sulla nostra camera, priva di porte, dotata di caminetto e di un capiente armadio a muro, stracolmo dei nostri vestiti. E, come per un gioco a incastro, dalla nostra camera si accede alla piccola cucina e quindi al minuscolo bagno occupato quasi per intero da una cabina doccia super accessoriata. Una capsula di vetro smerigliato simile a quelle macchine dell'amore dei film di fantascienza di una volta, che Maggie ha fatto installare al posto del vecchio soffione. Un modello scelto con lungimiranza, che oggi ci garantisce una certa privacy in momenti che potrebbero rivelarsi imbarazzanti…

In tema di sesso, Maggie è molto più scafata della sottoscritta. I molteplici orgasmi (minimo tre) che si vanta di raggiungere, sono un punto molto dolente per me. Si dice che tre sia il numero perfetto, ma io ritengo che il numero uno (e, credetemi, è già grasso che cola arrivarci), sia il più potente. Per un certo periodo ho temuto che in me ci fosse qualcosa che non andava. Che fossi frigida: una parola e un concetto terribili quanto la perdita della verginità in epoca vittoriana! Per levarmi ogni dubbio, qualche anno fa fissai persino un appuntamento con un ginecologo. Dopo un'accurata visita, corredata da alcuni esami, il medico mi assicurò che era tutto a posto. Naturalmente non avevo specificato il vero motivo della visita, e all'efficiente infermiera seduta dietro il computer avevo detto che ero lì per un controllo di routine. Meglio non impelagarsi in certi discorsi senza sapere dove possano portare. Come minimo a ritrovarsi sul divano di uno psicanalista a cento dollari l'ora! O da un sessuologo, il che non fa molta differenza.

Secondo la mia amica ho un blocco a livello psicologico che non mi permette di lasciarmi andare e il vibratore – sostiene lei – potrebbe essere un ottimo ausilio per aiutarmi a superarlo.

E io che credevo bastasse praticare lo yoga e la meditazione!

A ogni modo, questa faccenda del vibratore sta diventando veramente antipatica. Sembra quasi che tutti si siano messi d'accordo per convincermi della sua efficacia. Come se fosse la panacea di tutte le insoddisfazioni e frustrazioni sessuali delle donne.

Dopo che Phil se n'è andato, Maggie e io abbiamo messo a bollire l'acqua per la tisana di biancospino e valeriana che prendiamo ogni sera.

«Dovrei berne almeno un litro di quella tisana», considero mentre l'acqua bolle. «Domani mi si prospetta una giornata ad alto tasso di stress. Colette mi starà col fiato sul collo per quelle interviste e io non ho il coraggio di dirle che non me la sento. Innanzitutto non ho i contatti giusti per avvicinare le celebrità. Non sono una giornalista famosa, ma per Colette questo è un dettaglio di poca importanza».

«Se potessi cercherei di convincerla a lasciar perdere, ma sai com'è, quando si mette qualcosa in testa», replica Maggie.

«Lo so, non ti preoccupare», la rassicuro mentre mi brucio la lingua con il primo sorso di tisana.

Sorseggiamo la nostra bevanda, ciascuna immersa nei propri pensieri. Maggie si lascia andare a uno sbadiglio e io, come sempre, sbadiglio a mia volta per empatia.

Pur non avendo sonno, mi rintano sotto le coperte nella speranza di riuscire a addormentarmi. Il respiro regolare di Maggie mi fa capire che si è assopita. Che invidia! Le basta appoggiare la testa sul cuscino e parte subito per il mondo dei sogni. Non che io soffra d'insonnia, ma quando ho qualche preoccupazione mi giro e rigiro nel letto per ore e poi cado in un sonno agitato da cui mi sveglio più stanca di prima. Più cerco di rilassarmi e di controllare la mia ansia, più la mia mente schizza di qua e di là. Adesso, per esempio, non faccio che pensare e ripensare a come possa essere arrivata a questo punto. E al fatto che questo maledetto articolo, che mai riuscirò a scrivere, rischia di vanificare tutti gli sforzi che ho fatto per diventare una giornalista!

Era stato il mio sogno fin dalla scuola media, quando scrivevo articoli umoristici e originali per il giornalino di classe, almeno così dicevano i professori. Scrivere mi riusciva facile, ma sebbene fossi un'accanita lettrice – leggevo di tutto, dai classici russi ai romanzi vittoriani per passare ai best seller più leggeri – non credevo di essere portata per fare la romanziera. Avete presente quante parole ci sono in un romanzo? Quanta fatica si fa a dare forma ai personaggi e a un'idea che probabilmente è già stata pensata e scritta da altri?

Al contrario, il mestiere di giornalista mi avrebbe permesso di raccontare storie vere, brevi e sintetiche, nelle quali i fatti avrebbero contato più dei sentimenti, campo nel quale non mi reputavo molto ferrata.

Affacciata al mio terrazzino nel Queens, fantasticavo sulle vite straordinarie raccontate nei film di Hollywood, di cui mio padre andava pazzo e che mi aveva fatto guardare fin da quando ero stata capace di intendere e di volere. Credevo nel sogno americano – secondo me viene trasmesso con il latte materno! – e nelle mie fantasie a occhi aperti mi immaginavo non più spettatrice di una commedia di Hollywood, ma attrice della mia vita nella Grande Mela. Avrei lavorato per una rivista prestigiosa, dove mi sarei occupata di scrivere articoli di costume e spettacolo. Avrei intervistato rock star e attori famosi che sarebbero diventati miei amici e mi avrebbero regalato i biglietti per i loro concerti, gli spettacoli di Broadway e le prime cinematografiche.

Nonostante la giovane età e una certa dose di ingenuità, mi rendevo conto che non sarebbe stato facile. Al mio attivo avevo solo un ottimo profitto scolastico e un talento per la scrittura, e sebbene non fossi né temeraria né risoluta, ero convinta che valesse la pena provare a far parte di quel mondo dorato. Forse non sarei stata il diamante centrale, ma senz'altro uno dei brillantini di contorno!

Perciò mi buttai a capofitto nello studio portando a casa ottimi risultati fino alla laurea alla Columbia, per poi iscrivermi al master in giornalismo. All'inizio del master, una massacrante serie di lezioni e di prove pratiche, tanto impegnative quanto *divertenti*, cominciai a pensare che dopotutto ce la potevo fare. Non avevo paura di lavorare sodo, non soffrivo della sindrome da foglio bianco e non mi risparmiavo quando si trattava di fermarmi fino a tardi per concludere un articolo. Ma una cosa erano la vita al campus e lo studio, altro la realtà. Me ne accorsi durante un approccio piuttosto intensivo con le testate più autorevoli di NYC, dai quotidiani alle riviste. Sembravano dei manicomi popolati da sociopatici convinti di essere degli eletti, ai quali era stato assegnato il compito, direttamente da Dio, di salvare il mondo da imminenti, devastanti catastrofi. Nelle redazioni dei quotidiani, dove i redattori si muovevano a scatti a causa della quantità industriale di caffeina che ingerivano, comunicavano fra loro urlando, quando non si precipitavano fuori come pazzi per uno scoop, capii che non sarei mai stata capace di intervistare dei politici o di fare dei reportage dalle zone di guerra. Essendo il classico tipo che in una coda lascia che le passino avanti sia le vecchiette che i bambini prepotenti, non ero abbastanza tosta né coraggiosa. Nelle redazioni delle riviste, benché gli argomenti trattati fossero più leggeri e piacevoli e i toni meno imperiosi, l'attività era sempre frenetica e l'urgenza di mandare in stampa questo o quel pezzo non era diversa rispetto all'ultimo scandalo del senatore del Wisconsin accusato di corruzione.

Non sarò stata la giornalista più brillante e capace uscita dalla Columbia, ma ero tenace e non mollavo facilmente. Dopo il master feci domanda come stagista a «Cosmopolitan». Con mio grande stupore, fui subito chiamata, ragion per cui mi convinsi di avercela fatta o quantomeno di essere sulla buona strada. Il mio entusiasmo scemò dopo due giorni, quando mi accorsi della considerazione che mi veniva riservata: in pratica ero una specie di galoppino incaricato di portare i caffè, eseguire commissioni e, all'occorrenza, svuotare i cestini e riordinare le scrivanie. Andando avanti di quel passo sarei invecchiata prima di poter accedere al santuario dei giornalisti e dei redattori.

La stessa storia, con poche variazioni sul tema, si ripeté anche a «Elle».

Stavo precipitando nella spirale dello sconforto, quando Maggie mi riferì che a «Manhattan Rumors» cercavano una giornalista. Il suo capo stava facendo colloqui in quei giorni a delle possibili candidate. Mi interessava propormi?

«Manhattan Rumors», con i suoi articoli di gossip spazzatura e i suoi editoriali originali, non rappresentava il mio ideale di rivista. Maggie mi aveva fatto leggere un pezzo di approfondimento sulle tecniche di seduzione al limite della pornografia. Ma il posto era fisso, lo stipendio buono e così le chiesi di inserirmi nella lista.

Alle dieci di una splendida mattina di giugno fui introdotta nell'ufficio di Colette, un'ampia stanza dotata di enormi vetrate con vista sul Chrysler Building. Distratta dalla cupola del grattacielo che mandava bagliori dorati, prestai poca attenzione alla moquette chiara, alle poltrone di pelle nera e agli arredi bianchi e neri che creavano un colpo d'occhio piuttosto scioccante.

«Prego cara, accomodati», esordì lei alzandosi dalla scrivania e venendomi incontro. Mi baciò sulle guance sfiorando l'aria con le labbra e avvolgendomi con una zaffata di Chanel n. 5.

Rimasi impressionata dal suo modo di fare, amichevole e cameratesco, come se ci conoscessimo da sempre. Niente a che vedere con le figure leggendarie delle direttrici schiaviste e inavvicinabili in cui mi ero imbattuta durante gli stage. Il suo aspetto era quello di una donna procace degli anni Cinquanta, dal seno florido sottolineato con temerarietà da una maglietta fiorata rosa e azzurra, che evidenziava un ventre rotondo. Su un attaccapanni nero laccato, era appesa una giacca rosa di Chanel che faceva pendant con la gonna, il cui tessuto si tendeva sulla pancia e sui fianchi. Ma ciò che più mi affascinò di lei fu la voce, che mi ricordò immediatamente quella di Marilyn Monroe. In seguito scoprii che, pur essendo bruna e con i capelli corti, le piaceva giocare con quella somiglianza atteggiandosi a imitare il suo idolo.

Il colloquio si svolse molto serenamente e dopo le prime domande sembravamo grandi amiche. Colette era molto colpita dai miei stage e dedicò gran parte dell'intervista a chiedermi particolari succulenti sulle direttrici delle testate. Ebbi l'impressione che quelle donne, il gotha nel loro campo, esercitassero su di lei una specie di malia, che sapeva di non poter eguagliare. Maggie mi aveva riferito che Colette si era improvvisata editore per investire parte del consistente patrimonio appartenuto al padre, deceduto anni prima. Un uomo il cui nome, si sussurrava, era legato a una potente famiglia malavitosa. Ovviamente si trattava di chiacchiere e da quando lavoro per lei non ho mai avuto prove, e nemmeno sentore, che nella sua vita e nei suoi affari ci sia qualcosa di poco pulito.

Un fattore determinante per la mia assunzione, a parte l'ottimo punteggio del mio master, fu l'intercessione di Maggie, che le aveva parlato di me illustrandole le mie grandi capacità.

Alla fine Colette osservò: «So che tu e Maggie siete molto amiche e ciò non può che far bene allo spirito di squadra, cui tengo molto. Lei è una cara ragazza, molto capace e preparata, mi fido ciecamente della sua opinione. Perciò sei assunta. Cominci lunedì. Nel frattempo passa pure in amministrazione per le formalità».

Un lavoro! Avevo un lavoro da giornalista! Anche se non si trattava di una rivista di successo, era pur sempre un giornale dove fare pratica e imparare il mestiere.

Ero così felice che l'abbracciai sfiorando il suo seno morbido e in un certo senso rassicurante. Colette mi restituì l'abbraccio cinguettando: «Mi piacciono i giovani entusiasti...».

Ma le buone notizie non erano finite. Qualche giorno dopo, Maggie mi fece la proposta più emozionante che avessi ricevuto fino a quel momento, chiedendomi di andare a vivere con lei.

A quel tempo Mark e io, che stavamo insieme dai tempi del liceo, ci eravamo lasciati da un paio d'anni. In seguito ero uscita con qualche compagno del college, ma nessuna di quelle relazioni si era mai trasformata in qualcosa di importante.

Fu all'imbrunire di una giornata d'estate, nel giardino di casa mia, che mi chiese di diventare la sua ragazza. L'aria era satura del profumo delle rose che mia madre curava come creature, e del glicine che ornava il piccolo portico. I grilli e gli uccellini si contendevano lo spazio musicale come una band ansiosa di mostrare le proprie capacità.

Mark mi aveva preso la mano, mi aveva guardato negli occhi e aveva avvicinato le sue labbra alle mie. Ero sicura che mi avrebbe baciato. Schiusi le labbra e chiusi gli occhi pregustando quello che sarebbe seguito, mentre il mio cuore pulsava.

Dato che non succedeva niente, lo guardai. Lui mi strinse la mano e disse, scandendo bene le parole: «Vuoi essere la mia ragazza?». Pensando che fosse una nuova moda in voga fra i compagni di liceo, annuii richiudendo gli occhi e aspettando il primo bacio che, come si mormorava fra noi ragazze, sarebbe rimasto impresso nel mio cuore e nella mia mente come il ricordo più bello e indelebile della mia vita.

Quando lui mi stampò un bacio sulla bocca, improvvisamente mi tornarono in mente le parole di Maggie sul famoso bacio *a stampo*. Che non era sensuale ma poteva essere molto dolce. Ebbene, non fu né l'una né l'altra cosa, ma solo un gesto amichevole e affettuoso, da fratello e sorella. Più o meno come i nostri incontri sessuali. Alquanto impacciati, come in una di quelle scene innaturali dei film che ogni tanto guardavamo, in DVD, nelle lunghe sere invernali. Col tempo si trasformarono in performance sempre più aggressive, finché fare sesso con Mark divenne una vera e propria battaglia, estenuante, che mi lasciava insoddisfatta e con un senso di vuoto. E la sensazione che a vincere fosse sempre lui.

Quando la nostra convivenza era iniziata, io e Maggie eravamo entrambe single. Un must a Manhattan. In fin dei conti eravamo una buona compagnia l'una per l'altra. Lei si era appena lasciata con Harvey, un tipo nevrotico con cui aveva avuto una storia piuttosto burrascosa, intercalata da continui tira e molla. A dire il vero, più molla che tira. Alla fine lui l'aveva scaricata dicendole che il loro rapporto non avrebbe mai funzionato perché era una ragazza troppo "risolta".

Da allora la mia carriera, come la mia vita sentimentale, non è progredita come speravo, sebbene, rispetto a tanti miei colleghi possa considerarmi fortunata. Con la crisi dell'occupazione e dell'economia, gli editori non assumono quasi più, preferendo la collaborazione di intraprendenti free lance. Quanto al fatturato delle riviste in generale e di «Manhattan Rumors» in particolare, sono tempi di vacche magre. Gli inserzionisti non pagano regolarmente, quando pagano! E le vendite, a causa dei tanti blog che imperversano in rete, sono notevolmente calate. Meno male che il nostro pubblico è tecnologicamente avanzato e legge la nostra pagina online su tablet e telefonini, altrimenti, come dice Colette, saremmo fuori mercato da un pezzo.

Certo, se lavorassi per una rivista culturale invece che per un tabloid potrei scrivere articoli di critica teatrale o letteraria. Un paio di anni fa avevo suggerito a Colette di ampliare il settore dedicato alla narrativa femminile, ma lei mi aveva liquidato bruscamente con un: «Oggi nessuno legge più, e se lo fanno preferiscono gli ebook. Un settore in cui pubblica chiunque, anche la mia manicure».

Ciò nonostante, da quando lavoro a «Manhattan Rumors», ho collezionato un paio di successi che mi hanno consentito di vivere di rendita. Si è trattato di pura fortuna, insomma, mi sono trovata al posto giusto nel momento giusto. Il primo riguarda un articolo su Lorraine Green, una delle ereditiere più chiacchierate della Grande Mela che, chissà per quale ragione (forse il mio tono di voce al telefono, amichevole e suadente), mi aveva confessato in anteprima di essere stata beccata a rubare un profumo da Saks. Poi ci fu il caso "Burt Rosenberg", un giovane attore molto promettente e molto amato dalle giovani generazioni, che aveva investito un'ottantenne sulle strisce pedonali perché guidava ubriaco. La soffiata era arrivata entrambe le volte da Michael Applebaum, un mio ex compagno di liceo, che faceva il poliziotto proprio nel distretto in cui le due celebrità erano state arrestate. Sebbene nel mio pezzo Burt si fosse dichiarato sinceramente pentito per quello che aveva fatto e avesse chiesto pubblicamente scusa alla famiglia della donna, la sua carriera era stata irrimediabilmente compromessa. Non che avesse avuto chissà quale talento, comunque!

Ma è da un bel po' che non mi capita di scrivere un articolo interessante. Perciò sono dolorosamente consapevole che la mia rendita si sia esaurita.

Mi piaccia o no, dovrò scrivere lo stramaledetto articolo sui sex toys. Tanto più che Julia, il caporedattore, alla quale non sono mai piaciuta e che mi considera una raccomandata, mi sta con il fiato sul collo e non aspetta altro che la mia stella venga risucchiata da un buco nero. Ma non le darò questa soddisfazione, a costo di procurarmi il vibratore più evoluto in vendita su eBay

Dopo aver formulato questo proposito, scivolo in un sonno agitato sognando sex toys che, come nei cartoni animati, hanno facce buffe e ridono di me.

CAPITOLO 3

Le sedie intorno al tavolo della sala riunioni sono già tutte occupate quando, trafelata, entro e saluto i presenti. Julia, più tormentata del solito nei suoi jeans Marc Jacobs taglia extra small, mi rivolge, con quei suoi occhi enormi e sporgenti un'occhiata di rimprovero, cui rispondo con un sorriso innocente, sedendomi nel posto libero accanto a lei.

Il ritardo è dovuto alla sosta in bagno per via dell'agitazione e dei jeans Guess borchiati taglia quaranta (io porto la quarantadue ma volevo far vedere a Julia che il mio fondoschiena non è da meno del suo), che si somma a quello già accumulato per la pioggia. Ha iniziato a cadere appena sono uscita di casa, naturalmente senza ombrello, e anche se ho preso al volo un taxi, per il traffico congestionato ci ho messo una vita a raggiungere l'ufficio.

Sono arrivata in redazione con la faccia stralunata e le labbra esangui: dovevo assolutamente sistemarmi prima della riunione. I capelli, in genere belli come quelli di Jennifer Aniston, sembravano crauti. Non so che cosa avessi per la testa il giorno in cui, cedendo alle pressioni di Phil, ho accettato di farmi fare un taglio sfilato. Gil, il parrucchiere, si è lasciato prendere la mano e li ha spuntati come se invece delle forbici avesse avuto in mano delle cesoie, e la mia chioma fosse un cespuglio selvatico che andasse assolutamente potato. Secondo Phil mi stavano alla grande e sarei stata anche d'accordo con lui, non fosse che questo taglio non è adatto alla piega *fai da te* e io non ho i soldi né il tempo di andare dal parrucchiere. Tanto più che l'amministrazione della rivista è in ritardo di due mesi sul pagamento degli stipendi.

Maggie dice che si tratta di un problema momentaneo, ma io so com'è lei, sempre ottimista, sempre incline a vedere il lato positivo delle cose. Invece io sono il tipo di persona che, al primo nuovo foruncolo, teme di avere chissà quale malattia!

«Buongiorno a tutti!», ci saluta Colette entrando nella sala. Maggie, dietro di lei come un segugio, sorride al gruppo con quella sua espressione che mi ricorda un folletto: un mix di dolcezza celestiale e di malizia. Del resto è di origine irlandese («gente strana, un po' tocca», diceva sempre nonna Mary) e, come da cliché, ha i capelli rossi, la carnagione bianca e gli occhi verdi. Le unghie, fresche di French manicure, sono forti e lunghe. Com'è che le mie si spezzano non appena superano il centimetro? Deve essere una questione di geni.

«Ragazzi», la voce di Colette mi giunge come il pigolio di un pulcino geneticamente modificato. Non ho ascoltato quello che stava dicendo e mi auguro di non essermi persa qualcosa d'importante.

«Non è un segreto che "Manhattan Rumors" stia attraversando un periodo di crisi...», prosegue. Colette indossa l'ennesimo Chanel, credo ne possegga una collezione, ma questo tailleur deve essere nuovo perché non l'ho mai visto. Di un colore verde mela, la ingrassa un po', e non sono convinta che la maglia ultra aderente giallo lime sia una scelta azzeccata.

Dal gruppo si leva un mormorio soffocato.

«Perciò dobbiamo impegnarci al massimo per rimanere a galla, aspettando tempi migliori. Riviste mensili che parlino di moda, bellezza e gossip ce ne sono in abbondanza, alcune molto più prestigiose della nostra, quindi noi dobbiamo essere spregiudicati e innovativi, dare alle lettrici qualcosa che gli altri non offrono. E che cos'è quel prodotto inossidabile, che non conosce crisi, che fa muovere il mondo e scatena guerre dalla notte dei tempi?».

Nessuno risponde, forse non conoscono la risposta oppure, molto probabilmente, non hanno il coraggio di esporsi. Io purtroppo la conosco perché Colette me ne ha parlato in anteprima una settimana fa, consigliandomi di guardare il programma di Costance. Ma tengo la bocca cucita.

«Il sesso, che altro?», riprende lei con enfasi.

Quando me l'aveva accennato, le avevo fatto presente che i tempi di *Sex & the City* erano finiti, che riproporre la stessa minestra, anche se in salsa piccante, poteva non essere una mossa astuta.

«Ma noi non vogliamo scimmiottare *Sex & the City*. I *suoi* personaggi sono immaginari! Noi invece andremo a intervistare le celebrità, donne vere, in carne e ossa», aveva ribattuto. "Noi" nel linguaggio di Colette significa "tu", cioè la sottoscritta. Quindi aveva tirato in ballo i sex toys, aggiungendo che era già in trattative con un'agenzia pubblicitaria, cliente di una delle aziende che li produce, per inserire qualche banner sulla pagina online.

Più o meno quello che sta dicendo adesso, ignorando totalmente le mie perplessità.

«La nostra Amy è la persona più adatta per questo incarico, oltre a essere l'unica giornalista stipendiata», prosegue facendo un cenno nella mia direzione.

Tutti mi fissano e io non so dove guardare. Sta' a vedere che mi devo sentire pure in colpa per essere – se si escludono i caporedattori e il personale dell'amministrazione – la sola a ricevere un salario che fra l'altro non sto percependo.

Un sorriso sprezzante compare sulle labbra di polistirolo di Julia; è evidente che sta gongolando in anticipo per il mio incarico, che si prospetta a dir poco impossibile anche per la giornalista più temeraria, cosa che io assolutamente non sono.

Se non conoscessi Colette penserei che la sua sia una strategia per farmi fuori e risparmiare sul mio stipendio. Invece sono sicura che non ha nessun piano: lei crede veramente in questo progetto ed è convinta che sia vincente. Secondo me – e Maggie mi ha dato ragione – la sua pensata è frutto di una serata passata in solitudine aspettando Henry, il marito, mentre sorseggiava i "Martini vodka" che si prepara da sola, invertendo le dosi in tre quarti di vodka e un quarto di Martini.

Non è un segreto che Colette adori il Vodka Martini né che, spesso e volentieri, esageri un po', tanto che certe mattine i postumi di qualche eccesso si ripercuotono sul suo aspetto e sulla sua capacità di giudizio. Io sospetto che, oltre al Vodka Martini, faccia uso anche di altre sostanze. Oh, niente che non si trovi in farmacia e che non sia acquistabile dietro ricetta medica!

Henry è uno psichiatra molto quotato nel jet set di Manhattan, e non penso che sia il suo pusher, ma nel loro vasto giro di amici, che comprende un'ampia serie di medici, non deve essere difficile per lei procurarsi qualche bella scatola di pillole della felicità.

«Perciò da oggi in poi "Manhattan Rumors" cambia registro. Usciamo allo scoperto, niente articoli pruriginosi all'insegna del dico e non dico. Il prossimo numero sarà dedicato al sesso, in tutte le sue sfumature...», conclude Colette, scambiando il tossicchiare sommesso di Julia per una richiesta di attenzione.

«Dimmi Julia...».

«Ti riferisci alle *Cinquanta sfumature di Grigio*? Ovvero al sesso sadomaso?», chiede Julia.

Colette stringe gli occhi, come se non capisse. È un atteggiamento tipico del mio capo, quando un argomento la infastidisce.

Quindi le rivolge un'occhiata seccata. «Ah quello... no, non l'ho letto. Ho sempre diffidato dei best seller, e comunque una casalinga londinese frustrata non ha niente da insegnare a noi, newyorkesi sofisticate, dico bene?».

Tutti annuiscono e sorridono con condiscendenza.

«Ho già allertato i nostri collaboratori free lance. Voglio un servizio sulla lingerie più erotica di Manhattan con gli indirizzi dei negozi che la vendono, un altro sui cibi afrodisiaci, e un terzo sui club esclusivi che offrono sesso a pagamento per tutti i gusti. Ovviamente garantendo la privacy dei clienti che li frequentano. Gente di livello... non so se mi spiego», conclude sorridendo, come se si riferisse a qualcuno in particolare che non può essere assolutamente citato.

Mi chiedo a chi abbia dato l'incarico di intrufolarsi in uno di questi club che, stando alle voci che si sentono in giro, si trovano in appartamenti super lussuosi di edifici assolutamente rispettabili. Anche se ho qualche sospetto. Credo si tratti di Owen, un tipo bizzarro che si veste come un rockettaro degli anni Settanta, che fuma come una ciminiera e che conosce, se non tutta, almeno buona parte di Manhattan. E la cui faccia tosta è paragonabile a quella di David Letterman, quando invita al suo show un politico di cui nelle trasmissioni precedenti ha detto peste e corna.

«Per ora è tutto, ci aggiorniamo a lunedì prossimo. Buon lavoro». E ci congeda.

Gli altri si alzano mormorando. Mi alzo anch'io, ansiosa di tornare alla mia scrivania, quando la voce cinguettante di Colette mi blocca: «Hai un minutino, cara?».

"Hai un minutino" è la frase preferita di Colette e significa "vieni nel mio ufficio".

Maggie, che non la molla un attimo, mi rivolge un

sorriso di incoraggiamento, prima di chiudere la porta che separa la sua stanza da quella di Colette.

«Ti ho preparato una lista di agenti delle modelle e delle attrici che potrebbero fare al caso nostro», esordisce.

«Apprezzo la tua fiducia e sono onorata per questo incarico», replico, «ma temo che non sarà così semplice. Ammesso che riesca a ottenere le interviste, dubito che Ashley Burton sia disposta a parlare con me del suo sex toy».

«Sta a te convincerla, è il tuo lavoro», insiste Colette, sorseggiando un intruglio di un colore tra il verde e il marrone nel quale galleggia un gambo di sedano. Quindi mi fissa con occhio vitreo aggiungendo: «Se sei riuscita ad agganciare Richard Gere, puoi convincere Ashley a parlarti del suo toy».

«Io non ho mai...», provo a replicare, ma Colette mi interrompe con un gesto della mano.

«Non fare la modesta, sappiamo bene che non è così», afferma facendomi l'occhiolino.

È inutile discutere, quando Colette è in questo stato – ovvero "leggermente" ebbra – e non voglio nemmeno sapere che cosa ci sia in quel bicchiere, è una battaglia persa in partenza.

Poi il telefono inizia a squillare e lei mi saluta sollevando la cornetta: «Henry, tesoro... una mattinata pazzesca, ho un tale cerchio alla testa...», farfuglia.

Tornando alla mia scrivania, due metri quadrati incuneati fra divisori di cartongesso in un grande open space, non posso fare a meno di pensare a Henry, il marito di Colette. Come fa a tollerare il vizietto della moglie senza intervenire? Maggie sostiene che preferisce tenerla sotto controllo piuttosto che usare le maniere forti. Sarà, ma come psichiatra lascia alquanto a desiderare...

Avvilita, passo in rassegna la lista degli agenti che mi ha appena consegnato. Non avrò mai il coraggio di presentarmi davanti a una celebrità per chiederle del suo vibratore. Ma potrei guadagnare un po' di tempo contattando gli agenti, nella speranza che nel frattempo il mio capo rinsavisca.

Purtroppo, dato che lei è ancora convinta che io abbia intervistato Richard Gere, non nutro molta fiducia in un suo improvviso dietrofront.

La storia risale a qualche anno fa, quando la rivista si era appena beccata un paio di denunce per diffamazione in seguito alla pubblicazione di altrettanti articoli sui legami sentimentali di alcune celebrità, rivelatisi in seguito totalmente infondati. Colette, su tutte le furie, si aggirava per la redazione come una leonessa cui avessero appena sottratto i cuccioli. Dov'erano quegli incompetenti di giornalisti free lance? Che non si presentassero davanti a lei, perché avrebbe cavato loro gli occhi. Non si ricordava, o faceva finta, di essere stata lei a suggerire ai due giornalisti di scrivere quegli articoli dopo aver ascoltato, a un party, dei pettegolezzi che aveva giudicato pienamente attendibili. Non era dato sapere quanti Vodka Martini si fosse scolata quella sera, mi aveva raccontato piangendo Martha, una dei due giornalisti incriminati.

In effetti, negli ultimi tempi «Manhattan Rumors» aveva cavalcato un po' troppo l'onda del pettegolezzo, del "purché se ne parli". Insomma, stava diventando una rivista spazzatura. E allora Colette aveva aggiustato il tiro, proponendomi di scrivere un articolo sui cani di Manhattan, un tema che stava molto a cuore ai newyorkesi e che, secondo lei, avrebbe conferito il giusto tono, allegro e mondano, alla rivista.

Mi aveva chiamato nel suo ufficio una mattina. «Washington Square Park è un piccolo paradiso per i cani», aveva esordito non appena ero entrata, «inoltre Richard Gere abita proprio dalle tue parti e ha un bellissimo cane giapponese, no?»

«No, Colette», ribattei, «non è il suo cane, è il cane con cui ha girato *Hachiko, una storia vera*».

Lei alzò la voce, cosa che faceva di rado. «Non contraddirmi, l'ho visto a Central Park con quel cane, ed ero perfettamente in me».

Su quell'affermazione avrei avanzato dei dubbi, ma preferii lasciar correre.

«Ecco quel che farai», aggiunse. «Ti presto la mia Daphne che – non perché sia la mia bambina – ma è la Miss Universo dei barboncini... nessun cane maschio le resiste. Ti apposti sotto casa di Richard e il gioco è fatto».

Era il mese di novembre e da Nord soffiava già un vento infido che lasciava presagire imminenti nevicate. Intabarrata nel mio piumino, mi sistemai sotto il presunto palazzo di Richard Gere, sulla Nona Strada, thermos con cappuccino caldo in una mano e guinzaglio nell'altra. Daphne, ben coperta da un cappottino Chanel, era piuttosto riottosa, si bloccava a ogni angolo di strada e io dovevo parlarle dolcemente per persuaderla a camminare.

Il mio turno di lavoro iniziava alle otto del mattino e si concludeva, con un nulla di fatto, tra le quattro e le cinque del pomeriggio, quando il sole calava, il freddo si faceva pungente e una fitta nebbia scendeva sulla strada avvolgendo alberi, macchine e edifici in una nuvola spessa e carica di smog.

Allora tornavo a casa e preparavo la pappa a Daphne, non prima di aver fatto un salto da D'Agostino e aver acquistato l'agnello e gli spinaci freschi con cui condivo il suo riso basmati. Daphne, grata di essere finalmente al calduccio, mi stava appiccicata come una cozza e la notte dormiva con me sprofondando nel piumone da cui emergevano solo le orecchie e il naso. Era stato amore a prima vista, come aveva osservato Maggie, e io temevo che non sarebbe più voluta tornare dalla sua padrona. Le volevo bene anch'io, sebbene somigliasse più a un peluche che a un vero cane. Nella mia famiglia c'erano sempre stati dei cani grandi: golden retriver piuttosto turbolenti tanto che, quando avevo visto *Io e Marley*, ero rimasta affascinata dalla coincidenza, identificandomi con Jennifer (quanto mi era piaciuta in quel film!), e versando più di una lacrima alla fine. Ne avevo versate tante anche per *Hachiko*. Che ci posso fare se sono così sensibile? Del resto Richard Gere aveva confessato, in un'intervista, di aver pianto solo leggendo il copione.

Al terzo giorno conoscevo ogni aiuola, ogni albero, ogni centimetro di quel tratto di strada. Avevo persino socializzato con gli inquilini del palazzo, che ormai salutavo calorosamente come se fossero vecchi amici, e con il portiere dall'aria marziale, che mi intimidiva. Sydney si rivelò invece un tipo simpatico e alla mano: l'avessi scoperto prima avrei saputo che Richard Gere non abitava in quell'edificio. In compenso ci viveva Nolan, un tizio che gli somigliava moltissimo e che, in effetti, aveva un cane, un husky di nome Roger. Nolan in quel periodo era fuori per lavoro e sarebbe tornato la settimana successiva.

Fu proprio il portiere – per simpatia nei miei confronti e in pena per la povera Daphne, che dovevo proteggere dai tentativi di assalto da parte di tutti i cani della zona – a promettermi che mi avrebbe messo in contatto con lui.

Disperata, infreddolita e sull'orlo di una crisi isterica, al quarto giorno accettai di entrare nell'atrio del palazzo e passai delle ore molto piacevoli insieme a Sydney, a bere cioccolata calda con Daphne in braccio.

Quando finalmente Nolan tornò a casa, lo intervistai sul suo grado di soddisfazione per l'area dedicata ai cani di Washington Square Park, e alla fine chiamai pure il fotografo che ci immortalò tutti e quattro: Nolan, Roger, me e Daphne. Per inciso, Roger, data la sua origine, era un maschio piuttosto freddo nonché l'unico del circondario che non si fosse interessato a Daphne.

Scrissi un articolo divertente in cui raccontavo le mie disavventure con una barboncina diventata improvvisamente l'oggetto del desiderio dei cani di Washington Square Park. Lo intitolai, appunto, *L'oggetto del desiderio*.

Quando Colette vide la foto esclamò: «Fantastica, Richard sembra ancora più giovane e più bello. Ma quel cane è davvero inquietante!».

Non lesse nemmeno l'articolo e ancora oggi è convinta che io abbia intervistato Richard Gere.

Daphne, contrariamente a quanto avevo temuto, tornò di buon grado dalla sua padrona, ma quando Colette la porta in redazione mi riconosce con un guaito che trapassa la barriera del suono e mi balza in braccio con un unico salto.

CAPITOLO 4

Sono passati tre giorni dalla riunione con Colette e io non ho ancora chiamato nessuno. Non che non ci abbia provato, ma ogni volta che ho allungato il braccio verso il telefono, la mano si è bloccata e non sono mai riuscita a comporre il numero. Per tutto il tempo non ho fatto che arrovellarmi sulla questione, cercando di capire quale fosse l'approccio migliore: anticipare all'agente l'argomento dell'intervista oppure parlarne direttamente con l'attrice o modella? Ma non trovavo una soluzione. Ogni tanto percepivo lo sguardo di Julia su di me, che sorrideva in maniera beffarda. Così sollevavo la cornetta e componevo il numero di casa fingendo di parlare con qualcuno. Una volta ho fatto squillare per sbaglio il mio cellulare. Il bello è che non me ne sono nemmeno accorta e quindi ho estratto il telefonino dalla borsa domandandomi, perplessa, chi fosse a cercarmi dall'ufficio, dato che ero seduta alla mia scrivania...

Alla riunione di lunedì prossimo, fra quattro giorni esatti, dovrei già presentare una bozza del mio articolo e non so proprio come farò a cavarmela, considerando che sono a un punto morto. Uno dei mantra che ci ripetevano spesso al corso di giornalismo è: "scrivi di ciò che conosci", perciò stasera, approfittando dell'assenza di Maggie, che è rimasta a dormire dai suoi per sopraggiunta "crisi familiare", proverò a usare il sex toy che ho ordinato su eBay.

Mai e poi mai sarei entrata in un sexy shop!

Immagino cosa potrebbe dire mia madre se solo sapesse qualcosa a proposito di questo articolo. In genere non fa che ripetermi che ho trentadue anni, non ho un fidanzato e nemmeno un lavoro degno di quel nome.

«Non capisco che cosa tu ci stia a fare in quella rivista da quattro soldi che definire spazzatura è fin troppo generoso», mi ha rimproverato l'ultima volta che sono andata a casa loro.

«Non è così semplice, mamma». Ho cercato di spiegarle che era un momento difficile per tutti e che al «New York Times» non stavano certo aspettando me.

«Se continuerai a lavorare per quel giornale ti brucerai ogni possibilità di carriera», ha concluso lei, lapidaria. Detto da una che si è sposata non appena finito il college e la cui esperienza nel mondo del lavoro è limitata all'ambulatorio del marito, fa un certo effetto! Del resto è comprensibile che una madre trasferisca sulla figlia le proprie ambizioni deluse. E comunque sarebbe potuta andarmi anche peggio se, come le madri di tante mie coetanee, mi avesse spinta a partecipare ai concorsi di reginetta del Queens!

Quanto al fidanzato, non avevo argomenti convincenti per ribattere, tranne che oggigiorno l'età media per convolare a giuste nozze si è allungata di pari passo con l'aspettativa di vita. Quindi se, come dicono gli esperti, vivremo fino a ottant'anni, non ha senso sposarsi prima dei quaranta. Non posso nemmeno prendere in considerazione l'idea di stare con un uomo per cinquant'anni! D'accordo, esiste il divorzio, ma io sono all'antica, se deciderò di fare il grande passo dovrà essere per sempre.

Dopo avermi fatto sentire una nullità dal punto di vista professionale, mia madre ha spostato il discorso su Mark, ripetendo quello che mi ha detto almeno un milione di volte. Che eravamo una così bella coppia e non capiva come mai ci fossimo lasciati. Non ho potuto certo dirle che fare l'amore con lui mi emozionava come una seduta sulla poltrona di papà.

Così le ho rifilato la risposta di sempre. «Il nostro rapporto si era esaurito».

«Mark si è laureato in Medicina... Sai, Amy, un marito medico ti avrebbe garantito un buon tenore di vita... Senza contare che un medico è una figura così romantica... comunque pare che stia per sposarsi con una collega», ha continuato.

Come abbia fatto mia madre, da paladina delle minoranze etniche, a diventare una piccolo borghese è per me un mistero. Quando si sofferma sul periodo della sua militanza, sorride di se stessa con indulgenza. «Se non sei idealista a vent'anni, non hai cuore. Se lo sei ancora a trenta non hai testa». E pare esserne convinta.

Mio padre, al contrario di mia madre, ha molta fiducia nelle mie capacità e non è mai stato un fan del mio ex fidanzato. Dopo aver saputo che ci eravamo lasciati, aveva commentato: «Non mi sembra questa gran perdita, secondo me era un tipo piuttosto noioso».

Lui e la mamma si sono conosciuti a un colloquio di lavoro, quando mio padre cercava un'assistente. Papà l'aveva scelta fra dieci candidate, colpito più dalla sua avvenenza che dal suo curriculum. Quanto alla mamma, era rimasta affascinata dal suo sorriso dolce e rassicurante. Insomma, si era trattato di un colpo di fulmine e dopo un anno di fidanzamento erano convolati a nozze, con una cerimonia a cui avevano partecipato più di duecento invitati. Dopo la luna di miele alle Haway, erano scivolati nelle routine di una coppia sposata, per niente preoccupata di condividere famiglia e lavoro. Anzi, il fatto di essere a stretto contatto per molte ore della giornata aveva influito positivamente sul loro rapporto. Il matrimonio, ripete tuttora mia madre, aveva ridimensionato anche il suo spirito rivoluzionario che l'aveva fatta marciare, negli anni Settanta, per i diritti dei nativi americani e delle minoranze.

Distolgo il pensiero dai miei genitori e mi concentro sul mio appuntamento con Mr Rabbit.

Prima di tutto mi faccio una lunga doccia e mi spalmo la crema dappertutto, indugiando sul seno, sulle cosce e sul fondoschiena. Infilo una comoda camicia da notte, mi siedo sul divano e leggo attentamente le istruzioni. Sono scritte in maniera chiara e dettagliata, per non dire elementare, tanto che mi sorge il dubbio che le donne che usano vibratori abbiano difficoltà di apprendimento.

Il modello è lo stesso illustrato da Costance nella trasmissione televisiva, di un bel rosa luminescente con il piccolo Rabbit posto di lato.

Sebbene cerchi in tutti i modi di persuadermi dell'importanza della sua funzione – secondo Costance e Maggie addirittura igienica –, continua a incutermi un certo timore. Lo fisso per un attimo e un brivido mi serpeggia lungo la schiena. Sta' a vedere che quel tirchio dell'amministratore ha abbassato il riscaldamento. Tocco il radiatore: è appena tiepido.

Sarà suggestione, ma inizio a sentire freddo e a tremare.

Ok, non devo lasciarmi suggestionare da questi sciocchi incidenti di percorso! Se avrò freddo mi rifugerò sotto le coperte.

Un profondo respiro e sono pronta! Lo prendo in mano, schiaccio il pulsante e la lieve vibrazione che emana mi rassicura un po'. Solo che... quando è il momento di... Ma che succede, accidenti?? Il mio corpo lo respinge con decisione.

Tutta colpa della temperatura glaciale della stanza, cerco di convincermi.

Allora mi ficco sotto il piumone. Allargo le gambe, inspiro di nuovo, lo aziono e... Non è che scivoli come mi aspettavo, ma credo che questa volta ci siamo, che il mio corpo non cerchi di respingerlo come prima, ma lo accolga tutto, fino in fondo. Le orecchie del piccolo Rabbit mi stuzzicano piacevolmente. Insomma, mi sto rilassando ed eccitando.

All'improvviso ricordo di aver letto che è dotato di multivelocità regolabile. Perché non provare? Mi sento temeraria. Afferro l'impugnatura, trovo il comando, lo aziono e... Mr Rabbit si blocca, come se si fosse afflosciato. Il che è impossibile, vista la sua natura.

Schiaccio ripetutamente il pulsante ma non succede niente. Accidenti a lui! Si è esaurito proprio sul più bello lasciandomi a bocca asciutta, come mi succedeva quasi sempre con Mark.

«Ma non te la cavi così», lo minaccio.

Butto all'aria il piumone, mi alzo, afferro la vestaglia supermorbida e supercalda di Maggie, vado in bagno e lo smonto per cercare le batterie. Le faccio ruotare come con il telecomando, le rimetto a posto e ci riprovo.

Niente, si rifiuta di ripartire!

Entro in cucina, rovisto nel cassettone della dispensa, dove Maggie e io teniamo le cose più disparate, dagli elastici, ai chiodi, a... e finalmente trovo una confezione di batterie nuove.

«Ahahah! Ora ti faccio vedere io», dico a Mr Rabbit che mi aspetta, paziente, sul tavolino del salotto.

Lo smonto di nuovo, tolgo le vecchie batterie e introduco quelle nuove.

«Ecco fatto, ora torneremo a letto e finiremo il lavoro, detesto lasciare le cose a metà!». Mi ficco sotto le coperte, aziono il pulsante ma non accade niente! Niente di niente!

Sono furiosa, com'è possibile? Sicuramente mi hanno mandato un modello difettoso, non c'è altra spiegazione.

Dire che sono frustrata è riduttivo. Avevo appena familiarizzato con Mr Rabbit, ci stavo prendendo gusto e non vedevo l'ora di testare fino in fondo la sua efficacia. Non sono mai, e sottolineo mai, stata lasciata a bocca asciutta in questo modo!

Neanche dal mio ex. Dal momento che il sesso con lui non era memorabile e nemmeno soddisfacente, quando tutto era finito subentrava in me un sollievo così grande, paragonabile a un orgasmo. Con gli altri, grazie all'aiuto di qualche drink che, avevo scoperto, toglieva le inibizioni e rendeva il rapporto più frizzante, era andata decisamente meglio. Tuttavia, essendo la mia lucidità offuscata dai suddetti drink, non sono in grado di affermare se quegli incontri si fossero conclusi felicemente oppure se il piacere finale che pensavo di aver raggiunto fosse solo la proiezione di un mio desiderio inconscio.

Esasperata, torno in salotto, recupero il foglietto d'istruzioni e le scorro finché non leggo: "Il modello funziona con batterie al litio. È possibile che le batterie all'interno del prototipo siano scariche, pertanto si consiglia di sostituirle prima di usarlo".

Se non fossero le undici di sera telefonerei alla casa produttrice. Ma che modi sono questi? Dov'è andata a finire la professionalità?

Domani scrivo alla ditta un'email carica di insulti.

Rimetto Mr Rabbit nella scatola insieme alle istruzioni, la richiudo con rabbia e la spingo sotto il letto. L'istinto sarebbe quello di lanciarlo fuori dalla finestra, ma rischierei di colpire qualcuno, e poi, siamo al primo piano e di sicuro non si romperebbe nemmeno.

Spengo le luci, torno per l'ennesima volta a letto e mi tiro le coperte fin sulla testa.

Il disastroso epilogo del mio appuntamento con Mr Rabbit è la conferma di quanto ho sempre pensato: dopotutto non ho affatto bisogno di lui! Mi sono sempre arrangiata da sola e, articolo o non articolo per «Manhattan Rumors», continuerò a farlo!

L'esperienza deludente di ieri sera mi ha confermato che sono la persona meno adatta a fare quelle interviste. La mattina dopo mi ritrovo, proprio io, che non ho mai sofferto della sindrome del foglio bianco, a fissare la pagina vuota del mio computer, cercando un'ispirazione che non arriva.

Magari dovrei decidermi a fare quelle cavolo di telefonate!

Inoltre, la mia scarsa conoscenza in materia e la mia palese incapacità di far funzionare un semplice gadget a batteria mi hanno tolto ogni entusiasmo. Mr Rabbit mi ha talmente nauseato che non voglio più avere a che fare con lui. Perciò non scriverò nulla alla ditta, ma non appena sarò a casa lo getterò nel cassonetto. Lui e le sue stramaledette batterie al litio.

Posso sempre dire a Colette che le celebrità si rifiutano di confidarmi una parte così intima della loro sessualità, che gli agenti interpellati mi hanno sbattuto il telefono in faccia e che, al posto di un articolo pruriginoso che fa leva sulla morbosità della gente, potremmo scrivere un compendio didattico sull'uso e abuso dei vibratori. Certo, dovrei documentarmi a livello teorico e scientifico, ma è una cosa decisamente più semplice dell'esperienza sul campo.

Ma so già che cosa mi risponderebbe: «Amy, tesoro, a chi vuoi che importi un articolo didattico? Le nostre lettrici non sono delle puritane e noi non siamo una rivista di educazione sessuale. Le nostre lettrici vogliono notizie piccanti da leggere dal parrucchiere o dall'estetista, mentre aspettano di fare la ceretta».

La ceretta! E se le proponessi un servizio sui vari tipi di ceretta all'inguine? Qualche giorno fa sono andata in un nuovo centro appena aperto che offriva trattamenti completi a prezzi stracciati dove, appunto, mi hanno proposto i vari tipi: brasiliana, American style, French style, a cuore e integrale.

L'estetista mi ha raccontato che ultimamente la depilazione totale, molto apprezzata dagli uomini, è la più richiesta.

Ma io ho scelto l'American Style (in fondo sono una patriota): un triangolino perfettamente rasato. Primo, non esco con nessuno e secondo, mi sentirei troppo vulnerabile.

All'istituto di bellezza ho anche sentito parlare del boom della chirurgia estetica alle parti intime e ho allungato le orecchie. Però non sono sicura che una celebrità ammetterebbe di essersi fatta allungare il pene o rimodellare i testicoli. E una modella o un'attrice difficilmente confesserebbe di essere tornata vergine grazie al bisturi, per accontentare il suo fidanzato... magari uno sceicco che le ha proposto di diventare la sua quarta o quinta moglie.

Ma non si può mai dire, magari navigando in rete mi viene qualche altra idea. Apro internet e comincio a cercare...

Sono talmente immersa nella mia navigazione che quasi non mi accorgo dei passi felpati sul parquet che, a un tratto, si fermano dietro di me.

Mi giro e... d'accordo, sono una trentaduenne single e forse un po' insoddisfatta, che ai tempi di mia nonna, e anche di mia madre?, sarebbe stata definita una zitella, ma questo tizio è il maschio più interessante che mi sia capitato di vedere da... SEMPRE.

In un secondo il mio sguardo inquadra capelli biondi cortissimi, occhi neri, labbra turgide ma non troppo, non alla Mick Jagger per intenderci, un lieve accenno di barba e un torace di tutto rispetto evidenziato da un maglioncino aderente. E un sorriso che è un raggio di sole in una stanza illuminata da lampade al neon.

Non è Brad Pitt, ma poco ci manca!

Se proprio dovessi trovargli un difetto, e non ci tengo particolarmente, direi che non mi piace il collo a V del suo maglioncino. Secondo me il collo a V è adatto alle donne, non agli uomini, anche se la leggera peluria che si intravede nella scollatura è piuttosto erotica.

«Ciao, sono venuto per la stampante». Mi saluta con un accento leggermente strascicato, probabilmente del Sud, che lo rende irresistibile.

La stampante? Non so di che cosa stia parlando, ma gli sorrido come se lo stessi aspettando.

«Che cos'ha che non va?», riprende lui, sempre con quel sorriso da cui non riesco a distogliere lo sguardo.

Ricordo d'un tratto che quando volevo stampare il catalogo dei vibratori, la stampante non funzionava. Così ho chiesto l'intervento del tecnico.

«Mi chiamo Robin Clark e sono il nuovo fattorino», si presenta porgendomi la mano.

«Amy», rispondo sempre più confusa, stringendogliela. È calda e morbida, come il suo sguardo. Lui indugia un po' prima di lasciarla andare, accarezzandomi lievemente il palmo.

«Bene, vediamo che cosa c'è che non va», replica Robin.

È una mia impressione oppure le ragazze hanno smesso di lavorare e ci stanno fissando? O meglio, fissano lui, perché deve essere alto almeno un metro e ottantacinque e la sua figura spicca fuori dai tramezzi che dividono il pollaio in tante celle.

Una sorta di incantesimo ha sospeso ogni attività. Non si sente l'abituale digitare delle dita sulle tastiere, né il ronzio delle stampanti. Pure i telefoni hanno smesso di squillare.

Robin è un tipo che non passa decisamente inosservato, ma ancora non ho capito che cosa c'entri un fattorino con la riparazione della stampante.

Comunque, si abbassa a livello della macchina, armeggia per qualche secondo e riemerge nello stesso momento in cui, nell'open space, riprende l'attività.

Mi accorgo di avere le mani sudate e il cuore che batte come uno stantuffo.

«Prova adesso...», mi invita.

Clicco su un documento qualsiasi e lancio la stampa. Il familiare ronzio della macchina, che mi ricorda quello di Mr Rabbit, mi fa capire che sta funzionando.

Robin prende il foglio dal vassoio, me lo porge e non appena lo afferro, mi accorgo con sommo orrore che si tratta dell'elenco dei vibratori...

Non sono particolarmente timida e non arrossisco facilmente, ma sento le guance bollenti, come se avessi preso un'insolazione. «È per un articolo», mi giustifico, anche se, a ben pensarci, non devo mica renderne conto a lui?

Il sorriso ironico che compare sulle sue labbra mi fa sprofondare ancora di più. «Sì, certo, capisco», dice sollevando il sopracciglio. «Comunque», continua, «non era nulla, solo la presa male inserita».

Perfetto! Se già pensavo di aver fatto la figura dell'idiota, adesso mi sento anche un'incompetente, la classica donnetta incapace persino di inserire la presa di una stampante. Del resto, dopo la disavventura con Mr Rabbit, deve essere proprio così.

«Ok, se non ti serve altro...», riprende lui fissandomi intensamente, come se fosse dotato di un microchip impiantato nel cervello che gli permettesse di vedere sotto i vestiti.

Non ci sarebbe niente di strano, il Grande Fratello ormai è ovunque, anche nel nostro bagno!

«Grazie, sei stato molto gentile», riesco a dire incrociando le braccia al petto.

Mi abbandono sulla sedia, cerco di rilassarmi con un paio di respiri profondi e non appena mi riapproprio di me stessa sollevo la cornetta e chiamo Maggie.

«Sai qualcosa del nuovo fattorino?», le chiedo.

«Il nuovo che?». Dalla sua risposta deduco che ne è all'oscuro.

«Si chiama Robin ed è uno schianto».

«Passa da me, Colette non c'è stamattina».

Alcuni minuti dopo sono nel suo ufficio. Ogni volta che vado lì non posso fare a meno di invidiare la mia amica per l'ampio spazio di cui dispone, la bella scrivania, l'enorme schermo del computer e la vista sul Chrysler Building.

Colette la tiene in gran considerazione, non c'è che dire... Il fatto è che i servigi di Maggie vanno ben oltre i normali compiti di una segretaria. E consistono nel ritirare i capi in lavanderia, fare dei piccoli acquisti per lei, ricordarle gli appuntamenti dal parrucchiere, dal dentista e dal medico che le pratica le iniezioni di botox. In altre parole è una specie di balia, e mano male che Colette non ha figli, altrimenti le toccherebbe fare anche da baby sitter. Nonostante abbia sempre asserito che lavora per vivere e non vive per lavorare, Maggie sembra molto soddisfatta della sua posizione e non si lamenta. Credo si sia affezionata a Colette, che la tratta come una figlia. Un giorno mi ha detto: «Sono sicura che Colette e io, in una vita precedente siamo state molto legate, probabilmente era mia madre oppure mia sorella». Aveva appena letto *Oltre le porte del tempo* di Brian Weiss, abbracciando le sue tesi. Ipotizzava di aver incarnato, in una delle sue prime vite, i panni di una sacerdotessa druidica. Ebbene, se la reincarnazione si manifesta nel fisico oltre che nello spirito, è possibile. Con quei capelli rossi, la pelle chiara e gli occhi verdi, Maggie assomiglia, se non proprio a una sacerdotessa, a una fata irlandese. Mi siedo alla scrivania di fronte a lei e le racconto di Robin. Maggie sembra perplessa: «Non capisco come mai Colette non mi abbia detto nulla».

«Se ne sarà dimenticata», replico. Non vorrei mai che entrasse in crisi perché Colette non si è consultata con lei per una faccenda così insignificante!

«Ultimamente la vedo più evanescente del solito, però mi sembra strano che in un periodo di scarsa liquidità abbia assunto una persona».

«Non sappiamo di che tipo di assunzione si tratta, magari lo paga a ore, con il minimo sindacale».

«In ogni caso non è consuetudine che un fattorino si occupi della stampante, a quanto ne so i fattorini portano la posta, fanno commissioni, ma per i guasti tecnici si chiama l'assistenza», le faccio presente.

«Mi hai incuriosito, che ne dici se lo chiamo per chiedergli di andarmi a prendere un caffè da Starbucks?»

«Buona idea», osservo, «ma dove lo chiami?»

«Suppongo sia alla reception, no?».

Certo, alla reception. In ogni caso conveniamo che

non sia opportuno farmi trovare nel suo ufficio e così torno alla mia scrivania.

Un quarto d'ora dopo Maggie mi richiama: «Avevi ragione, è un tipo interessante, non appena torna Colette la metto sotto torchio».

Solo Maggie può permettersi di fare una cosa del genere. Probabilmente ha ragione lei, per qualche occulta e insondabile ragione ha un forte ascendente su Colette.

CAPITOLO 5

Le pizze che ci hanno appena servito sono fumanti, profumate e invitanti. Io e Maggie abbiamo scelto la small, che è comunque enorme e fuoriesce dal piatto. Su un letto di pomodoro spruzzato di foglioline di basilico, spicca della ricotta e della mozzarella di bufala, sciolta al punto giusto. Phil, invece, ha scelto un calzone.

Lombardi's, a Little Italy-Soho, è una delle migliori pizzerie italiane di Manhattan. Un locale folkloristico sulla cui vetrina giganteggia un ritratto della Gioconda.

«Che profumo delizioso...», commenta Phil attaccando il suo calzone ripieno, «domani starò a digiuno ma stasera me lo godo», rimarca con un sorriso furbetto.

Mentre sorseggio la birra, getto un'occhiata al locale non ancora affollato. Al tavolo vicino al nostro scorgo una ragazza seminuda, nonostante fuori ci siano dieci gradi. È magrissima e indossa un top e una mini che le scopre le gambe, lunghe come pertiche, abbronzate e nude. I piedi infilati in un paio di sandali di strass con il tacco vertiginoso. Accanto a lei un uomo di mezza età, molto elegante in un completo grigio. Abbronzato pure lui e completamente calvo. Potrebbe essere suo padre, ma non ci giurerei.

Per un po' mangiamo in silenzio. Phil è il primo a finire, si pulisce la bocca con il tovagliolo, tracanna quasi tutta la birra, si rilassa sullo schienale della sedia e chiede: «Novità, ragazze?».

Maggie e io ci scambiamo un'occhiata d'intesa, quindi la mia amica gli racconta di Robin.

«Ha un fondoschiena da ballerino classico», conclude con aria sognante. Incantata com'ero dal suo sorriso, non l'ho notato.

È mai possibile che Maggie sia sempre un passo avanti a me?

«Allora è di sicuro gay», afferma Phil con gli occhi che brillano.

«Tu e la tua mania di pensare che tutti gli uomini appetibili siano gay», intervengo.

«Scommettiamo?», si ostina lui.

«Non credo», ribatte Maggie, «anzi, sono sicura di no. Mi guardava in un modo...».

E io che mi ero illusa che quello sguardo, così intenso, così sensuale, senz'altro consapevole del fascino che esercita sulle donne, fosse rivolto solo a me! Del resto, un tipo così, avrà sicuramente l'imbarazzo della scelta, in quanto a donne. Potrebbe anche essere fidanzato, ma sono sicura che non è sposato. O almeno... ho notato subito che non portava la fede.

«Colette si è tenuta molto sul vago quando le ho chiesto informazioni su di lui. Ha detto solo che ha le mani d'oro, che sa aggiustare qualsiasi cosa e che le farà risparmiare un mucchio di soldi in assistenza. Pare che lo paghi pochissimo», ci rivela Maggie.

«Comunque, c'è qualcosa che non mi convince», osservo. «Se il giornale non ha soldi sufficienti per pagare gli stipendi, assumere un'altra persona mi sembra una mossa avventata».

«Ma Colette non è ricca?», chiede Phil.

«Negli affari è buona norma non investire mai il proprio danaro», ribatte Maggie. E ho l'impressione che stia ripetendo una frase di Colette.

Meno male che ho un po' di risparmi da parte, accumulati quando mi pagavano regolarmente. Sono proprio fiera di me stessa, della mia oculatezza e della mia lungimiranza. Se avessi fatto la cicala invece che la formica ora mi troverei nei guai... Ok, papà ogni tanto mi passa qualcosina di nascosto dalla mamma, ma questo non cambia i termini della questione. Avrei potuto spendere i suoi soldi in qualche costoso negozio, invece di aspettare i saldi da Bloomingdale's e rischiare, ogni volta, la mia incolumità.

Bei tempi quando «Manhattan Rumors» pubblicava articoli sui saldi! Io ne avevo scritto uno molto divertente in cui descrivevo uno scontro fra una megera sessantenne tutta ingioiellata e una ventenne che praticava kickboxing, per accaparrarsi un maglioncino di cachemire per venti dollari e novantanove. La megera aveva avuto la peggio sia per quanto riguardava il maglioncino sia per un livido piuttosto evidente sullo zigomo sinistro. Mi pare di ricordare che la signora avesse sporto denuncia contro la ragazza, ma non ho mai saputo come sia andata a finire.

Com'è che conoscevo tutti quei dettagli?

Be', ero presente! Non mi lasciavo mai scappare l'apertura dei saldi da Bloomingdale's.

«Forse Colette è rimasta folgorata da questo Robin», interviene Phil fra un sorso e l'altro di birra.

«Poco fa sostenevi che fosse gay...», ribatto.

«E che c'entra tesoro? Nel caso tu non lo sapessi, le donne si innamorano dei gay, ne sono irresistibilmente attratte».

Continuiamo a fare congetture su Colette, Robin e i motivi reconditi della sua assunzione. Phil, cui non manca certo un'immaginazione fervida, sostiene che ci deve essere per forza sotto qualcosa. Alla fine stabilisce che Robin ha avuto una relazione con Colette, lei lo ha mollato e ora lui la sta ricattando minacciandola di dire tutto al marito. Oppure che Colette ha circuito Robin, e lui, essendo gay, si comporta in maniera ambigua negandosi sul più bello. Insomma in questo caso sarebbe lei a ricattare lui.

Mi è venuto un forte mal di testa, non so se per colpa della birra o per le chiacchiere di Phil. La più tranquilla di noi è Maggie, come sempre. Sono poche le cose che le fanno perdere la sua naturale imperturbabilità. Probabilmente le sacerdotesse druidiche hanno una grande capacità di autocontrollo.

Quando dovevamo sostenere un esame, io entravo in paranoia già una settimana prima, mentre lei mi confessava di essere un po' nervosa la mattina della prova, non appena si svegliava. Invece del caffè prendeva una camomilla e solo mezza tazza, altrimenti rischiava di addormentarsi davanti ai professori.

Improvvisamente il cellulare di Phil squilla. «È sicuramente Malcom», dice sorridendo. Dal modo in cui sussurra al telefono deve trattarsi proprio di lui. Phil è molto preso da questa storia e io mi auguro che sia finalmente quella giusta. Phil è un tipo dall'innamoramento facile e ogni volta è convinto che si tratti del grande amore. Ma puntualmente rimane deluso.

Io non sono volubile come lui, però prima di stamattina non mi era mai capitato che un uomo mi facesse l'effetto di Robin e, al pensiero che probabilmente domani lo rivedrò, un eccitante formicolio mi percorre la schiena.

La ragazza seminuda si è alzata e ora sta sfilando davanti a noi. È ancora più alta e magra di quanto apparisse da seduta: una delle tante newyorkesi prossime all'anoressia che si vedono per strada ultimamente. Donne che si sostengono con una foglia di insalata e un gambo di sedano, che bevono solo acqua e passano le giornate fra saloni di bellezza e palestra. Quando non vanno a fare shopping, ovviamente. Il suo accompagnatore, tarchiato per non dire obeso, le appoggia una mano grassoccia sulla schiena nuda con un gesto di possesso, fugando ogni dubbio sul fatto che possa essere suo padre.

Dividiamo il conto e usciamo. Il quartiere porta ancora i segni dei festeggiamenti per il Columbus Day di qualche giorno fa. Davanti ai palazzi e ai ristoranti sventolano le bandiere italiane accanto a quelle americane. E nelle vetrine dei negozi sono esposte pietanze e dolci bianchi, rossi e verdi. Le facciate di alcuni edifici sono state tinteggiate nei tre colori nazionali.

Il mio pensiero corre ai miei nonni che vivevano a Rijeka, in Istria, quando faceva ancora parte dell'Italia. Nonna Mary, che si considerava italiana a tutti gli effetti, partecipava sempre alle manifestazioni per il Columbus Day insieme alla sua amica Giuseppina, che veniva da Napoli e venerava Sophia Loren.

Ci incamminiamo sulla Bowery, dove si sta riversando una fiumana di gente nonostante sia una serata piuttosto fresca che preannuncia l'autunno. Mi stringo nella giacca di lana e rabbrividisco pensando alla ragazza seminuda. Nonostante la magrezza, deve avere un ottimo sistema immunitario per non prendersi una polmonite!

Phil accelera il passo costringendoci quasi a correre. Non vuole far aspettare Malcom, è chiaro, ma non siamo mica a una maratona!

Arriviamo sotto casa in tempo record. Phil, che si allena ogni giorno nella sua palestra, è in ottima forma, Maggie, che corre sempre avanti e indietro per l'ufficio, oppure svolge le commissioni per Colette su e giù per Manhattan a piedi, non è da meno. Mentre io, ultimamente, per un motivo o per l'altro mi muovo quasi sempre in metro o in taxi e sono proprio arrugginita. Dovrei proprio decidermi a fare un po' di moto, prima che sia troppo tardi…

Comincerò domani! Se il tempo sarà bello come oggi, mi concederò una passeggiata di un paio d'ore in qualche bel parco e chissà che, immersa nel verde e respirando aria di mare, ricca di salsedine, non mi venga la giusta ispirazione per chiamare quegli agenti.

Malcom è già lì quando arriviamo a casa. Indossa una giacca di pelle morbidissima color tabacco e un paio di jeans grigi. Che sia bello è indubbio, ma secondo me i lineamenti della bocca sono un po' troppo duri, per non parlare degli occhi chiari e glaciali. *Brr!* È decisamente di cattivo umore. Phil gli va incontro salutandolo allegramente e lo bacia. Lui ci saluta incenerendoci con lo sguardo. Per qualche motivo Maggie e io non abbiamo mai legato con Malcom e, da quando stanno insieme, Phil non ci invita più ai suoi party: una compagnia di persone eterogenee e divertenti, con le quali si poteva parlare di arte, spettacolo e moda sorseggiando i cocktail più in voga del momento. Hank, uno dei più cari amici di Phil, è un barman piuttosto famoso che lavora al Club 21. La sera dell'inaugurazione dell'appartamento di Phil, cui Maggie e io partecipammo più per stabilire rapporti di buon vicinato che con la speranza di rimorchiare, ci offrì un cocktail che stava spopolando in quel periodo. Con fare molto ossequioso ci consegnò due flûte contenenti un liquido color arancio, un paio di cubetti di ghiaccio e una fetta d'arancia infilata sul bordo. Mi ricordava qualcosa, ma sul momento non mi sovvenne. Hank aspettò che lo sorseggiassimo, quindi disse: «Si chiama Aperol Spritz, che ve ne pare?».

Si comportava come se fosse una sua invenzione, ma non me la diede a bere. Mi ricordai infatti che da piccola lo avevo assaggiato parecchie volte, anche se solo qualche sorso, da nonna Mary. Lei lo adorava, diceva che le ricordava casa sua e lo gustava ogni sera, prima di cena. Qualche volta anche durante i pasti...

«Ottimo», risposi. Era davvero fresco e squisito.

Phil e Malcom salgono le scale mentre Maggie e io rientriamo nel nostro appartamento.

«Robin è assolutamente etero», puntualizzo togliendomi le scarpe che mi fanno male da morire. Eppure sono morbide, la pianta non è stretta e il tacco non supera gli otto centimetri. Mi siedo sul divano e mi massaggio i piedi. «È l'uomo più sexy che io abbia conosciuto».

Maggie annuisce sovrappensiero.

«Credi che Colette abbia tradito qualche volta Henry?», le chiedo.

«No, non credo. Colette si è calata perfettamente nei panni della newyorkese dell'alta società, una donna in carriera emancipata e disinibita che non si scandalizza davanti a niente e a nessuno. Le piace molto giocare con questo ruolo in maniera ambigua, lasciando credere che la sua vita, favolosa ed eccitante, nasconda torbidi segreti. In realtà penso che sia fragile e sì, per risponderti, anche fedele a suo marito».

«Che tipo è lui?»

«Un uomo massiccio, occhiali con la montatura di tartaruga, pelle chiara e capelli rossicci. Ha le efelidi anche sulle mani».

È tipico di Maggie osservare anche i più piccoli dettagli.

«Non mi riferivo al suo aspetto fisico», replico, «ma al carattere».

«Come si fa a capire il carattere di uno psichiatra? Posso dire che è riservato e gentile, ma più di questo...».

«Credi che siano felici?»

«Mah, sono sposati da vent'anni, lei ogni tanto si lamenta che è troppo metodico, che lavora tanto, che non si ricorda più che faccia abbia, ma presumo che ne sia innamorata. Come mai ti interessa la vita sentimentale di Colette?»

«Così, in fondo non ne abbiamo mai parlato e con l'arrivo di Robin e la possibilità che, come dice Phil, ci sia sotto qualcosa, mi sono incuriosita».

«Be', forse capiremo qualcosa di più nei prossimi giorni».

Mentre ci prepariamo per andare a letto, dal piano di sopra giungono dei rumori che non lasciano dubbi su quello che sta succedendo fra Phil e Malcom. Evidentemente non era di cattivo umore come pensavo, oppure Phil è stato abile a farglielo passare.

Nonostante i soffitti alti e le pareti spesse, quando fu costruito questo palazzo l'insonorizzazione era un concetto sconosciuto. Ma in fondo, ai primi del Novecento, o giù di lì, si faceva l'amore in maniera educata e rispettosa del prossimo. E non in modo sguaiato e indecente come i due al piano di sopra! Oppure, chissà che io non parli di indecenza solo perché loro fanno sesso e sono soddisfatti, mentre io e Maggie siamo due single che vanno a nanna con i loro sex toys? Si fa per dire... per quanto mi riguarda Mr Rabbit non lo voglio più vedere, nemmeno nella foto del catalogo che promette orgasmi fenomenali.

La mattina dopo, il leggero chiarore che filtra dalle tende mi fa sperare in uno di quegli inaspettati regali di ottobre, una giornata con cielo azzurro e temperatura gradevole. L'ideale per la mia passeggiata! Camminerò di buon passo fino a Battery Park, mi riempirò i polmoni di aria salmastra e, rinfrancata, chiamerò il primo agente della mia lista. Sicuramente sarà meglio che telefonare dall'ufficio con gli occhi di quella vipera di Julia puntati addosso.

Mentre facciamo colazione informo Maggie che, verso le dieci, ho un appuntamento con Paul Finch, l'agente di Ashley Burton, la modella più quotata del momento, e che quindi non andrò in ufficio.

Lei mi fissa, dubbiosa. «Davvero? Non potevi parlargliene per telefono?»

«Ho tentato», mento, «ma eravamo interrotti continuamente da altre telefonate e non facevo che rimanere in attesa. La terza volta che è caduta la linea gli ho chiesto un appuntamento».

Non è una vera bugia perché ho davvero intenzione di chiamare Paul Finch e di fissare un appuntamento con Ashley.

Oggi sono piena di energia e molto, ma molto determinata!

È stata una bella scarpinata, più lunga di quanto pensassi. Del resto, non ero mai andata a Battery Park a piedi. Arrivo trafelata e sudata verso le dieci benché, a un certo punto, per non sprecare tutta la mattina, abbia preso la metro. Mi lascio cadere su una panchina di fronte al mare e rimango a osservare Lady Liberty e il traghetto che le gira intorno sbocconcellando un hot dog e sorseggiando una Pepsi. Quanto mi piacerebbe essere una turista al suo primo viaggio a New York, salire su quel battello e farmi un giro lasciandomi accarezzare il viso dalla brezza marina e dal tiepido sole!

Il verso stridulo di un gabbiano mi fa sollevare gli occhi al cielo. Sta volteggiando intorno a me con aria aggressiva. Credo voglia un pezzo del mio panino, ma non ho nessuna intenzione di darglielo. Ho letto un articolo, sul «New York Times», in cui raccomandavano di non dare da magiare ai gabbiani per non disabituarli a procacciarsi il pesce in mare. I gabbiani non sono dei rapaci, vero?

In ogni caso mi alzo… non fosse mai che…

«Non mi dirai che hai paura di un gabbiano». Questa voce, dall'accento lievemente strascicato, non mi è nuova, ma a causa del riverbero non riesco a inquadrare la persona davanti a me, che mi appare come un'ombra. Anche se nutro qualche sospetto.

«No… io…», replico mentre l'ombra si sposta dal sole e mi scivola accanto, sulla panchina, assumendo le sembianze di un uomo in carne, ossa e… muscoli.

CAPITOLO 6

«Ciao Amy».

«Robin», lo saluto a mia volta con il cuore che accelera i battiti. Accidenti, perché mi fa questo effetto? Mi sembra di tornare indietro nel tempo, quando ero un'adolescente che si emozionava davanti al ragazzo più popolare della scuola. Che, per inciso, non era Mark.

Il gabbiano emette uno strillo acuto, si alza in volo e si esibisce in due giri concentrici sul mare. Probabilmente è una legge della natura: Robin è un maschio alfa e il pennuto ha capito che è meglio sgomberare il campo.

«Come mai da queste parti?», mi chiede e io mi sento come se avessi marinato la scuola.

E lui come mai è qui, mi ha seguito? Ma no, che cosa vado a pensare… Comunque se è pappa e ciccia con Colette potrebbe riferirle di avermi incontrato a Battery Park, quando invece dovrei essere sulla Madison per il mio appuntamento con Paul Finch.

Ma si può essere più sfigati di così?

«Avevo un appuntamento di lavoro, ma la persona in questione mi ha dato buca», improvviso. «E tu?», gli giro la domanda, prima che mi chieda i dettagli.

«Oggi ho il turno di pomeriggio», dice fissandomi con uno sguardo penetrante, per un tempo che mi pare lunghissimo, tanto che non ce la faccio a sostenerlo e abbasso gli occhi.

«Capisco». In realtà non capisco affatto. Il fattorino di una rivista è più utile di mattina, quando il lavoro si svolge a pieno ritmo, non di pomeriggio. Ci deve essere per forza qualcosa sotto.

Il mio spirito da giornalista, una volta tanto, ha la meglio sulla timidezza che quest'uomo mi suscita. Perciò proseguo: «Colette è un buon capo, la conosci da tanto?»

«No, che cosa te lo fa pensare?»

«Be', sai, non abbiamo mai avuto un fattorino e allora credevo che...».

Robin stringe gli occhi e si lascia andare a un mezzo sorriso. Dio com'è sexy con il labbro superiore appena sollevato.

«Che fossi una specie di favorito a pieno servizio?», rilancia facendomi l'occhiolino.

Mi sento le guance in fiamme. «No, non intendevo questo, scusa».

«Non c'è niente di cui scusarsi», mi rassicura, «avevo bisogno di un lavoro, so fare parecchie cose e Colette mi ha assunto, tutto qui».

Annuisco inghiottendo l'ultimo boccone del mio hot dog. Robin allunga la mano e con tocco delicato mi pulisce uno sbaffo di senape sul mento. La lieve pressione del suo dito mi provoca più di un brivido e mi costringe ad alzare lo sguardo verso i suoi occhi, scuri, profondi e intensi, che esercitano su di me un'attrazione magnetica che mi fa sentire quasi a disagio.

"Che accidenti ha da guardarmi tanto?", penso girandomi verso il mare.

Il gabbiano se n'è andato.

Restiamo per un attimo in un silenzio imbarazzato. Per meglio dire, a essere imbarazzata sono solo io mentre lui, piuttosto rilassato, continua a fissarmi.

Vorrei tanto chiedergli qualcosa di più, da dove viene e come mai si è stabilito nella Grande Mela, poiché è evidente che non è nato qui. Forse è un aspirante attore... Sì, deve essere così. Manhattan è piena di aspiranti attori che fanno i lavori più umili. Oltretutto, nonostante l'accento *mooolto* sexy, non parla come un fattorino, anche se in verità non ne ho mai incontrato uno, esclusi i ragazzi che fanno le consegne per i vari corrieri espressi della città. Magari conosce qualche attrice e potrebbe aiutarmi a organizzare un'intervista. No... è piuttosto improbabile, se è un attore alle prime armi non sarà introdotto nell'ambiente. Che me ne faccio della testimonianza di un'attricetta di belle speranze che nessuno conosce?

«Tu invece sei una giornalista... Ti piace il tuo lavoro?», mi chiede.

«Sì, ho sempre desiderato fare questo mestiere».

«Di che cosa ti occupi?».

No, un momento, la giornalista sono io. Sono io che dovrei fare le domande, non lui. E poi è ovvio che mi sta provocando, dopo l'incidente dell'altro giorno.

«Scrivo principalmente di costume», rispondo cercando di darmi un tono, «a Colette piace che la rivista sia eclettica e non ha paura di toccare certi argomenti».

«Il sesso vende sempre», è il suo commento lapidario. «Ma i sex toys, a mio avviso, sono dei surrogati pericolosi».

Accidenti a me e alla mia disattenzione! Proprio quel documento dovevo mandare in stampa? Chissà che idea si deve essere fatto!

Ha detto che i sex toy sono pericolosi: a cosa si riferiva? Non avrò mica rischiato di restare fulminata l'altra sera con Mr Rabbit? Forse è a conoscenza di qualche difetto di produzione che ha fatto incendiare il vibratore e bruciato la... ehm... *farfallina* di qualcuna? Tuttavia tengo per me le mie perplessità, mi sembra un discorso un po' delicato da fare con uno che conosco appena.

«I vibratori sono come i social network, credi di avere tanti amici, ma in realtà è solo un'illusione. L'uso e l'abuso di quei giocattoli ti fa perdere il contatto con la realtà».

Sto assorbendo le sue parole cercando inutilmente una risposta sagace quando lui, con mio grande sollievo mi chiede: «Dove ti sei laureata?»

«Alla Columbia», rispondo, con tono un po' snob, di cui mi pento subito. Insomma, se lui è solo un fattorino, non vorrei umiliarlo.

È una mia impressione oppure quando ho pronunciato la parola "Columbia" nei suoi occhi è apparso un luccichio? Ma no, sarà stato un abbaglio dovuto al raggio di sole che filtra da una nuvoletta impertinente.

Robin afferma che ne ha sentito parlare come di un'ottima università. Poverino, magari aveva fatto domanda e non era stato accettato. Oppure non aveva il denaro sufficiente per la retta. Non tutti hanno un papà dentista e una nonna che ti lascia in eredità un bel gruzzoletto. Chissà quanti anni ha? Non più di trentacinque, credo, e portati molto bene.

Guarda l'orologio facendomi supporre che abbia un appuntamento o che comunque debba andare. Invece mi sorprende proponendomi un giro, non sul battello, ma sul traghetto per la Statua della Libertà. Mi confida che quando ha bisogno di raccogliere le idee si spinge fino in alto, sulla corona della statua, dove si gode di uno splendido panorama del New Jersey, di Manhattan e di Brooklyn. Gli piace fingere di essere un turista e assaporare, da lassù, l'ebbrezza del grande spazio e della libertà.

Proprio come me! Abbiamo due cose in comune: entrambi diffidiamo dei vibratori e amiamo Lady Liberty, anche se io non sono mai salita fino in alto.

La fortuna ci assiste; oggi, stranamente, non c'è molta coda per entrare e fra i turisti ci sono parecchi anziani che si fermano nel museo all'interno del piedistallo, così a salire siamo solo una decina di persone.

I centosessantotto gradini per raggiungere il locale della corona mi mettono a dura prova. Ben mi sta, così imparo a trovare tutte le scuse per non camminare!

Una volta arrivata in alto, i miei sforzi però sono ampiamente premiati. È uno spettacolo talmente bello che mi fa quasi male il cuore. Mi fa quasi dimenticare l'uomo che mi accompagna, la cui vicinanza mi provoca, a momenti alterni, delle extrasistole.

Robin mi illustra nel dettaglio la storia della statua, con particolari che, lo ammetto, ignoravo completamente. Ha un bel modo di raccontare, affatto noioso e io lo ascolto rapita. A dire il vero mi lascio cullare dalla sua voce cantilenante che suscita in me emozioni che con la cultura non hanno niente a che fare.

Quest'uomo non me la racconta giusta. Se lui è un fattorino, allora io sono la first lady!

Un refolo di vento mi scompiglia i capelli e Robin, pronto, mi sistema una ciocca dietro all'orecchio. I nostri occhi s'incontrano e io sono sicura che lui stia leggendo nei miei l'emozione che provo quando mi tocca.

Per la prima volta mi rivolge un sorriso disarmante, senza sottintesi, mentre il suo sguardo si fa limpido, quasi liquido. Lo scenario stupefacente intorno a noi, la brezza marina che mi accarezza la pelle, un raggio di sole che rimbalza su quelli della corona della statua e la sua vicinanza rendono questo momento straordinario e magico. Robin avvicina il suo viso al mio e io sono sicura che stia per baciarmi. All'improvviso però, le dieci persone che sono salite insieme a noi si spostano dalla nostra parte parlando con tono concitato e quell'attimo svanisce.

Accidenti, proprio adesso dovevano arrivare?

Robin è contrariato quanto me da questa invasione pacifica, ma la prende con filosofia sorridendo e rispondendo alle domande dei turisti.

Quando torniamo a Battery Park è l'una passata, ma mi sembra sia trascorso un secolo. Riaccendo il BlackBerry che avevo spento e trovo tre chiamate e quattro messaggi da parte di Maggie.

«Io vado in redazione, facciamo la strada insieme?», mi chiede Robin.

«Mi piacerebbe, ma devo sbrigare una commissione».

Robin inarca un sopracciglio e allora mi affretto ad aggiungere: «Una piccola questione personale».

«Ci vediamo, allora. Mi ha fatto piacere passare qualche ora con te».

«Anche a me, grazie». E lo saluto.

Lo guardo allontanarsi a passo sicuro e disinvolto. "Dio, che camminata! Sinuosa come quella di un felino". Peccato che la giacca lunga gli nasconda il fondoschiena che non ho ancora avuto modo di osservare e apprezzare.

E se, nonostante la sua precisazione di prima, fosse davvero un gigolo?

Comunque non sarebbe tanto strano. Colette, nonostante quello che pensa Maggie, è una donna imprevedibile, capacissima secondo me di assumere una specie di cavalier servente.

Non potevo rientrare in redazione con lui, sarebbe stato troppo rischioso. Al pensiero di richiamare Maggie mi prende una crisi d'ansia. Come mi giustifico con Colette per questa mattinata passata a bighellonare a Battery Park? E se Robin le riferisse che eravamo insieme?

Respiro profondamente, mi armo di coraggio e chiamo la mia amica.

«Amy, dove sei finita?». Non sembra particolarmente agitata, ma del resto lei non lo è mai. Non si agitò nemmeno quando la sua casa rischiò di prendere fuoco. Si era dimenticata il bollitore dell'acqua sul fornello e una spessa nube di fumo aveva saturato la cucina. Ok, non si trattava proprio di un incendio ma il dispositivo di allarme fischiava come la sirena dei pompieri e io, terrorizzata, stavo già chiamando il 911. Lei, invece, calmissima, era entrata in cucina, aveva spalancato le finestre, spento il fornello, buttato il bollitore nel lavello inondandolo d'acqua e disinserito l'allarme. Il tutto in pochi minuti e senza panico. Poi, con gli occhi lacrimanti per via del fumo, mi aveva sorriso. «Ecco fatto», aveva detto, «il fumo ci metterà un po' a dissolversi, è meglio se apriamo tutte le finestre».

«Ho perso tempo con Paul Finch, mi ha spostato l'appuntamento e quando mi sono ripresentata se n'era andato per un impegno improvviso», provo a giustificarmi.

«Colette ha chiesto di te più volte, non capiva che motivo avessi di incontrare Paul Finch quando potevi parlarci per telefono. Le ho riferito quello che mi avevi detto tu e si è un po' calmata, ma vedendo che ritardavi ha ricominciato a protestare. Oggi ha un diavolo per capello, a metà mattina aveva bisogno del fattorino e non c'era neppure lui», continua.

Il mio cuore accelera i battiti.

Ci hanno scoperto! Ma no, non è possibile, a meno che Colette non abbia ingaggiato un investigatore privato per spiarci. Temo sia l'effetto dei troppi polizieschi che guardo. Che motivo avrebbe Colette per farci pedinare? E comunque anche Robin mi ha mentito, quando mi ha raccontato che il suo turno cominciava nel pomeriggio. Ma non è detto, Colette è così smemorata che probabilmente non se ne ricordava.

«Dove sei ora?», vuole sapere Maggie.

«A qualche isolato dalla redazione, sto arrivando», rispondo.

E così mi toccherà pure prendere un taxi al volo, pregare l'autista di andare più veloce che può e augurarmi che non ci sia molto traffico.

Ma prima devo assolutamente telefonare a Paul Finch, chissà che non sia il mio giorno fortunato. Compongo il numero e dopo tre squilli qualcuno risponde: «Betty Mendez, assistente personale di Paul Finch, che cosa posso fare per lei?».

Mi presento dicendo che sono una giornalista di «Manhattan Rumors» e chiedo di parlare con Paul Finch.

«Il signor Finch è a Los Angeles», mi spiega. «Manhattan cosa?».

Se mi fossi annunciata come una giornalista di «Vogue» si sarebbe precipitata a fornirmi tutti i recapiti del suo capo, ne sono certa. Ma «Manhattan Rumors» non è «Vogue» e non lo sarà mai, è meglio che me ne faccia una ragione.

Al mio rientro, Maggie mi riferisce che Colette vuole vedermi subito. Durante la corsa in taxi mi sono preparata tutta una serie di scuse. Nel caso non funzionino, mi giocherò l'ultima carta. Dirò a Colette che ho già scritto il pezzo sui vibratori, ma a modo mio, suscitando la sua curiosità. L'idea, che mi frulla per la testa da un po', sarebbe quella di descrivere la mia avventura con Mr Rabbit con toni ironici e divertenti. E non sarei nemmeno costretta a inventare... Poi potrei anche aggiungere l'aneddoto spassoso che Phil ha raccontato a Maggie e me, una sera. Stava casualmente passando vicino a due clienti quando, nell'udire la parola "vibratore", si è bloccato. Fingendo di impostare la consolle del tapis roulant, ha origliato la conversazione pensando di poter scoprire qualcosa di interessante per il mio articolo.

Linda, una ragazza di venticinque anni molto disinibita («indossa una tutina in lycra trasparente da cui si vede tutto, non che m'interessi», aveva rimarcato Phil), ha raccontato alla sua amica che all'aeroporto JFK, quando il suo bagaglio a mano è passato sotto lo scanner, gli addetti hanno iniziato a confabulare fra loro. Sul momento Linda si è spaventata pensando che qualcuno le avesse infilato di nascosto qualcosa di compromettente nella borsa: una bustina di droga o un'arma. Ha cominciato a sudare freddo, specie quando è apparso un poliziotto chiedendole di aprire la borsa.

Linda, con mano tremante, ha obbedito rovesciando sul banco il suo contenuto. Fra i vari accessori spiccava un vibratore, di dimensioni esagerate, rivestito di materiale argentato. Uno degli addetti l'ha preso in mano, l'ha sollevato con aria molto seria e l'ha azionato.

Le persone in coda hanno reagito cominciando a tossire imbarazzate, o a sghignazzare. Ma Linda non si è persa d'animo e ha osservato: «Non è fra gli oggetti proibiti, ho letto attentamente la lista».

«No, non lo è», ha convenuto il poliziotto con aria molto seria, «ma era mio dovere sincerarmi che non fosse un'arma».

Linda non aveva capito se la stesse prendendo in giro o parlasse seriamente. In ogni caso si è fatta riconsegnare il vibratore dal poliziotto, lo ha rimesso nella borsa e si è allontanata a testa alta e passo sicuro verso il gate.

Davanti a Colette, che mi fissa con sguardo severo, il mio asso nella manica mi appare piuttosto insulso. Senza contare che, raccontando le mie disavventure con Mr Rabbit, mi esporrei a una pubblicità a dir poco umiliante.

«Amy, ho l'impressione che ultimamente tu non sia più entusiasta di lavorare per "Manhattan Rumors". Sei svogliata, poco determinata e oggi hai sprecato un'intera mattina per contattare una persona alla quale avresti potuto semplicemente telefonare».

Conosco abbastanza il mio capo per sapere che quando è così alterata è meglio assecondarla, non ribattere e sperare che le passi.

«Scusami, hai ragione», replico mesta, «non si ripeterà più».

Colette sembra soddisfatta della mia risposta, osserva il faretto sopra la mia testa, la cui luce mi sta quasi accecando e mi fa sentire sotto interrogatorio, quindi riprende: «Questa lampadina è troppo forte, la devo assolutamente far sostituire, chissà dove si è cacciato Robin, è tutto il giorno che lo cerco...».

Sono sul punto di confessarle che dovrebbe essere rientrato poco fa, ma mi trattengo in tempo, tanto più che nel pronunciare il nome di Robin la sua espressione si è fatta soave, quasi sognante.

Rimane per un po' così, assorta nei suoi pensieri, le dita della mano destra che tamburellano lievemente sul ripiano di cristallo della scrivania, quasi dimentica del motivo per cui mi ha convocato nel suo ufficio.

Non so che fare. Fissarla mi sembra scortese, ma non posso nemmeno andarmene prima che mi congedi. Tuttavia noto che sfoggia un nuovo taglio di capelli, più sbarazzino, e una camicetta di seta di Dior color lavanda, sempre molto tesa sul seno. Non so che misura porti, ma sicuramente non meno di una quinta.

Ma ecco che lo squillo del telefono mi salva. Colette solleva la cornetta e dopo un po' la sento pigolare: «Caro, puoi venire nel mio ufficio, per piacere?».

Quindi mi rivolge un sorriso estatico e non ci vuole molto per capire che non è indirizzato a me, ma alla persona con la quale stava parlando, facile da indovinare...

«Ci vediamo alla riunione di redazione lunedì. Mi aspetto di leggere le bozze delle interviste».

«Certo, stai tranquilla, è tutto sotto controllo».

Era la mia voce quella?

Lungo il corridoio che sto percorrendo per tornare nel mio ufficio incrocio Robin. Appena mi vede, mi sorride e mi sento di nuovo scombussolata.

«Tutto bene?», chiede.

Annuisco e, dopo essermi guardata intorno e aver appurato che siamo soli, mi abbasso a chiedergli di non riferire a Colette che ci siamo incontrati a Battery Park. «Sai», aggiungo, «è una questione riservata e molto delicata...».

«Tranquilla», mormora avvicinando la bocca al mio orecchio, «sarò una tomba». La sua voce, calda e sensuale, appena un sussurro, mi fa accapponare la pelle, nonostante qui dentro faccia caldissimo.

Robin mi saluta ammiccando e io non sono affatto sicura di potermi fidare della sua promessa. Chissà che opinione si è fatto di me: come minimo che sono una lavativa, una che passa il tempo al parco, invece di lavorare.

E se decidesse di ricattarmi per assicurarmi il suo silenzio?

CAPITOLO 7

Sono le dieci del mattino e ho una voglia pazza di caffè, ma non della solita brodaglia imbevibile che rimane nella caraffa per ore, bensì di un cappuccino di Starbucks, con la schiuma, la vaniglia e una spruzzatina di cioccolato sopra. Ci penso così intensamente che mi sembra si sentirne il profumo e il sapore della schiuma sulle labbra.

«Cappuccino?».

No, non può essere che... lui sia qui, davanti a me, con il tipico bicchierone di Starbucks.

«Per me?», gli chiedo, incredula.

«Cappuccino e ciambella», risponde lui guardandomi di nuovo in quel modo malizioso. Dov'è finito lo sguardo disarmante che mi aveva rivolto a Battery Park?

«Come facevi a sapere che ne avevo una voglia pazza?»

«Semplice intuito», replica fissando sfacciatamente il mio décolleté. Indosso una maglia piuttosto attillata con un'abbondante scollatura che lascia intravedere l'incavo del seno. Per puro caso stamattina mi sono infilata un push-up che lo aumenta almeno di una misura.

Ma giuro che non l'ho fatto apposta, le mie tette stan-

no su da sole, fiere e impettite, è solo che non riuscivo a trovare l'altro, molto più morbido e naturale...

Robin appoggia il vassoio sulla scrivania e si siede sul bordo, continuando a fissarmi in maniera insolente.

«E comunque non era difficile capire che hai una voglia pazza», continua.

No, un momento, che cosa sta insinuando? Io mi riferivo al cappuccino!

«Io so come fartela passare», continua fissandomi. Gli occhi emanano sensualità. Rispetto a ieri sembra davvero un altro, più determinato, più minaccioso quasi. Ecco, lo sapevo, vuole qualcosa in cambio del suo silenzio.

Il mio ufficio è solo un box di due metri per due e lui, seduto sulla scrivania, mi sta puntando in un modo che non lascia via di scampo. I suoi occhi rapaci mi catturano, mi inchiodano, mi tolgono le forze. Con il dito segue i contorni del mio viso e quando si sofferma sulla bocca, il mio labbro inferiore comincia a tremare, come in preda a un tic nervoso. Una sensazione di calore mi scende dal petto alla pancia e si espande fino in mezzo alle gambe. Istintivamente le chiudo, anche se porto i pantaloni, e mi accorgo di essere eccitata.

Robin allunga la mano e l'appoggia sulla mia. Mi sento come un animale in trappola a cui il bracconiere stia facendo una carezza per poi sferrargli il colpo mortale.

«Quando vuoi», sussurra avvicinando le labbra alle mie, «basta che tu faccia un fischio».

E meno male che non ha detto: "Ricordati che mi devi un favore".

Il suono invadente del telefono è come una sirena della polizia. Ho un sussulto e Robin si sposta, scende dalla scrivania. Un attimo dopo è scomparso.

È Maggie, che mi comunica l'ora della riunione di redazione per domani, in anticipo di tre giorni sulla tabella di marcia.

«Non puoi convincere Colette a mantenere la data prefissata?», la supplico. «Sono ancora in alto mare».

«Non si può dire che ti sia impegnata molto», osserva dolcemente.

«Hai ragione, ma è un'idea bislacca intervistare le celebrità sui loro sex toys, ne convieni anche tu».

«Forse è meno assurda di quanto sembri», osserva Maggie. «Alla gente e specialmente alle celebrità piace questo tipo di pubblicità... anche se non è un argomento edificante e non farà vincere loro l'Oscar».

Non avevo considerato la faccenda da questo punto di vista, e Maggie potrebbe aver ragione. Tuttavia, anche se mi attaccassi al telefono per tutto il giorno non riuscirei a mettere insieme del materiale per domani.

Sono nei guai e inoltre non riesco a concentrarmi. Non faccio che pensare a Robin e alla sua proposta: basta che io faccia un fischio? Ma chi si crede di essere, l'uomo più sexy di Manhattan?

In effetti...

Sia chiaro: io non sono quel tipo di ragazza. In genere non vado a letto con un uomo prima del terzo appuntamento. Ho le mie regole che potrei definire "l'etica della scopata". Allora, al primo appuntamento ci si conosce, al secondo ci si scambia il primo bacio e se funziona, ossia se entrano in gioco la chimica, la magia e, per restare nell'ambito della razionalità, la compatibilità, al terzo si va a letto.

Non che queste regole abbiano funzionato molto in passato!

Riflettendoci, è la terza volta che ci incontriamo e quindi potrei... No, non posso fare semplicemente un fischio a Robin e andare a letto con lui al primo, vero appuntamento.

Potrebbe almeno sforzarsi di portarmi a cena fuori, o di offrirmi qualcosa da bere da qualche parte, prima. Dov'è finito il romanticismo in questa città? Più ci penso e più mi convinco che, nonostante sia molto tentata di "fare quel fischio", non cederò a un puro desiderio *animale*, di cui potrei pentirmi un attimo dopo. Se mi vuole, che si dia un po' da fare con le armi della seduzione e non con quelle del ricatto.

Lo squillo del telefono fa di nuovo sobbalzare il mio cuore. Nel sollevare la cornetta sono sicura che si tratti di lui, che ha deciso di battere il ferro finché è caldo. Più che caldo: incandescente! Non posso nemmeno descrivere che cosa stia succedendo là sotto... E sì che non ho ancora avuto il tempo di sorseggiare il cappuccino, altrimenti penserei che l'abbia drogato. Ecco che cosa succede quando si pratica l'astinenza sessuale: gli ormoni, alla prima sollecitazione vanno letteralmente in subbuglio, scatenando una serie di reazioni fuori controllo.

Invece è Phil.

«Ciao dolcezza, ho appena litigato con una stronzetta che pretendeva di avere a disposizione degli attrezzi personali, perché le fa schifo usare quelli comuni, ma ti rendi conto?», esordisce senza lasciarmi la possibilità di parlare. «Naturalmente le ho detto che non potevo e quindi, "Miss puzza sotto il naso" ha insistito, io l'ho mandata a farsi fottere e lei ha minacciato di denunciarmi».

«E per quale motivo?», gli chiedo incuriosita.

«Scarsa igiene o qualcosa del genere», mi risponde.

Mio malgrado non riesco a trattenere una risata. «Vedrai che il suo avvocato le sconsiglierà di intentare una causa a dir poco stravagante...».

«Non ci conterei, hai presente quanti avvocati ci sono a Manhattan in cerca di cause originali per farsi pubblicità?».

Sì, ho presente, ma non credo che la palestra di Phil, che pure è ben frequentata, rappresenti un obiettivo interessante per un legale.

«Phil, ho bisogno di un favore...», lo interrompo, «sono disperata. Devo scrivere quell'articolo sui vibratori entro domani e sono... ehm nella merda più totale. Pensavo che... sì, insomma, se avessi per le mani uno scoop, potrei proporre a Colette un'alternativa. Senti, tu che conosci un sacco di gente, non avresti qualche indiscrezione su una celebrità? Un pettegolezzo sentito in palestra, che so?, un divorzio milionario, un tradimento eccellente o roba simile...».

Il silenzio che segue mi fa capire che ci sta pensando.

«Qualcosa ci sarebbe...», replica dopo un po', «ma è presto per parlarne».

«Ti scongiuro, Phil, sei la mia unica salvezza ...».

«Prendi tempo e intanto vedo quello che posso fare», mi risponde.

Riattacco pervasa da un senso di sollievo. Phil è una delle poche persone che gode di tutta la mia fiducia. Anche perché devo ammettere che finora non mi ha mai dato motivo di pensare il contrario. Quando avevamo problemi con l'amministratore a causa dell'impianto di riscaldamento è stato lui a fare da portavoce per i condomini e a risolvere ogni cosa. E quando Maggie era tornata a casa, un anno fa, dicendo di essere stata appena scippata da un ragazzino, si era precipitato in strada, gli era corso dietro, l'aveva acciuffato e aveva recuperato la refurtiva. D'accordo, si trattava solo della busta della spesa di D'Agostino con qualche yogurt e un detersivo per i piatti, ma lo shock che aveva subito Maggie era lo stesso che se le avessero rubato la carta di credito.

Nei minuti seguenti mi preparo mentalmente il discorsetto da fare a Colette e quando mi sento pronta chiamo Maggie, chiedendole di annunciarmi.

Ma la voce che mi risponde non sembra quella della mia amica. È più bassa, quasi metallica.

«Maggie?», le chiedo per accertarmi di non aver sbagliato numero.

«Mi hanno appena chiamato dal Pronto Soccorso.

Mia madre è stata ricoverata e mi hanno detto che è meglio che vada là prima possibile».

Sono sconvolta. Non so che cosa dire. Poi mi faccio forza, chiudo il telefono e piombo nel suo ufficio.

Maggie, sotto lo sguardo preoccupato di Colette, sta raccogliendo le sue cose. Sembra calma e io mi chiedo come sia possibile. Se fosse capitato a me sarei già in paranoia.

«Ti hanno spiegato cos'è successo?», le chiedo cercando di dare alla mia voce un tono naturale.

Erin, la madre di Maggie, ha solo cinquantacinque anni. Non può aver avuto un infarto o qualcosa del genere. Forse si è trattato di un incidente…

«No, ma quando dicono così, significa che è grave».

Mi offro di accompagnarla, anche se mi sento male al solo pensiero. Non ho l'istinto della crocerossina e detesto gli ospedali. Ma per la mia amica farei qualsiasi cosa.

«No, grazie, me la cavo», risponde Maggie, che conosce bene il mio punto debole. «Piuttosto potresti sostituirmi almeno per le cose urgenti», propone rivolta a Colette, che annuisce. Evidentemente ne hanno già parlato.

«Certo, non c'è problema», acconsento prontamente.

Raccomando a Maggie di farci sapere qualcosa il prima possibile, e non appena esce, Colette e io ci scambiamo un'occhiata costernata.

«Andrà tutto bene», afferma lei con un filo di voce. Poi, riacquistando il suo abituale squittio, aggiunge:

«Aspetto delle telefonate importanti, passamele subito. Nel frattempo puoi scrivere la bozza del tuo articolo anche da qui, no?».

«Vado a prendere la chiavetta USB», e mentre lei torna nel suo ufficio mi avvio verso l'open space. Ma prima faccio una sosta in bagno dove mi sciacquo la faccia. Sono terribilmente preoccupata per Maggie e per Erin. Le sono molto affezionata. Da piccole Maggie e io eravamo sempre nella casa dell'una o dell'altra e le nostre famiglie si frequentavano spesso. Lei e mia madre sono amiche e, dato che abitiamo vicino e che sicuramente l'ambulanza non sarà passata inosservata, è probabile che la mamma ne sappia più di me. Sono tentata di chiamarla, ma mi trattengo dal farlo, non vorrei agitarla prima del tempo nel caso non sappia ancora nulla.

Di qualsiasi cosa si tratti mi auguro che non abbia a che fare con la crisi familiare che Maggie ha sedato qualche giorno fa. Sua madre si è messa in testa che Tom, suo marito, la tradisca. Ha trovato in una giacca la ricevuta di un albergo fuori città da cui risulta che ha dormito in una stanza doppia e consumato una cena per due. Tom ha negato fino alla morte, sostenendo che Erin soffre della tipica sindrome da menopausa, che è diventata ipersensibile e vede tradimenti e complotti ovunque. Lui era in quell'albergo per lavoro, e la sua ditta avrebbe potuto confermarlo. Erin non aveva avuto il coraggio di andare fino in fondo, ma non riusciva a spiccicare parola senza piangere.

Maggie è stata determinante, ha calmato sua madre

facendole presente che Tom è un uomo di mezza età con un'incipiente calvizie e in sovrappeso. Non si è spinta al punto di dire: "Chi vuoi che se lo prenda?", ma era esattamente quello che pensava.

Erin si è tranquillizzata e la pace è di nuovo tornata.

E ora questo...

Non sono certo dell'umore adatto per chiamare quegli agenti, senza contare che la linea deve restare libera perché Colette aspetta delle telefonate. Mi accorgo di avere lo stomaco chiuso... e intanto Maggie non chiama. Comunque non posso continuare a stare con le mani in mano. Nel caso entrasse qualcuno, non farebbe una bella impressione. Accendo il computer, inserisco la chiavetta USB e... l'occhio mi cade su una cartella del desktop, denominata Halloween. È vero, manca poco a Halloween, ma non capisco cosa c'entri questa ricorrenza con la rivista. Che Colette abbia cambiato idea decidendo di dedicare il prossimo numero a Halloween invece che al sesso?

Meglio non illudersi!

Tuttavia la curiosità è forte. Sono tentata di aprirla, ma non mi decido a farlo. Mi sembra di violare la privacy della mia amica o, peggio ancora, il segreto professionale.

Alla fine apro la mia chiavetta, clicco su un documento qualsiasi e mi fingo interessata nella lettura, sbirciando la sommità del Chrysler, la cui vista mi ha sempre messo di buonumore. Invece ora mi appare minacciosa.

Il tempo passa con una lentezza esasperante, i secondi e i minuti si dilatano all'infinito. Se l'eternità assomiglia solo vagamente a questo nulla senza soluzione di continuità, preferisco che l'aldilà non esista.

Lo squillo del telefono mi fa sobbalzare. Afferro la cornetta convinta che si tratti di Maggie e invece è la PR di un'agenzia pubblicitaria che chiede di parlare con Colette.

Sprofondo nuovamente in una specie di vuoto angosciante e solo quando Colette si affaccia alla porta mi rendo conto che non ho più pensato a Robin, come se quello che è successo stamattina appartenesse a un'altra vita.

«Ci sono novità?», mi domanda.

Scuoto la testa guardando l'orologio. Sono le sei e Maggie non ha chiamato.

Nel momento in cui decidiamo di telefonarle, squilla il mio telefonino. È lei.

«È fuori pericolo», mi annuncia. La sua voce è quella di sempre e io respiro sollevata.

«Ma che cosa è successo?»

«Mio padre l'ha trovata stamattina riversa sul divano. Ha ingoiato un intero flacone di tranquillanti».

Sono allibita, Erin non è il tipo da fare una cosa del genere. È sempre positiva, allegra, piena di vita…

«Mio padre è distrutto dal rimorso e se avesse ancora dei capelli in testa se li strapperebbe uno a uno. Da quello che ho capito, le ha confessato che voleva lasciarla per andare a vivere con la sua amante».

«Mi dispiace moltissimo, Maggie, vuoi che venga in ospedale?»

«Non è necessario, davvero. Mia madre in questo momento è molto fragile e si vergogna di quello che ha fatto. Perciò devo restarle accanto, ha bisogno di me. Quindi non penso di venire in ufficio nei prossimi giorni. Puoi passarmi Colette, per favore?».

Le rinnovo la mia disponibilità per qualsiasi cosa le serva e lascio il cellulare al mio capo.

Maggie le spiega ogni cosa e alla fine Colette le dice: «Non ti preoccupare, cara, prenditi tutto il tempo che ti serve, Amy e io ce la caviamo benissimo».

«Vero Amy?», mi chiede restituendomi il telefonino.

Annuisco. «Ma certo, puoi contare su di me».

Colette mi si avvicina e un'ondata di Chanel n. 5, con cui oggi ha proprio esagerato, mi toglie quasi il fiato. «Ah gli uomini!», esclama, «giovani o vecchi, belli o brutti, ragionano tutti con l'uccello!». Ride della sua battuta in un modo un po' troppo sguaiato per essere solo una reazione dovuta al sollievo. Poi si calma e prosegue: «Mi dispiace dovertelo chiedere, ma ho bisogno che tu mi dia una mano. Maggie stava organizzando una festa a casa mia per Halloween. Il più è stato fatto, ma ci sono ancora alcuni dettagli da sistemare. È una festa a tema…».

Ovvio, è Halloween, non esiste festa più a tema e più pazza di quella. Nel Greenwich Village fanno persino una parata cui partecipano migliaia di persone. L'anno scorso è intervenuto anche Phil vestito da strega. Non era un costume particolarmente originale non fosse che la gonna, fatta di stracci, gli scopriva le gambe in maniera indecente.

«Il tema», continua Colette, «è i divi di Hollywood del passato».

La rivelazione mi strappa, mio malgrado, un sorriso. Non posso fare a meno di pensare a mio padre e a tutti i vecchi film che mi ha fatto guardare e dei quali mi ha fatto innamorare. «Che bella idea… hai già pensato al tuo travestimento?»

«Sì, ma è una sorpresa», replica maliziosa, «comunque considerati invitata».

«Grazie, ma non è necessario», mi schermisco.

«Mettiamola così, ti chiedo di esserci come supervisore, per il costume puoi rivolgerti ad Abracadabra, è fornitissimo».

«Va bene, Colette, cercherò di fare del mio meglio».

Lei mi sorride sollevata. È il momento giusto per dirle che sono ancora in alto mare con l'articolo e prospettarle l'idea dello scoop che ci farà vendere molte più copie delle interviste sui vibratori.

«Colette, devo dirti una cosa», mi butto.

Di fronte al suo sguardo interrogativo, prendo quel poco coraggio di cui dispongo e le dico che ho per le mani una notizia sensazionale su una celebrità che potrebbe rivelarsi molto più interessante dell'articolo sui vibratori.

Ho usato un tono di voce pacato e convincente, da professionista, ma lei, invece di mostrarsi interessata, si fa all'improvviso seria e io avverto che l'atmosfera non è più rilassata come poco fa.

«E chi sarebbe questo fenomeno?», vuole sapere, piuttosto scettica.

Mi arrampico sugli specchi spiegandole che per il momento non posso dirlo, come non posso rivelare la mia fonte, ma che si tratta di un personaggio molto popolare. Fra me e me mormoro una preghiera affinché sia vero, lei mi creda e mi conceda un po' di tempo.

Colette riflette per un tempo interminabile e io mi accorgo che mi sudano le mani.

«Per questa volta chiuderò un occhio, ma cascasse il mondo, per il prossimo numero mi aspetto quell'articolo, capito?».

Annuisco concedendomi finalmente di respirare. Mi sento come un sospettato a cui abbiano appena accordato la libertà vigilata. E se le cose dovessero andare male, potrei sempre implorare la clemenza della corte, in fondo si tratterebbe del mio primo reato, da quando lavoro a «Manhattan Rumors»!

CAPITOLO 8

«Greta Garbo», sta dicendo Phil, «oppure no... come ho fatto a non pensarci prima, Marlene Dietrich nell'*Angelo azzurro*. Guêpière, reggicalze, cappello a cilindro e boa... ah come t'invidio!».

«Non me la sento, Phil, non sarei a mio agio e rischierei di apparire ridicola».

È sabato mattina e siamo seduti in cucina intenti a sorseggiare un caffè. Da quando ha saputo della festa, Phil non fa altro che farneticare sui possibili costumi che potrei indossare. Insiste per venire con me da Abracadabra, e si è pure offerto di chiamare una truccatrice, amica di Malcom, che lavora per un teatro di Broadway.

«Sciocchezze», ribatte lui, «tu sei troppo modesta e poi, lascia fare a me».

«A proposito», riprende, «mi stavo quasi dimenticando, ti ho procurato un appuntamento con Josh Walker, il divo di *Una pistola per Eddi*. È in procinto di fare outing e ha accettato di rilasciare un'intervista in esclusiva».

«Non ci posso credere... Josh Walker? Uno degli attori più virili mai esistiti? Intendi quel Josh Walker?»

«Non ne conosco altri», è la sua risposta sorniona, «ritienila cosa fatta, deve solo comunicarmi la data e l'ora, compatibilmente con i suoi impegni».

Lo abbraccio e lo bacio. «Mi hai salvato la vita, lo sai?»

«Lo so, lo so, senza di me sareste perdute. A proposito, come sta Maggie? L'ho chiamata ieri, ma non vorrei essere troppo assillante. So che voi due vi sentite ogni giorno».

«Maggie tiene duro, ma Erin è molto provata. L'hanno dimessa consigliandole degli incontri con uno psicologo. A dire il vero l'hanno obbligata ad andarci. Maggie l'accompagna, non si fida ancora a lasciarla sola».

Phil annuisce, quindi riprende: «Come stanno andando gli ultimi preparativi per la festa?»

«Bene, bene», rispondo, anche se sono distrutta. «All'ultimo momento Colette ha cambiato idea sul menu... Vuole dei cibi dall'aspetto spaventoso, tipo una zuppa verde con uova sode che sembrano occhi, zucche ripiene di wurstel mummia, cheesecake guarnite da ragnatele, dolcetti a forma di cappelli di strega... e chi più ne ha più ne metta. Ho dovuto supplicare il servizio di catering che con così poco preavviso non ne voleva sapere di accontentarci. Alla fine l'ho spuntata».

«Sarà una festa stupenda, come vorrei esserci anch'io...», sospira Phil.

«Che programmi avete tu e Malcom per domani?».

Si fa improvvisamente serio, evitando il mio sguardo. «Non abbiamo ancora deciso niente, comunque quest'anno non mi travesto, Malcom ha detto che l'anno scorso ho esagerato con quel costume. A me sembrava così divertente...».

È una mia impressione oppure tra Phil e Malcom c'è qualche attrito?

Mi auguro di no, Phil è un uomo forte e risoluto a meno che non si tratti di questioni di cuore. L'ultima volta che ha litigato con Malcom e lui se n'è andato (per poi tornare), non ha aperto la palestra per due giorni, affiggendo sulla porta il cartello: "Chiuso per lutto".

«Ma andremo ugualmente un po' in giro per locali. Allora, a che ora faccio venire la truccatrice?».

Sono quasi le otto quando scendo dal taxi davanti al palazzo in cui abita Colette, trascinandomi dietro il trolley in cui ho messo il mio costume. E non è certo un palazzo qualsiasi! Sto parlando del Flatiron Building, con la sua forma che ricorda un ferro da stiro, uno dei grattacieli più antichi e caratteristici della Grande Mela.

Non sono mai stata all'interno del Flatiron e sono molto curiosa ed eccitata. L'appartamento in cui vivono Colette e il marito occupa una superficie di quattrocentocinquanta metri quadri, è stato recentemente ristrutturato e Maggie mi ha riferito che è stupendo.

Il portiere mi apre la porta dell'ampio ingresso su cui si affacciano alcuni eleganti negozi. Con il trucco pesante, le labbra a cuore, la parrucca biondo platino e il soprabito scuro sembro Marlene Dietrich che interpreta un'agente dell'FBI, ma l'uomo non fa una piega. Olivia, la truccatrice, arrivata trafelata qualche ora fa a casa mia, mi ha davvero trasformata in una soubrette degli anni Venti, catapultata nel futuro per un incidente spazio temporale.

Seguendo le indicazioni del portiere attraverso una serie di corridoi fino a un ascensore che porta direttamente all'appartamento di Miss Colette Winter.

Wow!

Quando le porte si spalancano, mi trovo davanti a uno spazio enorme, che sembra ancora più ampio grazie agli alti soffitti con travi a vista e colonne. Il pavimento è in legno scuro, probabilmente rovere, le pareti sono chiare, rischiarate da luci calde e soffuse, e una serie di vetrate inquadra l'Empire State Building illuminato. Verso il fondo di questa piazza d'armi avvisto due enormi tavoli imbanditi con tovaglie bianche, bicchieri scintillanti, candele e composizioni floreali inserite in piccole zucche. Fortunatamente le mie mansioni non comprendevano gli addobbi interni di cui si è occupato il personale di servizio, ma solo la spedizione degli inviti, la musica e gli ordini per il rinfresco. Ho dovuto rincorrere, come una stalker, tre coppie che non si facevano vive per giorni e giorni con telefonate, email e SMS. Non fosse stato per Maggie e per il mio comportamento poco professionale degli ultimi giorni, mi sarei rifiutata di fare il galoppino. Anzi, sono anche un po' seccata. Tuttavia mi rendo conto che aver accontentato Colette è stato nel mio interesse.

Una cameriera mi viene incontro sorridendo. «Benvenuta signorina, Miss Winter mi ha incaricato di accompagnarla nella stanza degli ospiti. Per rinfrescarsi e cambiarsi».

La stanza degli ospiti sembra una suite. È fornita di bagno privato, di un disimpegno che funge da armadio e di un letto ricoperto da un soffice piumino. Sono talmente stanca che desidero solo farmi una doccia, sdraiarmi su questo letto e dormire… In fondo non sono una *party planner* e negli ultimi giorni sono stata così sotto stress che la notte non ho fatto altro che sognare zombie e scheletri.

Sotto la doccia sto ben attenta a non bagnarmi la parrucca e rovinarmi il trucco, come mi ha raccomandato Phil.

E ora arriva la parte più difficile del mio travestimento. Apro il mio trolley e tiro fuori una guêpière nera con giarrettiera, una busta di calze di seta con la riga, un cappello a cilindro, un paio di scarpe stile anni Venti e un boa di struzzo argentato. Dispongo tutto sul letto e poi resto a guardare i vari pezzi del mio costume pensando che non avrò mai il coraggio di indossarli.

Alla fine Phil l'ha avuta vinta. Mi ha accompagnata da Abracadabra, e, neanche a farlo apposta, all'ingresso del negozio c'era un manichino vestito da Marlene Dietrich ne *L'angelo azzurro*. Sembrava lì ad aspettarmi. La taglia era la mia e Phil era così eccitato che l'ho preso a noleggio facendo intestare la fattura a Colette.

Chissà cosa avrebbe detto Maggie? Mi dispiace tanto che non ci sia questa sera. Ma è vero che se ci fosse lei, probabilmente non ci sarei io. Mi ha confidato che aveva pensato di travestirsi da Rita Hayworth in *Gilda* e di ballare *Amado mio.* Mio padre sarebbe contento di sapere che la cura intensiva a base di vecchi film di Hollywood, a cui mi sottoponeva, alla fine ha contagiato anche lei, che spesso li noleggia in DVD.

Rassegnata, comincio a vestirmi e quando ho quasi finito bussano alla porta.

Vado ad aprire e mi trovo di fronte nientemeno che Marilyn Monroe. Benché me l'aspettassi, l'effetto è a dir poco scioccante. Con il celeberrimo abito bianco che la diva indossava in *Quando la moglie va in vacanza*, Colette è una Marilyn Monroe più convincente dell'originale. Fra le tante attrici che l'hanno impersonata nessuna le assomigliava in questo modo. Chissà se Henry, suo marito, si è travestito da Arthur Miller.

«Complimenti, sei bellissima!», esclamo.

«Anche tu», cinguetta lei compiaciuta. «Ottima scelta. Chi l'avrebbe detto? Sei uno schianto».

Già, chi l'avrebbe detto che avrei partecipato a un party di Halloween a casa del mio capo, vestita come una prostituta? Perché è esattamente così che mi sento. Mentre usciamo dalla stanza incrociamo niente meno che Rodolfo Valentino. D'accordo è un po' appesantito e la parrucca è grossolana, ma si capisce che l'intenzione era quella.

«Henry, questa è Amy», mi presenta Colette. Lui mi prende la mano e me la sfiora con un lieve bacio mormorando: «*Enchanté*».

Gli ospiti arrivano alla spicciolata e verso le nove il salone pullula di star di Hollywood redivive: Fred

Astaire e Ginger Rogers, Audrey Hepburn e Yul Brynner, e persino Tony Curtis e Jack Lemmon travestiti da donna come in *A qualcuno piace caldo.*

Ma non solo: c'è anche un Elvis che mi rincorre senza sosta, parlandomi dell'andamento della crisi e della borsa e insistendo affinché investa i miei soldi in un fondo sicuro e ad alto rendimento. E persino Jim Morrison, un ragazzo piuttosto attraente che mi pare si chiami Justin e che, ogni tanto, mi lancia sguardi carichi di testosterone.

Gli ospiti sembrano gradire il buffet e i dolci, ma soprattutto i cocktail e quando le note *Night and Day* di Cole Porter si diffondono nel salone parecchie coppie danno inizio alle danze.

Un tizio che assomiglia in maniera impressionante ad Alfred Hitchock, pappagorgia compresa, mi invita a ballare, battendo sul tempo Jim Morrison che si dirige verso Audrey Hepburn.

Quando si dice la sfiga...

Il mio cavaliere si muove come un pachiderma con l'asma, ha le mani sudate e mi stringe un po' troppo. Sono in difficoltà, il suo dopobarba è così nauseante che non credo resisterò fino alla fine della canzone. Potrei trovare una scusa, fingere un malore e ...

All'improvviso Hitchcock si stacca da me. Alzo gli occhi sollevata e incontro quelli scuri e ridenti di Robin che gli chiede cortesemente se può rubargli la sua dama. Indossa un costume da cowboy, completo di cappello. La barba più lunga e più bionda lo rende ancora più affascinante. Il pachiderma si fa da parte dirigendosi verso il tavolo bar, mentre Robin intreccia la sua mano alla mia e con l'altra mi afferra per la vita.

Che cosa ci fa lui qui?

Il fatto che mi abbia salvato da quel vecchio bavoso fa passare in secondo piano le mie perplessità sulla sua presenza a questa festa, alla quale nessun altro della redazione è stato invitato.

Il pezzo di Cole Porter lascia il campo a *Smoke Gets In Your Eyes*. Robin mi accarezza lievemente la schiena sfiorandomi i capelli (be', la parrucca) con le labbra e mi guida con sicurezza e leggerezza attraverso la sala. La sua vicinanza, le sue braccia che mi stringono e il suo profumo un po' dolce e un po' aspro mi stordiscono. Lo stomaco si annoda e faccio quasi fatica a respirare. Ma probabilmente la colpa è della guêpière, decisamente troppo stretta.

A un certo punto mi guarda negli occhi, si scosta un po', mi esamina da capo a piedi soffermandosi un attimo sul seno, spinto in alto dalla guêpière e sussurra: «Sei molto sexy, adoro quel cappello…».

«Davvero?», ribatto con uno sguardo che spero sia provocante toccandomi il cilindro.

Lui mi sorride stringendo un po' gli occhi e avvicinando le labbra alle mie.

«Ti aspettavo l'altro giorno, ero sicuro che saresti venuta…», mi sussurra invece con voce calda e suadente, sfiorandomi il collo e accendendo la mia pelle.

«Non è quello il modo di fare la corte a una signora», ribatto.

Cosa mi prende? Che cos'è questo linguaggio da

Ottocento? Adesso penserà che sono una smorfiosa che gioca a fare la vamp.

«Hai ragione», replica stringendomi di più a sé, «dovrò usare un'altra tattica».

Che significa un'altra tattica? Se due persone si incontrano e si piacciono, non dovrebbe essere una questione di stato. O no?

Non ho molte certezze nella vita, ma mentre il suo corpo è stretto al mio e la sua mano accarezza la mia schiena nuda, so di volere quest'uomo. A tutti i costi. Desidero che mi baci, che mi tocchi, che continui a dirmi quanto sono bella e sexy. So perfettamente che Robin non è uno degli uomini che sono abituata a frequentare, o meglio *ero* abituata a frequentare, dato che ultimamente la mia vita sentimentale è inesistente. Tuttavia ho paura di lasciarmi andare. Ho l'impressione che sia un seduttore, volubile e incostante, insomma una fonte di guai per una come me.

Perciò non ho alcuna intenzione di fargli capire quanto lo desideri. Sebbene non sia brava nei giochetti amorosi, lo terrò sulla corda.

«Da che cosa ti sei travestito?», gli chiedo con tono disinvolto.

«Clint Eastwood, sai gli spaghetti western…».

La musica è finita, ma il DJ fa partire immediatamente un altro disco.

«Ma Clint Eastwood è ancora vivo, a meno che non mi sia persa qualcosa», osservo mentre lui mi conduce verso il bar.

Ordina due bicchieri di champagne, quindi replica:

«Sì, ma ora fa il regista e comunque non l'ha notato nessuno degli invitati».

«Dirige i suoi film ma li interpreta pure», ribatto petulante.

«Come mai ti ergi a paladina di quel vecchio reazionario?», mi domanda.

Oh, oh! Non volevo che la conversazione prendesse questa piega.

La voce allegra di Colette che annuncia il karaoke genera un po' di scompiglio e mi salva dal ribattere. In fondo che m'importa di Clint Eastwood?

Gli ospiti si raggruppano al centro della sala e anche noi ci spostiamo per raggiungerli, quando all'improvviso mi accorgo che Robin non è più accanto a me. Mi volto e vedo che sta parlando con una fatalona travestita da Mata Hari. Più che parlare, direi che lei gli si è abbarbicata addosso e lui non fa niente per allontanarla, anzi le dà corda. La consapevolezza di essermi lasciata sfuggire l'occasione di passare il resto della serata con lui mi fa salire il magone.

Che scema! Come mi è saltato in mente di fare la "preziosa"?

Colette che canta *Happy Birthday Mr President* non risolleva affatto il mio umore. Mi sento così giù che vorrei sotterrarmi. Intanto Robin e Mata Hari si sono dileguati. Non mi resta che tornare al bar e scolarmi un paio di bicchieri di champagne.

Ne butto giù uno dietro l'altro finché la testa inizia a girarmi. E quando una tizia travestita da Judy Garland si lancia in un *Somewhere Over the Rainbow,* con una voce che sembra quella di una lavandaia, non riesco a trattenermi dal ridere in modo quanto mai inopportuno.

Mi accorgo confusamente che tutti mi stanno guardando e nonostante i fumi dell'alcol, mi rendo conto che farei meglio ad andare a casa.

Mi dirigo verso la stanza degli ospiti, ma sbaglio porta e mi ritrovo nella stanza da letto di Colette.

Dio! È la stanza più favolosa che io abbia mai visto!

Il letto è una cascata di broccato rosso e oro e il quadro appeso sopra la testiera deve essere un Monet o qualcosa del genere.

Ma quello che più mi colpisce è la toilette con la specchiera antica, sul cui ripiano sono appoggiate un paio di spazzole d'argento, sicuramente d'epoca, e un portagioielli da cui piovono, a cascata, dei collier stupefacenti. Sembrano autentici gioielli, di antica fattura, messi là più per arredamento che per essere indossati. Del resto non li ho mai visti al collo di Colette.

Mentre i miei occhi sono fissi su quelle meraviglie, sento dei passi e delle voci provenire dal corridoio. Si stanno dirigendo proprio qui. Merda! Se Colette o Henry mi sorprendessero nella loro stanza da letto potrebbero farsi delle idee sbagliate. Mi nascondo velocemente in bagno con il cuore che mi schizza in gola.

Le voci si fanno più vicine, la porta si apre ed ecco che qualcuno entra. Sono in due, bisbigliano e non accendono nemmeno la luce poiché l'interno è illuminato dai bagliori dell'Empire State Building.

Distinguo la voce inconfondibile di Colette mentre l'altra appartiene a un uomo che non mi sembra Henry. Sbircio dalla fessura che ho lasciato aperta e… No, non può essere, sta parlando con Robin!

Lo sapevo, lo sapevo che c'era sotto qualcosa, ma cosa?

Nella mia mente si affollano le più disparate congetture: le storie sul padre di Colette non erano chiacchiere, lui era un malavitoso e Robin è uno della *famiglia* che ha intrecciato i suoi affari con quelli del mio capo. Ma potrebbe anche essere un investigatore privato che lei ha ingaggiato per controllare Henry e che ora le sta facendo il resoconto di quello che ha scoperto.

Un momento, le sta prendendo le mani e la bacia?

D'accordo, è solo un lieve bacio sulla bocca, che potrebbe non significare nulla, però che non mi venga a dire che è un semplice fattorino. Colette non si farebbe mai baciare da un fattorino!

Dopodiché escono con aria furtiva. Per sicurezza, rimango in bagno almeno per altri cinque minuti. La guêpière mi stringe, le scarpe mi fanno male e non mi sono mai sentita così smarrita.

Quando torno nel salone la festa è ancora in pieno svolgimento. La scena a cui ho appena assistito mi ha fatto passare la sbornia, tuttavia non ho più motivo né voglia di restare. Cerco Colette… eccola, sta parlando con Alfred Hitchcock che mi rivolge un'occhiata truce.

«Se non ti spiace, andrei a casa».

«Ma certo cara, devi essere esausta. Ti faccio accompagnare dal mio autista», replica.

Recupero la borsa, il soprabito e il trolley. Marilyn Monroe e Rodolfo Valentino, dalla cui parrucca sbilenca si intravede qualche ciuffo di capelli rossi, mi accompagnano alla porta.

«Hai fatto un ottimo lavoro», afferma Colette baciandomi sulle guance. Henry invece mi porge la mano con fare cerimonioso.

Esco dal palazzo rabbrividendo per il freddo. Dalla berlina nera in attesa scende l'autista che mi apre la portiera posteriore.

«Ciao, non ti dispiace se facciamo un tratto di strada insieme?».

Robin è seduto comodamente sul sedile e, nonostante l'interno dell'auto sia poco illuminato, mi accorgo che sta sorridendo.

La scena sembra proprio la sequenza di un thriller di spionaggio. E Robin una specie di James Bond al servizio di Colette-Money Penny. Ad averlo saputo, mi sarei travestita da Bond Girl, magari con un abito tutto d'oro. Ma forse sarei stata poco in tema...

«Dove hai lasciato Mata Hari?», gli domando.

«È in missione segreta», replica, facendo l'occhiolino.

Mi siedo accanto a lui stando bene attenta a mettere fra noi una distanza strategica.

Ma Robin non si lascia scoraggiare e guadagna terreno bloccando la mia mano con la sua. Il mio istinto mi suggerisce di sottrarla immediatamente, ma non mi va che pensi che sono una fifona. Mi auguro che dal battito del mio polso non si accorga del mio cuore in piena crisi di tachicardia e decida di chiamare un'ambulanza.

«Dove la devo lasciare, signorina?», chiede l'autista.

Prima che abbia il tempo di rispondere, Robin gli dà un indirizzo, dalle parti del Village. Che maleducato, non sa che si accompagnano prima le signore?

Nonostante un campanello d'allarme mi suggerisca di tornare quanto prima a casa mia, *da sola*, una vocina piuttosto persistente e petulante mi sta ricordando che se perdo questa occasione, chissà quando se ne presenterà un'altra.

L'autista si ferma accanto al marciapiede in una via poco illuminata del Village. Robin, che non ha ancora lasciato la mia mano, la stringe nella sua sussurrandomi: «Vorrei farti vedere una cosa...».

La scusa più vecchia del mondo! Mi aspettavo un po' di originalità in più da parte sua. Tuttavia la curiosità e l'eccitazione sono più forti di ogni timore e così scendo dall'auto.

CAPITOLO 9

Robin congeda l'autista, mi prende per mano e mi conduce davanti a una saracinesca abbassata. Apre la serratura, la alza e mi fa entrare in una sorta di magazzino pieno di cianfrusaglie.

I battiti del mio cuore si stanno facendo meno frequenti, tanto che mi sembra che salti qualche colpo. Dove mi ha portato? Mi balenano nella mente storie di serial killer che rapiscono donne lasciandole morire lentamente e fra atroci sofferenze. Forse lui e Colette sono d'accordo, lei gli procura le vittime e...

Smettila!, mi impongo.

Lui si gira verso di me e mi sorride dolcemente, in un modo che mi rassicura, anche se non del tutto...

«Non ti spaventare, questo è solo il magazzino», mi spiega.

Deglutisco pensando che, male che vada, Robin potrebbe essere un vizioso che pratica sesso sadomaso, come il protagonista di *Cinquanta sfumature di Grigio*. Mi chiederà anche lui di firmare un contratto come Mr Gray?

Per il momento mi fa fare una specie di slalom fra scatoloni, mobili rotti e pezzi di elettrodomestici, fino a una porta chiusa. «Il tizio che ci viveva prima di me trafficava con roba usata e credo lo usasse come alloggio», mi spiega.

«Mi auguro che dietro quella porta non ci sia una sala torture», rispondo senza pensare.

Robin si blocca e mi lancia uno sguardo divertito: «Ti piacerebbe?»

«Per chi mi hai preso?», ribatto indignata.

Lui scuote la testa come a ribadire che sono buffa, o forse pazza, poi apre la porta ed entriamo in un monolocale piuttosto grazioso. Ma non ho tempo di notare i dettagli perché la mia attenzione è catturata dal letto più grande che io abbia mai visto, coperto da un copriletto bianco. Bianchi sono anche il piumino che lo riveste e i cuscini.

«Questo è il mio campo di azione...», mi sussurra togliendomi il soprabito. Mi abbraccia e posa le sue labbra morbide e calde sulle mie, che assapora piano, molto piano. Io sono immobile, non ancora pronta a stringermi a lui, anche se lo vorrei tanto.

Robin mi abbraccia e con le mani percorre lentamente la mia schiena. Gli intensi brividi che si susseguono incessanti mi costringono ad avvinghiarmi a lui, e allora Robin mi apre piano le labbra e mi bacia... come non sono mai stata baciata. Con infinita dolcezza. Ora il suo bacio si fa più deciso e profondo. Rispondo con trasporto mentre sento l'eccitazione pervadermi. Siamo ancora in piedi e non so che altro fare se non abbandonarmi a lui, lasciando che conduca il gioco.

Ma lui si stacca da me e mi osserva per un lungo istante con quello sguardo da tac tridimensionale.

«Lascia che ti spogli», mormora con un accento che si fa ancora più cantilenante.

Ovviamente non mi oppongo, mi sento talmente languida che gli lascerei fare qualsiasi cosa.

Con dita abili e leggere mi slaccia la guêpière, come se fosse abituato ad avere a che fare con lacci e corpetti. I miei seni, a lungo imprigionati, schizzano in alto e i capezzoli guizzano fuori dalla corazza. Dal lampo malizioso che compare nei suoi occhi, capisco che ciò che vede gli piace. Sorride, accosta il viso al mio décolleté e bacia, con tocchi leggeri di labbra e lingua, la carne che fuoriesce dal reggiseno.

In questo momento sono fiera di me stessa per non essere una fanatica dell'abbronzatura, naturale o artificiale che sia. La mia pelle è bianca e liscia, oserei dire burrosa, senza macchie solari o lentiggini. Come quella di Marlene Dietrich!

Robin mi guida verso il letto e a questo punto sono piuttosto impaziente di vederlo spogliarsi. Sono sicura che ha un torace muscoloso, addominali cesellati e un sedere che fa sospirare tutte le donne di Manhattan e che io non ho ancora avuto modo di ammirare.

Lui, però, preso com'è a occuparsi di me, del mio corpo voglioso che in questo istante sta tremando leggermente, non si spoglia. Mi scivola accanto e mi sussurra parole dolci e irripetibili (non sono una bigotta, ma insomma, avrò diritto alla mia privacy, no?), mi slaccia le calze dal reggicalze, sfilandomele. Prima una, poi l'altra, molto lentamente. E prende a baciarmi le dita dei piedi, a una a una, poi sale su, sempre più su, finché non mi sfila la guêpière dall'alto. Contempla per un attimo i miei seni liberi, dopodiché li accarezza come se fossero due manufatti preziosi e fragili. Li bacia con molta delicatezza e, so che può sembrare strano, quasi con reverenza.

Le mani di Robin, che ora percorrono la mia pelle, sono leggere, calde e abili. Il mio corpo è come un'arpa e le sue parole e i suoi gesti come dita che scorrono sulle corde. I suoi baci, la sua lingua, umida e bollente si imprimono sulla mia carne segnandola per sempre.

Nel momento in cui mi toglie le mutandine, inarco il bacino verso di lui implorando che metta a fine a questa dolce, troppo dolce musica.

Ma Robin non sembra intenzionato ad accontentarmi. Mi allarga leggermente le gambe e rimane a guardare, con un certo interesse, il mio triangolino dai contorni perfetti.

Ma che hai da guardare? Non ne hai mai vista una? Invece di fissarla potresti darti da fare.

Sono nuda ed esposta al cospetto di un uomo che trasuda virilità nonostante sia completamente vestito. Forse è proprio questo a farmi sentire totalmente arresa al suo volere.

Un momento: come mai questa situazione mi eccita così tanto?

Finora la mia vita sessuale è stata caratterizzata da baci che iniziavano da uno scambio insapore di saliva, per finire con un combattimento fra lingue. Da carezze brusche e ruvide e da penetrazioni spesso esasperanti che alla fine mi facevano raggiungere il piacere.

Ma era un piacere allo stato embrionale, che non aveva modo di crescere ed espandersi.

Niente a che vedere con il delizioso supplizio cui è sottoposto ora il mio corpo, di cui percepisco terminazioni nervose che non sapevo di avere. L'istinto mi suggerisce di lasciarmi andare, di liberare ogni tensione e assaporare attimo per attimo le carezze delle mani e della lingua di Robin, che hanno ripreso a sondarlo, a percorrerlo in ogni sua parte, persino nell'incavo delle ginocchia, per poi tornare finalmente a sfiorare, solo sfiorare, la mia parte più intima. Chiudo gli occhi e mi abbandono totalmente, galleggiando in un mare di latte e miele, quando mi capita una cosa che mai, mai avrei pensato potesse succedermi! Inizio a contorcermi e ad ansimare come una donnola in calore sotto lo sguardo beffardo di Robin.

Benché sia vagamente consapevole della brutta figura che sto facendo, non riesco a fermarmi, ma non ce la faccio nemmeno a supplicarlo di darmi una mano. Sono troppo imbarazzata per aiutarmi da sola così continuo a dimenarmi come un serpente finché le contrazioni non si placano.

Sono a dir poco furibonda! Adesso lui si monterà la testa e penserà che riesco a godere anche solo guardandolo.

Robin mi abbraccia facendo aderire il suo corpo ancora vestito al mio e sussurrandomi paroline dolci all'orecchio. Parole che, una volta di più, mi fanno capire che lui non può essere un fattorino. Non che io sia una classista o una snob, ma credetemi, i fattorini non parlano così.

Mi avvicino a lui e comincio a spogliarlo con foga. Robin mi lascia fare, ma togliergli i pantaloni di cuoio da cowboy si rivela un'impresa piuttosto difficile. Allora si siede sul bordo del letto, se li sfila e deve essersi tolto anche i boxer perché ora sento qualcosa di caldo e vivo guizzare sulla mia coscia.

Non ho il coraggio di guardare, ossia lo vorrei tanto, ma proprio non ce la faccio. Paura di restare delusa? O di non reggere l'emozione?

Robin non mi lascia il tempo di pensarci troppo; si sdraia sopra di me e riprende a baciarmi, a toccarmi, a farmi impazzire, tanto più che ora, allo tsunami di emozioni si è aggiunto il suo buonissimo odore. Leggermente diverso rispetto al profumo deciso del suo dopobarba, perché si mischia al sudore del suo corpo. È un profumo di pulito, di fresco con una nota speziata sul fondo. Comincio a pensare che andrà a finire come prima, vale a dire che avrò un altro orgasmo fuori luogo e fuori tempo. E invece no. Robin si muove dentro di me, con dolcezza, con calma, con movimenti lenti e studiati.

Con un ritmo che segue la scala del mio desiderio, il pentagramma di uno spartito che si compone, nota dopo nota, suono dopo suono, fino all'esplosione di archi e trombe e tamburi in un'armonia che rasenta la perfezione. La quale arriva sottoforma di un piacere talmente acuto, che quando sento la mia voce gridare non la riconosco nemmeno.

Robin mi accarezza i capelli, mi bacia piano il viso e continua a sussurrarmi parole dolci e irripetibili.

È di nuovo lunedì, fra un'ora ci sarà la solita riunione di redazione e mi sento abbastanza tranquilla. Dopo il nostro ultimo colloquio spero che Colette sorvolerà per il momento sul mio articolo e mi darà un po' di tregua. In fondo ho curato il suo party di Halloween nei minimi dettagli facendo in modo che fosse un successo, giusto? Mentre mi muovevo fra gli ospiti ho sentito più di una persona dire: «Che bella festa! Un po' diversa dalle solite...».

Non pretendo che mi sia riconoscente a vita, però mi aspetto un po' di comprensione e di indulgenza da parte sua. Chissà se è al corrente che il suo autista ci ha accompagnato a casa di Robin? Preferirei di no, se fra lei e Robin c'è un legame poco chiaro potrebbe non essere comprensiva né indulgente e meditare di vendicarsi della sottoscritta.

Ma no, che cosa vado a pensare? Devo smetterla di ragionare come se fossimo a Hollywood o in una fiction.

Maggie è rientrata ieri sera, sul tardi. Stese a letto, abbiamo chiacchierato fino alle due di notte, come ai vecchi tempi. Durante la sua assenza ci siamo sentite quasi ogni giorno. Sapevo che il peggio era passato, che Erin stava meglio e che Tom era pentito e non parlava più di lasciarla. Ma non conoscevo i dettagli. Pare che a provocare l'insano gesto di sua madre sia stato l'aver scoperto l'identità della sua rivale. Che non era, come mi aspettavo e come da cliché, una ragazza giovane e bella, ma una collega di Tom, della sua stessa età. Sulle prime non capivo. «Scusa, ma non è meglio che sia una donna matura piuttosto che una ragazzina che potrebbe essere sua figlia?», ho osservato. Pare proprio di no. Secondo Erin il fatto che l'amante di suo marito fosse una "vecchia" come lei, significava che aveva fallito come moglie, che non si trattava della scappatella di un uomo che ha paura di invecchiare, ma di un sentimento più profondo e quindi più pericoloso.

Un punto di vista, quello di Erin, da non sottovalutare, anche se sono sicura che una donna di mezza età si senta altrettanto umiliata e impotente nello scoprire che l'amante di suo marito ha l'età di sua figlia. In ogni caso, Maggie è davvero una maga. Almeno per il momento è riuscita, come dice lei, a farli entrare nell'occhio del ciclone e non è detto che nel frattempo la tempesta non si sgonfi.

«Dài, raccontami di Halloween», ha chiesto a un certo punto. «Dio solo sa quanto ho bisogno, in questo momento, di parlare di qualcosa che non siano i miei genitori».

Le ho fatto un resoconto completo dei travestimenti, del karaoke, ma all'ultimo momento mi è mancato il coraggio di raccontarle di Robin e che... sì, insomma, sono stata a letto con lui ed è stata l'esperienza più incredibile della mia vita. Non so spiegare il motivo per cui mi sia comportata così, Maggie e io abbiamo sempre condiviso tutto. È che mi sento scombussolata, confusa e devo ancora capire che cosa provo nei confronti di quell'uomo. E poi, non è detto che duri.

Perciò ho deciso di fare come una donna incinta, che non rivela il suo stato finché non sono trascorsi i primi tre, fatidici mesi.

La riunione inizia alle dieci in punto.

Colette, che da qualche giorno ha abbandonato i tailleur Chanel per completi pantalone classici, sfoggia, sotto la giacca dal taglio severo, una maglia rosa confetto, un po' troppo corta e stretta, che evidenzia le sue forme abbondanti.

In tono allegro e particolarmente squillante comunica ai presenti che il numero messo insieme dai suoi collaboratori la soddisfa molto. E aggiunge di essere intenzionata a proseguire sulla stessa linea.

È una mia impressione oppure mi sta fissando? Anche Julia mi sta guardando. Non mi resta che assumere un'aria indifferente.

«Quindi, Colette, nel prossimo numero pubblicheremo finalmente le interviste sui vibratori?», chiede Julia.

Ora tutti gli occhi sono puntati su di me.

Che stronza! E adesso come ne vengo fuori?

In questo istante si sente bussare e subito dopo entra Robin con un vassoio pieno di cappuccini di Starbucks.

Se questo non è un segno... Voglio dire, mi sta salvando da una situazione spiacevole o quanto meno mi sta fornendo un po' di tempo per raccogliere le idee.

Dopo aver inquadrato rapidamente la sala, comincia ad appoggiare il bicchiere davanti alle persone riunite intorno al tavolo, con la stessa disinvoltura di un cameriere professionista. Quando tocca a me, il mio cuore accelera i battiti e mi aspetto che mi mandi un segnale, un'occhiata furtiva d'intesa per non insospettire gli altri. Ma niente, la sua faccia è impassibile, come se fossi una perfetta sconosciuta. Nel consegnare il bicchiere a Julia, seduta accanto a me, sorride e nessuno mi leva dalla testa che le ha fatto l'occhiolino.

Sono profondamente delusa e provo lo stesso senso di smarrimento di un cucciolo abbandonato in autostrada. Come può ignorarmi dopo quello che c'è stato fra noi? Credevo che mi avrebbe telefonato o si sarebbe fatto vivo con una scusa.

Be', non è il caso di tirare conclusioni affrettate. Sono passati solo due giorni, di cui uno era domenica. È naturale che si comporti così per discrezione, per non destare sospetti o pettegolezzi sulla nostra relazione. Specie agli occhi di Colette, qualunque sia la natura dei loro rapporti.

«Grazie Robin», cinguetta Colette, l'ultima alla quale consegna il cappuccino.

Gli sguardi delle donne sedute intorno al tavolo, compreso quello di Maggie, appena entrata per riferire un messaggio a Colette, sono puntati su di lui. È come se Robin fosse una calamita il cui potere di attrazione va ben oltre la semplice curiosità che potrebbero provare per un cameriere affascinante. Suppongo che in redazione la sua assunzione sia ormai di dominio pubblico, perciò non si tratta, appunto, di curiosità, ma di qualcosa che ha a che fare con il suo esuberante, per non dire esagerato, sex appeal.

Lui sorride a tutte e a nessuna, quindi si gira e oltrepassa la porta con la tipica andatura di un gatto di razza, consapevole del proprio charme.

Segue un attimo di silenzio durante il quale mi illudo che la domanda di Julia sia caduta nel vuoto.

Ma la iena non molla e parte di nuovo all'attacco chiedendomi a che punto sono con le interviste.

«A buon punto», rispondo sicura, «ma non vi anticipo nulla. Sarà una sorpresa».

Colette mi lancia un'occhiata in tralice, ma non ribatte e io sospiro sollevata quando inizia a parlare degli articoli per il prossimo numero. Ora sta farneticando in merito a un'intervista a due famosi attori hard, facendomi gelare il sangue nelle vene. Non penserà mica di affidarla a me, come punizione per non aver portato a termine la missione sui vibratori? Non contenta della sua trovata, le viene pure la brillante idea di un reportage dettagliato da uno di quei set dove vengono girati i film. Rimango in apnea finché non sento spuntare il nome di Owen, e solo dopo riesco a riprendere a respirare.

Non so che cosa sia successo al mio editore, ma ho l'impressione che una vera e propria ossessione si sia impadronita di lei. Avrebbe bisogno di farsi curare o, in alternativa, di un esorcismo.

E se per caso fosse tutta opera di Robin, che le ha fatto provare l'ebbrezza del sesso? Respingo immediatamente questo pensiero, perché non posso, proprio non posso immaginare lui e Colette in atteggiamento intimo.

Più tardi, seduta davanti al computer, nel mio bugigattolo, non faccio che pensare a lui. Alle sue mani su di me, al suo profumo che sento ancora in testa e sulla pelle, al suo corpo nudo che ho appena intravisto e che vorrei tanto vedere, come dire, più nei particolari. Ai meravigliosi orgasmi avuti fra le sue braccia.

Santo cielo! Ancora non riesco a credere che l'orgasmo multiplo non sia solo ad appannaggio dei film, dei romanzi rosa e di... Maggie. Dovrò rivalutare la mia precedente convinzione che il numero uno sia il numero perfetto. Non dicevano che fosse il tre?

Ma c'è un particolare, di non poco conto, che non mi dà pace e che incrina un po' il ricordo, altrimenti meraviglioso, di quei momenti.

Lui non è... sì, insomma, non ha raggiunto l'orgasmo insieme a me. E nemmeno prima o dopo, non l'ha avuto affatto. Il sospetto mi è venuto quando, dopo avermi ampiamente gratificata, ho avvertito una presenza dura contro la gamba. Poteva anche darsi che avesse una notevole capacità di recupero, ma nell'incertezza ho preferito chiarire. Mi sono girata verso di lui e, sforzandomi di superare l'imbarazzo, gli ho chiesto: «Scusa, ma tu?».

Robin ha sorriso e mi ha stretto a sé, mormorando: «Non ti preoccupare, va benissimo così».

«No che non va benissimo, come puoi dire una cosa del genere?». Ho pensato che fosse colpa mia, che non fossi stata capace di dargli piacere, che come amante non valessi niente e che lui non mi avrebbe più voluta.

Robin mi ha sfiorato la fronte con un bacio. «Mettiamola così, sei in debito con me e prima o poi verrò a riscuoterlo».

Anche se non sono sicura che avere un debito con Robin sia una buona idea, le sue parole mi hanno fatto capire che ci sarebbe stato un seguito. Era quel "prima o poi" che mi creava qualche perplessità.

Comunque, non si è mai visto che un debitore corra dietro all'usuraio, no?

E quindi, se lui si aspetta che sia io a fare il primo passo non ha capito niente di me.

Certo, i miei buoni propositi si scontrano inevitabilmente con la mia emotività, perché è di questo che si tratta. Pura e semplice emotività, non amore. Robin ha saputo toccare i *miei* punti giusti, compreso il famoso punto G e il mio corpo ha risposto come il cane di Pavlov.

Semplice no?

CAPITOLO 10

Nei giorni seguenti mi sento addosso una sensazione di stordimento, al lavoro non combino nulla (tanto fra qualche giorno intervisterò Josh Walker, Phil me l'ha assicurato, si tratta solo di fissare l'ora), e passo il tempo aspettando che Robin si faccia vivo, alzando la cornetta del telefono per accertarmi che funzioni, per poi sbatterla giù con rabbia.

In compenso ho perfezionato le mie telefonate immaginarie di lavoro per gettare fumo negli occhi di Julia. Compongo un numero a caso – non potete immaginare quante utenze telefoniche sono disattivate a Manhattan oppure non hanno la segreteria inserita – e parlo sottovoce nella cornetta, poi digito velocemente sul computer con espressione molto concentrata, sbirciando in continuazione oltre i tramezzi dell'open space, con la speranza di veder arrivare Robin. A quanto pare le macchine dell'ufficio funzionano a meraviglia e nessuno ha bisogno di lui. Mi viene persino il dubbio che Colette l'abbia spostato dalla reception, dato che la mattina, quando Maggie e io entriamo nell'atrio, lui non c'è mai.

Il mistero si infittisce. Quanto ai cappuccini e alle ciambelle, Colette ha chiuso il conto che avevamo da Starbucks e ci ha fatto sapere, con un'email, che da oggi in poi dovremo pagare le nostre consumazioni. Per concludere, ci ha raccomandato di non abusare troppo del fattorino, impegnato in mansioni più importanti, delle quali nulla è dato sapere.

Intanto sono le cinque del pomeriggio di un'altra giornata piatta. Chiudo il computer, raccolgo le mie cose e, come d'abitudine, chiamo Maggie per accordarci e uscire insieme. Sono arrivata al punto di sperare che le tocchi restare ancora in ufficio; uscendo da sola, ho più possibilità di manovra qualora dovessi intercettare Robin. Ma, e non voglio nemmeno prendere in considerazione l'idea che lo faccia apposta, sono dieci giorni che mi evita.

Maggie mi comunica che è pronta. Mi sento in colpa nei suoi confronti e più tardi, a casa, ho il morale così a terra che sono sul punto di raccontarle tutto. Mi sembra di vedere la sua espressione, mentre la metto al corrente della mia avventura con Robin: dapprima perplessa, poi sconcertata e alla fine severa. «Proprio con un tipo simile sei andata a impelagarti? Faresti meglio a troncare prima che le cose vadano troppo avanti, se non vuoi uscirne a pezzi», o qualcosa del genere.

Non credo che potrei sopportarlo!

L'arrivo di Phil mi impedisce di fare una rivelazione di cui, sono sicura, mi sarei pentita immediatamente.

«Che si dice, ragazze?», esordisce.

«Hai cenato?», chiede Maggie. Alla sua risposta negativa, la mia amica propone di andare a cena fuori.

E così eccoci qui, da Thelewala, il mio ristorante indiano preferito, dove si può mangiare, per soli otto dollari e novantanove, tutto quello che è esposto su un lungo tavolo.

Carico il mio piatto di pollo tandoori, verdure in pastella che sono sicura saranno piccantissime, riso basmati, come quello che acquistavo per la barboncina di Colette, e prendo anche della birra indiana che non è poi tanto male.

Quando sono triste mangio, non fino a strafogarmi ma quanto basta per stordirmi e dimenticare. Come dessert scelgo il budino di riso.

«Malcom ha ottenuto una piccola parte nel musical *Spiderman*», annuncia Phil a un tratto.

«Ma non voleva fare il modello?», osserva Maggie.

«Il suo agente gli ha procurato questa parte e lui è fuori di sé dalla gioia. Mi ha detto: "Ho sempre sognato di fare l'attore ma non osavo sperare di avere delle possibilità"».

«Quindi stasera offro io», propone Phil che è su di giri come se fosse stato lui a ottenere la parte. Phil è davvero un uomo generoso: gli interessa più la felicità del compagno che la sua. Un pregio che purtroppo si trasforma in difetto dal momento che tutti i suoi partner se ne approfittano.

Ci congratuliamo con lui e… Malcom che, detto fra noi, non mi convince affatto. Non solo perché guarda Maggie e me come se fossimo affette da qualche morbo virulento, ma perché è troppo volubile, troppo presuntuoso e pieno di sé, e temo seriamente che questa nuova opportunità lo allontani da Phil.

«Malcom è un vero talento e le donne impazziranno per lui. Sta prendendo lezioni di ballo e ha scoperto di avere una bella voce», osserva Phil compiaciuto, poi mi guarda e fa una strana faccia: «Amy, ci sei?».

Accidenti alla sua ipersensibilità, a Phil non sfugge mai nulla. Mentre Maggie stasera mi sembra un po' assente.

Annuisco e mi stampo un sorriso allegro sulle labbra.

«Ho una buona notizia anche per te», mi annuncia. Me la fa cadere dall'alto girandoci intorno per cinque minuti buoni, finché Maggie non gli intima di farla finita.

«Avanti, Phil, vieni al sodo».

In questo momento la bacerei. Ecco perché Colette è diventata Maggie-dipendente, la mia amica ha la capacità di sintetizzare, di arrivare al punto, di non perdersi in inutili e sterili chiacchiere.

Chissà come si sarebbe comportata con Robin se fosse stata al mio posto. Sicuramente non si sarebbe fatta tutte le paranoie che mi sto creando io. Avrebbe messo da parte l'orgoglio e l'avrebbe chiamato. Oppure sarebbe andata alla reception e gli avrebbe detto: «A che gioco stai giocando?».

Ma, visto com'è andata con Harvey, il suo ultimo fidanzato, secondo il quale era troppo "risolta", non è detto che questa strategia funzioni con gli uomini.

«Ti ho fissato l'intervista per domani», si decide finalmente a dire Phil.

«Domani?», ripeto disorientata. Aspettavo questo

appuntamento con impazienza per non dire con trepidazione e ora ho paura di non essere pronta.

«Qualcosa non va?», indaga Phil, «hai per caso altri impegni?»

«No, certo che no», ribatto con veemenza.

Il cellulare di Maggie inizia a vibrare, quando lo afferra ha un'espressione corrucciata. «Sì, mamma, che succede?», risponde. Poi si alza e si allontana verso l'uscita dove c'è più campo.

«Speriamo che non si tratti di un'altra crisi familiare», commento.

Phil annuisce pensieroso e osserva Maggie che sta tornando verso di noi con un sorriso un po' tirato. «Tutto a posto?», le chiede.

«Sì, ogni tanto mia madre ha bisogno di sentirmi», replica. Mi prende sottobraccio e usciamo insieme, seguite da Phil, che ci propone il bicchiere della staffa in un nuovo locale appena aperto sull'ottava strada. Maggie e io decliniamo l'invito, la mia amica è stanca e io devo prepararmi per l'intervista di domani.

Il Plaza si erge maestoso davanti a me e mi fa sentire piccola piccola.

Mentre ammiro la sua facciata che mi è familiare quasi quanto Central Park, non posso fare e meno di pensare che questo palazzo ha rappresentato e continua a rappresentare il sogno di tante giovani donne.

Chi non ha mai fantasticato di passare una notte in una delle sue suite, in compagnia di un miliardario, coccolata e riverita? E che questo miliardario, ovviamente bellissimo e pazzamente innamorato, ti faccia trovare sotto il tovagliolo un anello di Tiffany, con un diamante da dieci carati?

Nel tempo, grazie ai film che vi sono stati girati e ai romanzi d'amore che hanno invaso le librerie, ha perso un po' del suo smalto, tuttavia, entrando nel sontuoso atrio, provo una certa emozione.

Cerco di non fare risuonare troppo i tacchi (non si può intervistare un divo con un paio di scarpe basse, così oggi ho fatto un'eccezione indossandone un paio tacco dodici), il cui ticchettio ha già fatto girare un paio di clienti. Mi avvicino al concierge, un uomo di mezza età con l'aspetto di un banchiere di Wall Street, e quasi mi aspetto che mi cacci perché questo è un posto esclusivo, dove una signorina nessuno quale sono io non ha il diritto di stare.

Invece mi sorride e mi chiede, con una pronuncia oxfordiana, che cosa può fare per me.

Esibisco il mio tesserino di giornalista replicando che ho un appuntamento con Josh Walker, nella sua suite.

Il concierge solleva il telefono, mormora qualche parola nella cornetta e un attimo dopo si materializza un valletto, impeccabile nella sua uniforme, che mi fa strada verso l'ascensore. Noto appena la celeberrima sala delle palme, e per un istante mi passa davanti l'immagine di me e Robin seduti a un tavolo appartato, a sorseggiare champagne. Io indosso un vestito lungo e scintillante (sono indecisa se argentato o dorato), ho le spalle nude e un punto luce che fa pendant con l'abito e gli orecchini. Robin, con la barba leggermente lunga ma curatissima, è molto elegante nel suo abito scuro. La camicia (sono indecisa se azzurra o bianca) è impeccabile, come la cravatta di seta grigio perla.

L'immagine svanisce velocemente com'è arrivata, e io mi sforzo di concentrarmi sulla recente storia personale di Josh Walker, un trentacinquenne croato arrivato negli Stati Uniti in cerca di fortuna come attore, dieci anni fa, quando si chiamava ancora Jose Obradovich. Dopo parecchi anni di gavetta, durante i quali ha recitato in vari film di secondo ordine, gli è stata offerta la parte da protagonista di una serie poliziesca che è diventata una delle più amate e seguite, specialmente dalle donne.

In questa serie, Josh è un poliziotto texano molto macho che risolve casi impossibili grazie al suo intuito, alla sua intelligenza, ma soprattutto alle sue notevoli doti fisiche. Infatti, lo si vede spesso impegnato in inseguimenti mirabolanti o in scazzottate violente, ma anche in appassionate scene d'amore.

Il successo del telefilm è stato talmente ampio che ora Josh è impegnato a girare la quarta stagione proprio qui, a NYC. È appena arrivato e quindi la notizia non si è ancora diffusa, altrimenti il Plaza sarebbe presidiato dalle fan impazzite.

La produzione non vede di buon occhio che Josh faccia outing in un momento così fortunato per lui, e teme che la notizia possa ripercuotersi negativamente sulla sua carriera. Ma Josh è stanco di aspettare, e non vede l'ora di uscire allo scoperto.

Ieri sera ho fatto i compiti ripassando le informazioni sulla sua storia personale che avevo trovato su internet, ma le notizie più importanti me le aveva date Phil, lungo la strada verso casa. Come facesse a sapere tutti quei particolari non sono riuscita a scoprirlo, e quando ho cercato di indagare, mi ha risposto: «La comunità gay è molto più unita e informata di quanto si pensi, il nostro tam tam è più efficace delle pulci e dei satelliti Echelon della CIA».

I miei compiti, però, non si sono limitati alla vita e alla carriera di Mr Walker. Per la mia intervista dovevo escogitare qualcosa di più personale, qualcosa che mi aiutasse a entrare in sintonia con lui, qualcosa che la rendesse unica.

Ma certo, come avevo fatto a non pensarci prima?

Chiaro: la mia mente e le mie energie erano talmente concentrate sul bastardo, che mi era sfuggito un fattore molto importante.

Josh Walker e io siamo connazionali! Sì perché la famiglia di mio padre e, quindi anch'io, è di origine croata, se così si può dire, dal momento che apparteneva alla minoranza italiana.

Nonna Mary e nonno Mario (lo so, suona un po' cacofonico, del resto erano i nomi più in voga in quel periodo) erano di Rijeka, la città croata che si affaccia sul golfo del Quarnaro quando ancora faceva parte dell'Italia e si chiamava Fiume. Un luogo, stando ai racconti della nonna, bellissimo e magico, da cui si gode di un'ampia vista delle incantevoli isole di Cres e Losinj e, nelle giornate particolarmente terse, delle isolette rosa corallo che incoronano quel tratto di mare e che si chiamano, appunto, Kornati, Incoronate.

La nonna aveva lasciato scritto nel testamento che desiderava essere sepolta nella tomba di famiglia, dove riposavano i suoi genitori, nel cimitero di un piccolo paese dell'entroterra dal nome impronunciabile. Dal momento che nonno Mario era stato cremato e la nonna aveva collocato l'urna sul caminetto del salotto, aveva pianificato una specie di doppio funerale la cui organizzazione, messa a punto da una delle pompe funebri più prestigiose del Queens, abituata a richieste ben più stravaganti, era stata ineccepibile.

E così mamma, papà e io eravamo partiti per il primo viaggio intercontinentale della mia vita nella leggendaria Europa.

Nonna Mary aveva talmente mitizzato la Croazia, che quando misi piede, per la prima e ultima volta, a Rijeka, ne rimasi un po' delusa. Ci eravamo lasciati alle spalle una New York arroventata dal caldo estivo ed eravamo stati accolti da un cielo cupo e burrascoso e da una pioggia sferzante trasportata dalla bora nera, un vento che spira da nord-est molto forte e che, seppi dopo, era capace di scoperchiare i tetti e rimuovere i cornicioni delle case.

La bora soffiò tutta la notte, come una vecchia strega (come la chiamano da quelle parti) ululante, spazzando via tutte le nubi. La mattina seguente il cielo era di un blu profondo, il sole scagliava raggi infuocati sul mare, Cres e Losinj troneggiavano come due baluardi gentili e... dov'erano le Kornati, perché non riuscivo a vederle?

Tuttavia, affacciata al terrazzo della casa di zia Olga, a Trsat, mi si allargò cuore. Avevo solo quattordici anni, non mi ero mai spinta più in là degli Stati Uniti, e per me fu come essere catapultata in un mondo di lillipuziani. Tutto mi sembrava piccolo e contenuto in confronto alla vastità dei panorami cui ero abituata. Ripensai a nonna Mary, piccola e graziosa, sempre in movimento, sempre operosa, che cantava, con una bella voce da soprano, le arie delle opere in italiano. Mi parve di vederla, aggirarsi agile e silenziosa, nelle stanze di quella casa solida e piuttosto antica dov'era nata e dove aveva vissuto con il nonno nei primi anni di matrimonio, prima di partire per l'America. Di nonno Mario, che era mancato quando avevo quattro anni, conservavo l'immagine di un uomo alto e piuttosto bello, con gli occhi azzurri e i capelli biondo scuro che assomigliava a Henry Fonda.

Gironzolando per quelle stanze i cui arredi non erano cambiati molto nel corso degli anni e osservando le foto dei vari parenti appese in corridoio, in molti dei quali ravvisavo delle somiglianze con il nonno e con mio padre, percepii una sensazione di familiarità. Impressione che si rafforzò quando mi ritrovai a passeggiare con i miei genitori sulla riviera di Opatija, dove dagli ingressi delle ville in stile liberty partivano degli scalini di pietra che portavano direttamente al mare.

Nel verde giardino del parco di Opatija affacciato sul golfo, carico di fiori e profumi mediterranei compresi il significato delle radici e della parola "appartenenza".

Era come se fossi a casa.

Fu allora che chiesi a mio padre dove fossero le Kornati. «Sono molto più giù», mi spiegò, «non si possono vedere da qui».

Provai un moto di tenerezza per nonna Mary che, vista l'età e un accenno di demenza senile, aveva, come in un Photoshop della mente, assemblato a casaccio le immagini più significative di quelle località. In ogni caso mi aveva fornito una descrizione così dettagliata delle Kornati che fissando l'orizzonte mi parve di scorgere, fra le creste bianche del mare, delle minuscole dune rosa.

I nonni, il cui cognome faceva Bevilacqua tradotto poi letteralmente in Drinkwater, erano emigrati a New York negli anni Cinquanta, dopo aver capito che il socialismo reale di Tito non faceva per loro. Nonno Mario, dall'età di sedici anni aveva lavorato, con varie mansioni, nel porto di Rijeka diventando anche un esperto gruista. Fisico forte e mente acuta, era un uomo che non si risparmiava nel lavoro ed era apprezzato e ben considerato dai suoi capi e dalle maestranze. Quando il porto fu statalizzato, in quanto italiano si ritrovò emarginato e costretto a eseguire i lavori più faticosi e umili. Bastava un niente per mettersi in cattiva luce con i nuovi dirigenti, tutti membri del partito, e rischiare di perdere il lavoro se non peggio.

Fu così che cominciò a pianificare il viaggio per l'America, il Paese della libertà e delle opportunità. Scrisse a Boris, un prozio che viveva a New York da parecchi anni e aveva interessi in molteplici settori, prenotò il viaggio su una nave che partiva da Trieste, poco più di una carretta, e si imbarcò insieme a nonna Mary con solo due valigie, un po' di risparmi in dinari che non valevano quasi nulla, per un viaggio di non ritorno. Grazie alle conoscenze di Boris, che nei primi tempi li ospitò, e alla sua esperienza riuscì a trovare lavoro presso la compagnia portuale della Grande Mela.

In pochi anni divenne capo di un settore adibito al carico e scarico dei container. La famiglia si stabilì nel Queens, in un quartiere abitato da una nutrita comunità di istriani, croati e italiani e condusse più o meno la stessa vita che avrebbe svolto a Rijeka. Frequentando i connazionali, curando il giardino ma soprattutto l'orto della loro villetta, una costruzione dei primi del Novecento solida e a suo modo elegante, dove spesso organizzavano dei barbecue ai quali partecipavano parenti e amici.

Con il passare del tempo, grazie al duro lavoro ma anche alle opportunità che offriva un porto di mare di quella portata, il nonno e la nonna divennero una coppia benestante che poté permettersi di far studiare mio padre, il loro unico figlio, all'Università di Princeton, dove si laureò in odontoiatria.

Al funerale di nonna Mary partecipò un nutrito gruppo di parenti da cui appresi due cose fondamentali. La prima era che Mario e Maria erano: "quelli che avevano fatto fortuna in America". L'altra, che mio padre onorava una professione molto diffusa a Rijeka dove sorgevano, letteralmente come funghi, cliniche odontoiatriche low cost, che facevano parte di un pacchetto turistico all inclusive.

Tornai a New York con un bagaglio di conoscenze in più, lieta di constatare che anche nella mia città mi sentivo a casa. Perché la Grande Mela è come una madre che accoglie fra le sue braccia persone, razze, lingue e religioni diverse.

Il valletto mi lascia davanti alla porta di Josh, busso timidamente e dopo un po' il divo è davanti a me, più alto e massiccio di quanto non appaia in TV. Ma gli occhi azzurri che bucano lo schermo sono esattamente gli stessi che ricordavo. Così come la mascella volitiva. Josh è un gran pezzo d'uomo e non ha proprio niente del gay… del resto nemmeno George Michael destava sospetti di questo tipo, ricordo che quando l'ho saputo ho pianto… be' avevo solo undici anni!

La suite è a dir poco principesca, tuttavia non posso permettermi di curiosare in giro o di fissare troppo i particolari, non sarebbe professionale.

Gli chiedo da dove provenga esattamente, pronta a sfoderare tutto il mio sapere sulla Croazia, ma lui mi nomina un paesino che non ho mai sentito, al confine con la Bosnia.

Cominciamo bene!

Ma non mi lascio smontare e gli racconto della mia

famiglia, del mio viaggio a Rijeka e di quanto quei luoghi mi siano rimasti nel cuore.

Sul suo viso, dai tratti così virili, compare un sorriso fanciullesco. Gli occhi blu si fanno più chiari e luccicano quasi per la commozione. Mi dà una pacca sulla spalla che per poco non mi fa cadere e dice: «Amo molto il mio Paese sebbene per molti versi mi sentissi soffocare. Sai, non è facile essere gay in Croazia».

«E le Kornati le adoro, adoro tutta la Dalmazia, sei mai stata a Dubrovnik?», continua.

Con una punta di rimpianto rispondo che no, non ci sono mai stata.

«Un salotto veneziano in un contesto mediterraneo, ci devi assolutamente andare. Lungo la costa ci sono isole e spiagge che non hanno nulla da invidiare alle Maldive. Ma dove costa tutto molto meno».

Annuisco replicando che la Dalmazia sarà la meta della mia prossima vacanza. Josh, soddisfatto della risposta, mi fa accomodare sul divano.

Mi permette di accendere il registratore, e dopo un po' ecco che parte con la confessione.

Un monologo che viene dal cuore, e che mi fa salire le lacrime agli occhi specie quando mi parla della povertà in cui versava la sua famiglia e che ora, grazie a lui, non deve più patire. Ma ciò che emerge più di ogni altra cosa e di cui darò risalto nel mio articolo, è che in Croazia l'omofobia è piuttosto diffusa. Ma anche nella super occidentale e viziata America non è così semplice come si pensa, specialmente per un attore che ha fatto del machismo la sua bandiera.

Alla fine della lunga confessione, che è durata quasi due ore, mi chiede: «Scusa, ma non mi ricordo per quale rivista lavori».

È come se mi avesse gettato una secchiata di acqua gelata giù per la schiena. Adesso mi dirà che non ha mai sentito nominare «Manhattan Rumors», che si è sbagliato e che non mi firma la liberatoria.

Con voce strozzata pronuncio il nome del giornale e, come temuto, lui osserva: «Mai sentito».

Sto per supplicarlo, blandirlo, adularlo e non so che altro, quando lui mi sorprende osservando: «Non m'importa, anzi, sai che ti dico? Sono contento che tu non scriva per una di quelle riviste patinate che un tempo mi snobbavano. E poi sei una compatriota e noi croati siamo molto uniti».

Lo ringrazio profusamente, gli assicuro che ce la metterò tutta per scrivere un articolo degno del Pulitzer e lui che fa? Mi abbraccia forte e mi bacia sulle guance.

Raggiungo la hall camminando sulle punte delle mie scarpe tacco dodici, rischiando di finire a terra. Mi ricompongo, sorrido al portiere ed esco. Una spruzzata di pioggia gelida mi sferza il viso ricordandomi che l'inverno è alle porte. Mi incammino lungo la Quinta Strada trafficata come sempre, ma viva e piena di energia, sulla quale stanno già allestendo la scenografia in occasione del prossimo Natale.

CAPITOLO 11

Si parla tanto del pensiero positivo, capace di produrre endorfine, di aumentare l'autostima, di innescare addirittura il processo di guarigione in un corpo malato, e di richiamare la dea fortuna. Qualcosa di vero ci deve essere in queste affermazioni perché, quando torno in ufficio con il morale alle stelle per l'intervista con Josh, trovo una rosa sulla mia scrivania. Una rosa stupenda, con i petali soffici e vellutati, che emana una fragranza deliziosa. La prendo in mano stando attenta a non pungermi, ne respiro il profumo e in un attimo il mio box angusto e grigio si trasforma in uno spicchio di primavera.

Chi me l'avrà mandata? Il mio primo pensiero corre a Josh, una persona davvero squisita con cui ho stabilito un feeling immediato. Peccato sia gay. Altrimenti, giuro, avrei affilato le armi per sedurlo, se non altro per distrarmi dal pensiero martellante di Robin, che continua a perseguitarmi di giorno, ma soprattutto di notte.

Ieri sera, ad esempio, sono stata assalita da una crisi di astinenza, di quelle terribili. A letto, mentre Maggie stava già dormendo, mi sono ricordata di Mr Rabbit, chiuso nella sua scatola sotto il letto. Ho buttato le coperte di lato, mi sono piegata a testa in giù, l'ho trascinata fuori, ma quando l'ho aperta mi sono accorta che, decisa com'ero a disfarmene, non avevo più pensato ad acquistare le batterie.

La frustrazione è stata così forte che mi sarei messa a piangere.

Lo squillo del telefono interrompe questa serie di ricordi negativi che rischia di compromettere il mio pensiero positivo. Il numero che compare sul display è sconosciuto, ma in ogni caso rispondo. Quello che è successo a Maggie mi ha insegnato che non si sa mai chi può chiamare, magari è l'ospedale. Ma potrebbe trattarsi anche di Paul Finch, l'unico agente che avevo contattato.

«Piaciuta la rosa?».

Invece è lui, il bastardo, che si ricorda di me dopo dieci giorni, sette ore e quarantacinque minuti da quando ci siamo lasciati.

Non che li abbia contati, comunque. È una stima molto approssimativa.

Mi ha tenuto sulla graticola per portarmi all'esasperazione e costringermi a strisciare ai suoi piedi. Ma io non ci sono cascata e in questo momento sono molto fiera di me stessa. Ho deciso che farò la preziosa, che cosa crede, che basti una voce profonda e suadente, con un leggero accento strascicato, a farmi bagnare le mutandine?

Ops!

«Carina», rispondo sforzandomi di non mostrare entusiasmo.

«È la rosa più bella di Manhattan, non è stato facile trovarla», mi fa notare.

«Be', grazie».

Segue un attimo di silenzio.

«Sei libera stasera?», si decide finalmente a chiedere.

Sono tentata di rispondergli che ho un impegno a cena, anzi meglio a teatro, anzi meglio ancora a cena, a teatro e poi al Plaza per una notte di fuoco con Josh, tanto nessuno sa ancora che è gay. Sono davvero tentata, ma le parole si bloccano in gola come sassolini puntuti. Me la raschio fingendo un accesso di tosse.

«Tutto ok?», fa lui.

«Sì, ok, mi era andato di traverso il cappuccino», ribatto, tanto per sottolineare che dopo quella volta non me ne ha più portati. Ma non è solo per questo. Maggie mi ha riferito che Robin ha preso l'abitudine di arrivare ogni mattina, verso le dieci, con due bicchieroni di Starbucks per lei e Colette, talvolta anche per le ragazze dell'amministrazione. E non vuole farsi pagare! Il che la dice lunga su che cosa si aspetti in cambio.

«A proposito di quel debito, se per te va bene mi piacerebbe riscuoterlo stasera...», mormora nella cornetta con tono vibrante.

«Che ne diresti se lo pagassi a rate?».

Mi è venuta così, e sul momento mi sento molto spiritosa.

«Capisco che è troppo gravoso onorare il tuo impegno in un'unica soluzione, ma cercherò di essere comprensivo», ribatte pronto.

Sarà meglio che eviti le battute!

«Passo a prenderti alle otto», incalza, «dammi il tuo indirizzo».

«No!», esclamo alzando la voce tanto che le ragazze, Julia in testa, allungano il collo. «Verrò io da te». Non voglio che Maggie scopra che esco con Robin, non ancora.

«Come preferisci, ogni tuo desiderio è un ordine», conclude lui.

Ci salutiamo e io mi tuffo sulla tastiera digitando forsennatamente un memo.

Scusa plausibile per Maggie. Josh mi ha trovato così simpatica che mi ha invitato a cena al Plaza. «Sai, dopo aver scoperto che abbiamo le stesse radici il suo atteggiamento si è fatto amichevole, quasi affettuoso. Si sente così solo… be', sì, mi auguro che Phil non sia geloso. In fondo è stato lui a mettermi in contatto con Josh e inoltre si tratta di una situazione momentanea, mi ha confessato che intende tornare a casa per le festività natalizie».

Sì, mi pare che vada bene! Memorizzo il testo e lo salvo in una cartella nuova, inserendo una password. Un momento, devo assolutamente segnarmi il numero del cellulare di Robin, che è rimasto in memoria. Può sembrare strano, ma non ci siamo scambiati i numeri di telefono, probabilmente perché sapevamo che ci saremmo rivisti in ufficio. A dire il vero avevo pensato di chiederglielo, ma vista la natura incerta della nostra relazione, non volevo passare per un'appiccicosa e ho lasciato correre.

Sorrido soddisfatta pensando che io ho il suo numero e lui no, allungo la mano verso la cornetta per chiamare Maggie e il telefono si mette a squillare. È lei. Caspita, sapevo che siamo telepatiche ma non credevo fino a questo punto!

Dal suo tono basso e controllato capisco che deve essere successo qualcosa.

«Mia madre è fuori di testa», mi informa, secca, «non vuole più vedere papà, l'ha cacciato di casa...».

«Mi dispiace tanto», replico non sapendo che altro aggiungere. «Vuoi che venga nel tuo ufficio così parliamo?».

Maggie mi ringrazia ma risponde che è meglio di no. Deve finire un lavoro urgente e in ogni caso manca poco all'uscita, parleremo per strada.

Nei pressi della reception, mi acquatto dietro un angolo e sbircio per controllare la situazione. Non sono tipo da sotterfugi e l'ansia mi assale come un'onda anomala. Ma preferisco evitare che Maggie mi sorprenda a parlare con Robin e non sia mai che loro due stiano già chiacchierando. Il fiuto della mia amica è così potente che capirebbe subito che fra noi due c'è qualcosa.

Per fortuna non è ancora arrivata. E non c'è nemmeno lui. Sarà già uscito, magari si sta preparando per la serata, considero. L'ansia lascia il posto a un brivido di eccitazione.

Be', molto più che un brivido.

Sono davvero dispiaciuta per Maggie ed Erin, tuttavia non riesco a credere di aver avuto tanta fortuna.

Mentre camminiamo per prendere la metro, la mia amica mi comunica che stasera tornerà a casa, dove si fermerà fino al giorno del Ringraziamento. «Papà è distrutto e questa volta è stato lui a implorare il mio aiuto, è andato a vivere in un motel», mi spiega. «Ho già chiesto qualche giorno di permesso a Colette e lei me li ha accordati senza fare storie. Hai notato anche tu che ultimamente è molto allegra? Oltretutto mi sembra più lucida, come se avesse smesso di bere».

«Non sembra anche a te che sia un tantino ossessionata dalla faccenda del sesso?», azzardo.

«Può darsi», ammette Maggie, «ma se questa ossessione serve a vendere più copie e a farla stare meglio, ben venga. E poi un po' di sano sesso non ha mai fatto male a nessuno».

Maggie sa qualcosa, è chiaro. Come faccio ad approfondire il discorso senza insospettirla? Come faccio a chiederle se pensa che abbia una storia con il fattorino senza tradirmi?

No, non è il caso, non vorrei metterla sul chi vive e poi ora ha ben altro a cui pensare. È meglio che cerchi di scoprirlo per conto mio.

«Ho promesso alla mamma che andrò a casa il giorno del Ringraziamento», cambio discorso.

«Sono contenta, se ci sei tu potrò rilassarmi un po'», sospira. «Dio solo sa quanto ne avrò bisogno!».

«Ho bisogno anch'io di staccare un po' la spina», replico accingendomi a raccontarle dell'intervista. Ma nel momento in cui lasciamo la stazione della metro, tornando in superficie, il suo cellulare squilla. È sua madre e Maggie parla con lei durante il tragitto. Vabbè, la leggerà quando uscirà l'articolo, non è così importante.

Una volta a casa Maggie comincia a riempire il trolley con un paio di cambi di biancheria e alcuni indumenti. È molto concentrata e distaccata. È ovvio che sia stanca di questa storia e preoccupata per l'inaspettato risvolto, proprio quando la tempesta sembrava essersi placata. Infila il computer nella borsa dicendo: «Mi terrò in contatto con Colette e ti chiamerò ogni giorno, comunque in quel periodo si ferma un po' tutto e credo non ci saranno problemi».

«In ogni caso puoi contare su di me», le ripeto.

Ci abbracciamo e ci baciamo, dandoci appuntamento fra due giorni.

Alle otto e dieci minuti – ho passeggiato a vuoto un quarto d'ora nel Village per evitare di essere troppo puntuale –, sono davanti alla saracinesca del magazzino di Robin, aperta a metà. Meno male, mi stavo proprio chiedendo come avrei fatto a bussare a una serranda priva di campanello. Avrei sempre potuto chiamarlo al telefono, ma un ingresso trionfale è sicuramente più d'effetto.

«Ehilà, sono arrivata», saluto facendo un po' di slalom fra le cianfrusaglie.

Robin mi viene incontro sorridendo, più bello che mai, con la camicia chiara aperta sul petto abbronzato e un paio di jeans anticati. O forse solo vecchi.

Mi sfiora la bocca con un bacio scatenando in me

una reazione a catena di ricordi erotici e ineffabili vibrazioni alla pancia. Non sopporto che quest'uomo abbia un tale ascendente su di me, che mi faccia sentire come un derviscio davanti al suo Madhi. E tuttavia non vedo l'ora di essere fra le sue braccia.

«Ho preparato qualcosa per cena, ti piace il cous cous?», mi domanda.

La stanza è pervasa da un profumo di spezie piuttosto invitante, peccato che detesti il cous cous, anche se apprezzo l'impegno.

Robin ha cucinato per me! E ha pure apparecchiato la tavola con una tovaglia bianca, bicchieri di cristallo e candele.

«Oh sì», rispondo pensando che sto morendo dalla voglia di parlare un po' con lui. Della sua vita, dei suoi progetti per il futuro, di come pensa di sistemarsi. Nonostante lo sfoggio di bicchieri e posate, la sua situazione, sia dal punto di vista lavorativo che personale, mi sembra un po' precaria.

Ma lui non mi lascia il tempo, mi prende le mani, mi attira a sé e mi bacia con l'abituale lentezza e dolcezza che scatenano in me pensieri tutt'altro che romantici.

È un fenomeno ben strano… Voglio dire, quest'uomo bacia come un gentiluomo d'altri tempi, eppure i suoi baci apparentemente innocenti sono quanto di più erotico io abbia mai provato. Ma non ho alcuna intenzione di perdere la testa e la concentrazione, né di ripetere la figuraccia della prima volta.

Stavolta sarò presente a me stessa, non lascerò che sia lui a condurre il gioco, voglio essere propositiva, prendere l'iniziativa, trasformarmi in una donna sexy, determinata che sa quel che vuole e come ottenerlo.

Robin mi sta passando le dita, lievi e carezzevoli, fra i capelli. Li tocca, li alliscia, li arrotola, gioca con loro. Piccole scosse che partono dal cuoio capelluto, si irradiano lungo il mio corpo. Che, accidenti a me, si arrende totalmente a lui, alle sue braccia che mi afferrano e mi portano verso il letto.

«E la cena?», mormoro in un debole tentativo di difesa.

«È tutto pronto e poi chi se ne importa della cena? Non vedo l'ora di riscuotere la prima rata».

Il piumone profuma di bucato e mi chiedo se lo lava ogni volta che ci porta una ragazza oppure se non sia imbottito con fiori di lavanda o pot-pourri.

Robin comincia a spogliarmi adagio, senza smettere di sussurrarmi parole irripetibili mentre si sofferma sulle mie zone più sensibili, sfiorandole con dita che sembrano piume e che mi fanno perdere la ragione.

Si sta ripetendo lo stesso schema dell'altra volta. Sono nuda davanti a lui, ancora vestito, indifesa e tremante per il desiderio. Ma Robin, che non ha alcuna intenzione di soddisfarlo, né di accelerare i tempi, riparte daccapo, questa volta con la lingua. Quando arriva all'altezza dell'ombelico non ce la faccio più, questa lentezza mi sta uccidendo, ho bisogno che lui entri in me, ho bisogno di aggrapparmi a qualcosa di forte e solido che mi curi da questo raffinato tormento, da questa carezza troppo dolce e bagnata e senza soluzione di continuità che è peggio del dolore fisico.

Ma che cosa sto dicendo? Peggio del dolore fisico? Mi sta dando di volta il cervello, non c'è altra spiegazione. Immagini di me ammanettata al letto iniziano ad affollare la mia mente. Per la cronaca: non ho letto *Cinquanta sfumature di Grigio*, né altri romanzi erotici, non guardo film porno e allora perché vorrei che una frusta si abbattesse sul mio corpo macerato dalla dolcezza per farmi provare l'ebbrezza del dolore dopo tanto piacere?

Forse non sono capace di sopportarlo?

«Stai imparando a resistere», mi sussurra lui, «il piacere è una sensazione dolce, che va assaporata e gustata piano, come un bicchiere di Château Lafite del '97, altrimenti si rischia l'overdose».

Ma io sono già in piena crisi iperglicemica, non sono arrivata al limite, ma mi manca poco così. «Ti prego scopami», mormoro con voce roca.

Robin sorride alzando il labbro superiore, il che mi eccita ancora di più. Si libera dei vestiti e io vorrei tanto guardare il suo corpo leggermente abbronzato, il torace muscoloso, il petto ombreggiato dai peli biondi e ricci, il ventre piatto e i fianchi stretti, ma i miei occhi sono catturati dalla magnificenza che si erge dai suoi lombi.

Se l'altra volta non fossi stata obnubilata dall'eccitazione e l'avessi guardato mi sarei, con ogni probabilità, spaventata.

Non che adesso il suo alter ego non mi incuta un certo timore, però mi rendo conto che è una prova che devo superare. Tanto per familiarizzare un po' con lui lo chiamerò Mr Rob. E ce la metterò tutta per aiutarlo a liberarsi dalla tensione, per impedire che vada a finire con un nulla di fatto. Nella malaugurata ipotesi che ciò accadesse *di nuovo*, nessuno mi leverebbe dalla testa che è colpa mia, che sono un totale fallimento come donna e come amante.

Più tardi, molto più tardi, un bacio a fior di labbra mi risveglia da un breve sonno popolato da sogni magici e lucidi. Ho letto da qualche parte che il sogno lucido è un'esperienza durante la quale si può essere coscienti di stare sognando. Il sognatore, detto onironauta, con la pratica può esplorare e modificare a piacere il proprio sogno.

Stando alle lancette dell'orologio che segnano le undici passate, Robin e io ci siamo rotolati in questo letto per tre lunghe, eccitanti, indimenticabili ore. Ragion per cui il tempo trascorso mi appare ora come un insieme di ricordi onirici che si sovrappone alla realtà. Nonostante il mio desiderio si sia placato e ogni parte del mio corpo sia appagata, ho le idee piuttosto confuse su me stessa e su quello che provo per quest'uomo, il cui alter ego mi piace quasi più di lui. Tanto che l'ho… sì insomma baciato, dapprima timidamente ma poi con maggior sicurezza sentendomi intraprendente, trasgressiva, una specie di gola profonda del terzo millennio. Una pratica che non mi ha mai entusiasmato e che eseguivo più per far contento il mio partner che per mio diletto, augurandomi che finisse presto. Ma con Mr Rob è stato diverso… l'ho baciato con trasporto, tenerezza e amore…

«Stai bene?», mi chiede Robin.

«Uhm», mugugno stiracchiandomi. I miei muscoli stanno urlando di dolore, non perché Robin mi abbia seviziato, ma solo in seguito a un sano anche se estremo esercizio fisico in cui credo c'entri il Kamasutra. E questa volta Mr Rob non si è trattenuto, nossignore, ha fatto il suo dovere fino in fondo, almeno tre volte, quindi ho ragione di credere di aver saldato altrettante rate.

«Andiamo a mangiare?», mi propone Robin.

Annuisco, in effetti sento un certo languorino.

Ci alziamo e, mentre lui si dirige verso la zona cucina legandosi un grembiule in vita – giusto per coprire Mr Rob – e comincia a trafficare fra i fornelli, io mi rivesto velocemente.

Lo raggiungo e mi sistemo al tavolo della cucina su una sedia alquanto bizzarra. Finalmente posso bearmi del suo fondoschiena che è piccolo e sodo e mi fa venir voglia di dargli un pizzicotto. Allungo la mano un attimo prima che lui esclami: «Cazzo!».

Sembra arrabbiato e non capisco perché, in fondo non l'ho nemmeno sfiorato.

«Il cous cous è lievitato, devo aver sbagliato qualcosa con le dosi», riflette fissando la pentola da cui è fuoriuscita la poltiglia gialla che ha raggiunto il fornello.

Mi viene da ridere, ma non vorrei peggiorare la situazione. Sembra così arrabbiato.

«Non importa», cerco di minimizzare, «sarà buono lo stesso».

«È una schifezza», ribatte lui sempre più seccato. Afferra la pentola e va verso il bagno, dove rovescia il contenuto nel water. Quindi tira l'acqua più e più volte e sbatte la tavoletta talmente forte che sembra uno sparo.

Ohi ohi! Non lo facevo così irascibile, deve essere uno di quei tipi che non sopportano di sbagliare o di fare brutta figura. Mi fa quasi tenerezza. Io, al contrario, ci sono talmente abituata che mi stupisco quando qualcosa mi riesce bene.

Non so come comportarmi, in fondo non lo conosco. E se è uno di quei tipi che danno in escandescenze per un nonnulla? Non vorrei che fosse il classico uomo che picchia la moglie perché al lavoro ha litigato con il suo capo. Anche se la scena di lui che discute o alza la voce con Colette è alquanto improbabile, considerato che la tratta sempre con una particolare gentilezza.

Mi alzo dalla sedia un po' titubante, incontrando il suo sguardo. Sta ridendo e noto una piccola rete di rughe intorno ai suoi occhi che non avevo mai visto e che lo rende più maturo e affascinante. In una parola: uno schianto con quel grembiule che per poco non scopre alcune delle sue parti migliori...

«Che disastro», commenta afferrando la padella in cui precedentemente ha soffritto delle verdure e non so che altro. Si china verso la pattumiera con l'intenzione di buttare anche quello. «Friggerò un paio d'uova», dice con un tono di resa nella voce.

«Non gettare le verdure», gli suggerisco, «andranno bene per la frittata».

«Ottima idea, sai cucinare?»

«Me la cavo», rispondo evasiva. Nonna Mary mi aveva insegnato a fare il ragù e gli gnocchi. Più che altro mi divertivo a ficcare le mani in pasta e a premere il dito nelle palline che lei tagliava da una lunga striscia di composto. Ma da qui a sostenere che so cucinare ce ne corre... Del resto a Manhattan, dove il cibo da asporto costa relativamente poco, non ha proprio senso imparare a cucinare.

Eppure è la frittata più buona che abbia mai assaggiato in vita mia! La bottiglia di vino che Robin ha stappato, e che ha tutta l'aria di essere costosa, va giù come acqua e io mi sento brilla e assonnata. Il mio unico desiderio in questo momento è di buttarmi su quel morbido piumone e chiudere gli occhi... ma che cosa sta facendo, ha intenzione di ricominciare? Il lampo furbetto che gli attraversa lo sguardo mi toglie ogni dubbio. Ma come fa? Mi viene il sospetto che sia un extraterrestre, una specie di *Homo eroticus* con doti sovrumane che noi, poveri mortali, non ci sogniamo nemmeno.

Lo guardo camminare verso il letto con quell'andatura sinuosa e allo stesso tempo maschia, specie quando si toglie il grembiule scoprendo Mr Rob, che mi aspetta impaziente. Lo raggiungo e mi stendo accanto a lui, caldo e accogliente, lasciandomi avvolgere dalle sue braccia e amare ancora e ancora, come se all'infuori di lui e dello zucchero filato con cui mi avvolge, imprigionandomi in una rete di dolcezza, non esistesse più nulla.

CAPITOLO 12

La mattina dopo, in ufficio, mi sembra di essere seduta su una nuvola morbida e confortevole da cui osservo il mondo con sereno distacco. In un paio d'ore scrivo la mia intervista, la correggo e cerco sul blog di Josh una foto che faccia al caso mio e che lui mi ha permesso di utilizzare liberamente.

«Manhattan Rumors» si avvale di fotografi free lance, tuttavia ho ritenuto opportuno far risparmiare a Colette qualche dollaro, dal momento che pubblicare una foto di Josh nella suite del Plaza non avrebbe aggiunto nulla all'intervista. E poi è così sexy in costume da bagno: ventre scolpito, bicipiti muscolosi, boxer in lycra che esaltano le sue doti e l'abbronzatura hawaiana… sono sicura che tutti i gay di Manhattan muoiono per lui.

Ancora non mi capacito del fatto che abbia scelto proprio me come testimone del suo outing, ma tant'è.

Decido comunque di inviare il materiale verso fine giornata, e passo il resto del tempo immersa in una bolla dove realtà e sogno continuano a confondersi. Stasera rivedrò Robin, siamo già d'accordo e, a meno che su New York non si abbatta un uragano, ho tutta l'intenzione di parlare con lui. Una relazione non può basarsi solo sull'attrazione fisica e sul richiamo dei sensi. Che fine hanno fatto le affinità elettive, la spiritualità e l'amore? Quest'ultimo inteso in senso lato, ovvio. Non m'illudo che mi chieda di diventare la sua fidanzata, ma non mi pare di pretendere troppo se desidero stabilire con lui un contatto che non sia solo carnale.

Nella pausa pranzo mi avventuro al distributore automatico per prendere una bibita e... che cos'è quel capannello di ragazze che starnazzano come tacchini prima di essere sacrificati per il Ringraziamento?

A tener banco, scopro quando mi avvicino, è Robin. Una vampata di imbarazzo misto a sdegno mi offusca la vista. Sembra il sultano dell'harem, tutte a pendere dalle sue labbra, compresa Julia che lo tiene per un braccio. Julia ha fama di essere una mangiauomini, ma probabilmente è solo una leggenda metropolitana. È talmente magra che il suo stomaco non è in grado di digerire più di una foglia di insalata alla volta.

Ormai è troppo tardi per tornare indietro.

«Ciao Amy», mi saluta Robin, «prendi qualcosa?».

Infilo la banconota nell'apposita fessura e premo il pulsante. «No, grazie», rispondo sostenuta, come una bambina che i compagni abbiano appena estromesso da un bel gioco. Manca solo che mi tremi il labbro inferiore.

Quindi giro i tacchi e torno nel mio ufficio lasciandoli là a ridere e scherzare.

Il mio buonumore di poco fa precipita verso il basso come se si fosse lanciato dalle montagne russe. Robin è un bastardo inaffidabile, un farfallone, un egocentrico figlio di puttana! Mi rendo vagamente conto che la mia reazione è molto infantile, ma non posso farci niente. Chissà se il nostro appuntamento di stasera è sempre valido, mi chiedo sorseggiando la mia acqua, oppure se sarò sostituita da qualcun'altra. Magari da Julia.

Il pomeriggio scorre lento e, non fosse per la telefonata di Maggie, che mi ha tenuto impegnata per buona parte del pomeriggio, non ce l'avrei fatta ad arrivare alle cinque.

Le notizie sulla crisi familiare non sono molto incoraggianti. Sua madre sta attraversando la fase della "consapevolezza femminista". Quando ha cacciato di casa Tom, dichiarando che non lo voleva vedere nemmeno in foto, Maggie ha pensato che fosse un passo necessario, una sorta di passaggio per le fasi del tradimento: rabbia, negazione e infine accettazione. Come per un lutto. Almeno così aveva stabilito lo psicologo da cui Erin continua ad andare due volte a settimana. Alla fase dell'accettazione, sempre a detta dello psicologo, sarebbe seguito il desiderio di rinascita e di ricostruzione del loro rapporto. Ci voleva solo un po' di pazienza! Era ciò che Maggie sperava ardentemente, ma Erin ha spiazzato tutti: non ha alcuna intenzione di riprenderselo. Si è iscritta a un corso di computer, a uno di ricamo (sembra aiuti a mantenere l'equilibrio), è intenzionata a trovarsi un lavoro e a rifarsi una vita. Tom, che ha fatto ammenda chiudendo i rapporti con l'amante e promettendole di rigare dritto, non se ne capacita. Vive in un motel pidocchioso e ora è lui a essere depresso. Non cura la propria persona e si presenta al lavoro sempre più trasandato.

Ho cercato di tranquillizzare Maggie con le solite frasi che si pronunciano in questi casi: «È solo questione di tempo e di pazienza, vedrai che tutto si aggiusterà».

«Non vedo l'ora che tu sia qui», ha concluso lei.

«Anch'io», ho risposto. Mancano solo due giorni al Ringraziamento e sono sicura che stare un po' in famiglia e con la mia amica del cuore mi aiuterà a rilassarmi e a vedere la mia relazione con Robin nella giusta prospettiva. E a confidarmi, finalmente, con Maggie.

Verso le cinque invio per email, sia a Julia che a Colette, il file dell'intervista, chiudo il computer e faccio un enorme pressione su me stessa per non chiamare Robin al cellulare e chiedergli se il nostro appuntamento è sempre valido.

"Un po' di dignità, Amy!", mi ripeto, mentre mi avvio verso l'uscita.

Stasera non c'è verso di trovare un taxi. Se non mi fossi incaponita e avessi preso la metro sarei già a casa invece che su questo marciapiede, dove sto mettendo radici. Sono convinta che un'autostoppista con problemi di igiene personale che si apposta lungo una di quelle Statali dove non passa un cane per giorni, sarebbe più fortunata di me.

Finalmente si ferma un taxi, ma il traffico è paralizzato e ci mette un secolo per arrivare sotto casa mia.

«Ciao dolcezza!».

Phil sta rientrando, anzi sembra quasi che mi stia aspettando.

«Ceniamo insieme?», mi propone. «Malcom è in teatro. Ormai è diventato la sua casa… non ci vediamo quasi più», mormora in tono amaro.

«Mi dispiace, ma ho un impegno», gli spiego.

Infilo la chiave nella toppa, apro la porta e con mio disappunto lui mi segue. Si piazza sul divano, si guarda le unghie e domanda: «Qualcuno che conosco?»

«N… o», rispondo, titubante. In fin dei conti non conosce Robin se non per sentito dire.

«E?», insiste lui.

«Phil scusa, ma non ho tempo, è un appuntamento di lavoro, niente di che», mento.

Ma che cosa mi è saltato in testa? Adesso mi chiederà i particolari e io che cosa mi invento?

«Com'è andata l'intervista?».

Ah già, l'intervista. Avrei dovuto telefonargli subito, ringraziarlo e raccontargli tutto e invece sono stata distolta dalla rosa e da quello che è seguito. E poi me ne sono dimenticata.

«Benissimo, non so come ringraziarti, ti chiamo domani e ti racconto tutto».

«Farai tardi? Stasera non mi va di stare da solo». Il suo tono è supplichevole.

Manca solo che mi aspetti alzato. Se tutto va bene, ossia se la serata decolla come spero e Robin e io riusciamo finalmente a parlare, mi piacerebbe fermarmi a dormire da lui.

«Non lo so, sai come vanno queste cose…».

«Già», ribatte lui, sempre più affranto.

«Ora dovrei farmi una doccia», affermo dirigendomi verso il bagno.

«Ok, ho capito, divertiti», mi augura, avviandosi alla porta.

Sono stupita dalla mia capacità di mentire, non credevo di esserne capace.

Ma sono tante le cose di me che non conoscevo. Per dirne una la mia dipendenza nei confronti del sesso e la debolezza di cui sono preda quando Robin mi travolge con la sua dolcezza. Ad esempio stasera siamo finiti a letto prima dei convenevoli, prima che io avessi il tempo di iniziare un qualsiasi discorso. Fatto sta che nel momento in cui lui mi tocca, il mio cervello subisce una sorta di elettroshock e la mia mente si fa confusa e annebbiata. Potrebbe trattarsi di ipoglicemia reattiva o qualcosa del genere.

In altre parole, abbiamo fatto l'amore in maniera pazzesca. Credo dipenda dal fatto che i nostri corpi iniziano a conoscersi, a muoversi in sintonia, a prevedere le necessità e i desideri dell'altro. Come due ballerini che hanno bisogno di provare un po' di volte prima di trovare un unico ritmo. Alla fine ci siamo addormentati e quando ci siamo svegliati, mi ha servito su un vassoio il cous cous cotto e condito a puntino.

Non per lamentarmi, ma ribadisco che a me il cous cous fa proprio schifo. Mi pare di avere la bocca piena di sabbia e temo di soffocare da un momento all'altro. Tuttavia l'ho assaggiato facendogli i complimenti. Insomma, quale ragazza non sarebbe onorata di essere servita e riverita in quel modo?

«Hai impegni per il giorno del Ringraziamento?», mi chiede Robin scivolando accanto me, nudo, dopo essere stato in bagno. Benché fra noi due ci sia un'intimità piuttosto profonda, il suo corpo nudo e rilassato mi mette ancora a disagio. Non riesco a guardarlo apertamente come mi guarda lui.

Perciò lo sbircio di sottecchi, quando non se ne accorge.

«Vediamo... sono stata invitata a tre pranzi e, per non fare un torto a nessuno, parteciperò a tutti e tre in orari diversi spiluccando qua e là», prendo tempo.

Robin mi bacia il collo e sale verso l'orecchio, facendomi il solletico con la lingua. «Potremmo passare la giornata insieme, mi procurerò un tacchino e lo cucinerò per te».

Robin che cucina il tacchino per me? Caspita, questa sì che è una dimostrazione di interesse!

«Dovrei disdire i miei impegni...». Sono proprio io ad aver parlato?

Ovviamente mi pento un secondo dopo. Non posso, non posso proprio ignorare i miei genitori e abbandonare Maggie che ha bisogno di me. E Phil? L'ho visto così abbacchiato stasera che pensavo di invitarlo dai miei.

So che mi disprezzerò per questo, ma non sono capace di dirgli di no. In realtà non voglio dirgli di no: ogni cellula del mio corpo, ogni mia terminazione nervosa, ogni fibra desidera stare con lui.

«Perfetto!», esclama contento.

Be', ho detto solo che proverò a disdire i miei impegni, non che li ho già disdetti.

«Dove hai imparato a cucinare?», gli chiedo.

«Un po' qua, un po' là», è la sua risposta.

«Perché non mi parli mai di te? Ti rendi conto che non ci conosciamo affatto?»

«Oh, io ti conosco», sussurra lui baciandomi la spalla.

«Sei molto presuntuoso», osservo.

«Sì, lo sono, il fatto è che non ho bisogno di parlare molto con una donna, per capirla. Diciamo che ho un buon intuito».

«E quale idea ti sei fatto di me?», gli chiedo d'impulso, prima di rendermi conto di essere caduta nella sua trappola.

«Che sei diversa rispetto alle giovani single di New York. Hai il senso dell'umorismo, non sei ossessionata dalla moda...».

Questa è un'affermazione assolutamente arbitraria da parte sua, da cui mi dissocio.

«...Né dal tuo aspetto fisico. Conservi una sorta di innocenza che mi piace molto. Tuttavia avevi bisogno di incontrare qualcuno che ti facesse conoscere la passione», ribatte tranquillamente. «Non mi piace sparare a zero sulla mia categoria, ma gli uomini di successo di questa città sono dei maschi alfa con la mania del dominio e del controllo, ancorati a un distorto e sorpassato significato di virilità. Otterrebbero molto di più con un po' di sensibilità e fantasia. In altre parole, sono sessualmente immaturi».

«A molte donne piace l'uomo rude che le strapazzi un po'», gli faccio notare.

«È vero, le donne sono strane creature, ma secondo me ragionano così perché non hanno conosciuto il sesso dolce».

«Vuoi forse dirmi che tu sei una specie di iniziato?»

«Be', no, ma di uomini come me ce ne sono pochi, fidati».

Questo è certo: quando distribuivano autostima Robin doveva essere senz'altro in prima fila. Del resto, sebbene sia un *tantino* egocentrico, non è andato troppo lontano dalla verità. I single di New York, stando non tanto alla mia esperienza quanto a quello che si dice in giro, sono piuttosto carenti in fatto di dolcezza e generosità nei confronti della partner, qualità che a Robin non mancano.

Passiamo il resto del tempo a parlare di New York, dei suoi pregi e dei suoi difetti. Di cinema, di libri e di scrittori.

«Preferisco le scrittrici agli scrittori. Le donne sono più introspettive, più complesse e affascinanti degli uomini. Non mi stanco mai di scoprirle», mi rivela.

«Qual è la tua autrice preferita?», gli chiedo incuriosita.

«Uhm, non è facile, ce ne sono molte... ma se dovessi sceglierne una direi Emily Dickinson».

«È la mia poetessa preferita, l'ho scoperta al liceo, e tu?», indago. In realtà è una domanda trabocchetto, per indurlo a raccontarmi qualcosa di sé. Ad esempio se ha frequentato il liceo, e quale. E sicuramente anche l'università. Tanto ormai è evidente che è un uomo colto...

«Non mi ricordo, ero molto giovane», risponde glissando elegantemente.

Quindi si gira verso di me e riprende: «Allora, il giorno del Ringraziamento ci prendiamo una giornata tutta per noi. Se è bel tempo potremmo andare a fare una passeggiata a Central Park, poi affitteremo un film e lo guarderemo sgranocchiando popcorn e bevendo birra, che ne dici?», mi prospetta.

«Dico che è un ottimo programma», concordo, «però stasera devo tornare a casa».

L'ho deciso in questo istante. Innanzitutto perché la serata non è andata come speravo. Non sono riuscita a parlare con lui come mi ero prefissata e, anche se il sesso è stato superlativo, non si è instaurata l'intimità necessaria per farmi addormentare fra le sue braccia. E in secondo luogo perché devo raccogliere le idee per escogitare una scusa a prova di bomba con Maggie, se voglio passare con Robin il giorno del Ringraziamento.

«Agli ordini signora, ti accompagno», si offre lui.

«Non serve, davvero, prenderò un taxi», affermo, augurandomi che non insista.

«C'è qualcuno che ti aspetta?», mi chiede improvvisamente.

Questa mi suona nuova, non sarà mica geloso?

«Può darsi», rispondo evasiva.

Be', era ora che sentisse il terreno meno saldo sotto ai piedi. Non può continuare a pensare di essere l'unico guru del sesso di Manhattan!

Il taxi si ferma davanti casa quando è quasi mezzanotte. Alzo gli occhi verso le finestre di Phil e vedo che le luci sono spente. Probabilmente sta dormendo. Sono sollevata, l'ultima cosa di cui ho bisogno, in questo momento, è consolare il mio amico per le sue pene d'amore quando ne ho già abbastanza di mie, di cui preoccuparmi. Mi sento un verme; è come se avessi la febbre e, invece di cercare di curarla, mi esponessi alle correnti d'aria per prendere la polmonite.

«Sono costernata, Maggie. Josh Walker ha avuto un attacco di panico, non è più sicuro di voler pubblicare l'intervista e io devo cercare di convincerlo. Non te ne avevo parlato perché avevi i tuoi guai e non mi sembrava importante, ma era andata molto bene, l'avevo già spedita a Colette e ora lui vuole ritrattare». La mia amica è la prima persona che ho chiamato al telefono, poi toccherà a mia madre. Continuo a sentirmi malissimo, ma ciò non m'impedisce di continuare a mentire.

«Il giorno del Ringraziamento?», obietta lei.

«È proprio in queste occasioni che ci si sente particolarmente soli».

«Credevo che fosse croato», insiste lei, «che cosa gliene importa del Ringraziamento?».

Maggie è un osso duro, ero certa che non mi avrebbe creduto. Mi conosce troppo bene ed è capace di annusare una bugia come un segugio la sua preda. Oltretutto io non sono proprio capace di mentire. Da ragazzina mi venivano le orecchie rosse e mancava poco che mi crescesse il naso. Ma ora lei non può vedermi, e la mia voce era convincente, almeno così mi è parso.

Al diavolo... ormai sono in ballo! E poi le bugie sono come i cioccolatini, una tira l'altra.

«Sì, ma è un americano naturalizzato. I suoi amici passano il giorno del Ringraziamento in famiglia e lui si sente un emarginato lontano dai suoi cari, in bilico fra le sue radici e il Paese in cui vive. Sta rimettendo in discussione la sua identità, in tutti i sensi. Capisci bene che non posso permettermi di perdere questa opportunità. Se ritira l'intervista, Colette, come minimo, mi uccide. A proposito, se ti capita di parlare con lei, non dirle nulla, per piacere. Spero tanto di riuscire a convincerlo».

«Ok», replica, poco convinta.

«Come stanno i tuoi, tuo padre verrà a pranzo?»

«Non lo so ancora, la mamma non ne vuole sapere, ma ci sto lavorando e io spero che alla fine ceda».

«Te lo auguro Maggie, con tutto il cuore. Tienimi informata, mi raccomando».

Non sono sicura di averla persuasa, ma evito di ricamarci sopra promettendo a me stessa che non appena la storia con Robin si risolverà, in un modo o nell'altro, mi dedicherò ai miei amici e recupererò il tempo perduto.

Chiamo mia madre e le riferisco più o meno la stessa versione che ho propinato a Maggie. Anche lei è molto dispiaciuta, per non dire seccata. Mi ricorda che è tanto tempo che non ci vediamo, che ultimamente mi sente strana e aggiunge che quanto prima vuole farmi un bel discorsetto.

Non appena la storia con Robin si risolverà, in un modo o nell'altro, mi dedicherò ai miei genitori e recupererò il tempo perduto.

Lo prometto!

CAPITOLO 13

Almeno per quanto riguarda il tacchino, Robin è un uomo di parola. Mi ha servito un paio di fette cotte al punto giusto, con contorno di patate dorate e insalata mista. Il ripieno era squisito, ha detto che è una ricetta segreta di sua madre, perciò anche lui ha una madre, perché mi stupisco? Non è mica piovuto dal cielo atterrando sotto un cespuglio di Central Park. Oppure, vista la sua pronuncia del sud, in qualche ansa del Missisippi.

Per dessert, una mousse delicata di nocciola e banana. Il tutto innaffiato da champagne ghiacciato che, nonostante il lauto pasto, al quarto bicchiere comincia a darmi alla testa. Durante il pranzo chiacchieriamo dell'elezione del nuovo sindaco e dello scenario politico nazionale. A dire il vero parla solo lui. Non è che io sia molto informata sulla politica, tuttavia ho l'impressione che Robin sia piuttosto preparato. Magari vuole candidarsi come governatore, dopo aver ottenuto una promozione dall'Intelligence per cui ha lavorato sotto copertura!

Suvvia! Devo smetterla di far correre l'immaginazione a briglia sciolta, ma devo anche cercare di scoprire qualcosa di più su quest'uomo dai mille talenti, un camaleonte capace di cambiare pelle con estrema facilità. Mi sono data un obiettivo e oggi è il giorno giusto per raggiungerlo.

Se solo Robin non continuasse a riempirmi il bicchiere. «Ottimo questo champagne», osservo ridacchiando, la testa che mi gira.

«Ne ho ancora una bottiglia», sorride lui alzandosi, «il meglio deve ancora arrivare».

Mi domando confusamente a che cosa si riferisca, quando incrocio il suo sguardo ammiccante e malizioso. Lui mi fa alzare, mi abbraccia, mi bacia, mi accarezza e mi stringe finché non sprofondiamo sul morbido piumone. Quando fa saltare il tappo dello champagne mi passa per la mente un terribile sospetto.

Come intende usare quella bottiglia, non penserà mica...?

Robin mi ha appena sottoposto alla delizia dello champagne, un gioco molto, ma molto erotico (in cui la bottiglia, per fortuna, non ha alcun ruolo), e che non intendo rivelare nei dettagli. Primo per una questione di privacy, e in secondo luogo perché ritengo che la fantasia sia un elemento fondamentale e molto importante nella vita delle persone, specie per quanto riguarda il sesso. Dirò solo che il gioco dello champagne è una variante frizzante ed estremamente eccitante di un piatto altrimenti troppo zuccheroso, che dà letteralmente alla testa, grazie alle sue bollicine.

La stanza è in penombra e, a giudicare dalla pallida luce che entra dalla finestra, deve essere pomeriggio inoltrato.

«Andiamo a Central Park?», gli chiedo. «Se aspettiamo ancora un po' farà buio». Per cominciare il mio discorsetto preferisco un luogo pubblico, dove poter parlare senza che lui s'inventi qualche giochino piccante per distrarmi. E poi mi piacerebbe uscire con Robin come una vera coppia, conferirebbe al nostro rapporto una nota di normalità.

«Si sta così bene qui», obietta lui accarezzandomi con un gesto delicato la coscia. La sua mano, leggermente abbronzata, liscia e ben curata, si muove agile e delicata su di me, suonando i tasti delle mie zone sensibili.

Non mi stancherei mai di guardarla.

«Dài pigrone!», lo incito alzandomi dal letto.

Sebbene riluttante, butta il piumone di lato e inizia a vestirsi.

Il rumore dei nostri piedi che calpestano il tappeto di foglie secche risuona nel silenzio del parco. C'è pochissima gente in giro, solo qualche fanatico del jogging che vuole smaltire il pranzo del Ringraziamento. I meravigliosi rossi e bronzo dell'autunno sono stati sostituiti dal giallo secco e dal verde cupo dell'inverno, resi ancora più tristi dalla nebbia che avvolge gli alberi intorno a noi. Robin cammina in silenzio accanto a me, ma non con me. Lo sento distante e non solo fisicamente. Ho l'impressione che non sia a proprio agio fuori dal suo – come l'aveva chiamato? – "campo di azione". In fondo era stato lui a propormi una passeggiata a Central Park, no? E io non me ne andrò da qui prima di aver saputo la verità sul suo conto.

Ci sediamo davanti alla statua di Peter Pan. Mio malgrado rabbrividisco e lui non solo non fa nulla per scaldarmi, ma pare che non l'abbia nemmeno notato.

«Allora...», esordisco.

Robin si gira e mi fissa con uno sguardo assente.

«Domani si torna al lavoro», riprendo, «finalmente ho scritto un buon articolo che spero risolleverà le sorti della rivista».

«Davvero?», replica incuriosito.

Sono riuscita a catturare la sua attenzione, ma dovrò stare molto attenta a non fare passi falsi quando sarà il momento di spostare la conversazione su questioni più personali.

Gli racconto brevemente della mia intervista con il divo di *Una pistola per Eddie*, che, com'era previsto, lui non conosce, dato che non guarda quasi mai la TV.

Come si fa a non guardare la TV? Intendo dire, non sono teledipendente, ma di certe serie, tipo *Homeland*, *Mad Men* e *30 Rock* non potrei fare a meno. Tuttavia le nuove fiction non sono all'altezza di *Friends*, *Will e Grace* e *Gilmore Girls*, che ho visto e rivisto, in replica, fino a conoscere gli episodi a memoria.

«Ma so che, una volta pubblicata l'intervista su Josh Walker, Colette tornerà alla carica pretendendo che scriva l'articolo sui vibratori», riprendo spiegandogli grosso modo di che si tratta.

«Visto che siamo in argomento, spero che tu abbia seguito il mio consiglio», dice in tono più cantilenante del solito.

Il cuore mi fa un salto nel petto. Ci siamo! Adesso

mi dirà che tiene molto a me e che da ora in poi non avrò più bisogno di un vibratore perché ci penserà lui a soddisfarmi.

«Lascia perdere i vibratori, dico sul serio. Quegli aggeggi sono fin troppo efficaci e dato che la media dei maschi è piuttosto scarsa in fatto di sesso, il rischio è di restare insoddisfatte e frustrate con il rapporto sessuale vero e proprio. In altre parole vibratore batte pene dieci a cinque», dichiara.

«Stai dicendo un mucchio di stupidaggini», rispondo quasi indignata. «Nel rapporto sessuale il pene non conta così tanto come vuoi farmi credere...».

Non appena pronunciate queste parole mi rendo conto di quanto siano ovvie e... stupide. Robin mi ha portato all'orgasmo senza quasi toccarmi, ma lui è una specie di dio del sesso, non un uomo qualsiasi. Benché io abbia una cotta smisurata per Mr Rob, l'organo più vicino alla perfezione che abbia mai visto.

Lui però non è così meschino da farmelo notare, e finalmente mi chiarisce quella nota stonata e dolente che, inutile negarlo, è come un foruncolo purulento in mezzo alle chiappe che di tanto in tanto mi prude.

«L'orgasmo è sopravvalutato, fare l'amore è un viaggio, in cui il percorso è più importante della meta. Ricordi la prima volta fra me e te?».

Come potrei dimenticarla?

«Ero così eccitato che non sono arrivato fino alla fine, a volte mi succede e, contrariamente a quello che si potrebbe pensare, è una sensazione piacevole».

Mi sta dicendo che nonostante in confronto a lui

fossi un'apprendista e nemmeno tanto ricettiva, l'ho eccitato fino a quel punto?

Dal momento che non mi ritengo una neo Messalina né una bomba del sesso c'è solo una spiegazione: Robin mi ama.

"Frena Amy", mi pungola la voce dal mio subconscio. *"Aspetta, prima di cantare vittoria. Pensa al tuo obiettivo, potrebbe anche darsi che lui ti ami, ma finora non sei riuscita a scoprire niente della sua vita e dei suoi segreti, a patto che ce ne siano"*.

Sorrido compiaciuta, sperando che gli arrivi il seguente messaggio: "Oh ci sono abituata, dopotutto è l'effetto che faccio agli uomini!".

Lo vedo rabbuiarsi e mi sorge il dubbio di aver commesso proprio quel passo falso che ho tanto cercato di evitare. Avrei dovuto dirgli che lui è mille volte meglio di un vibratore, che mi ha fatto raggiungere vette inimmaginabili di piacere e che, in ogni caso, detesto i vibratori.

Ma l'attimo è passato e non ce la faccio. Ho troppa paura che il suo ego lieviti come un pallone aerostatico, allontanandolo da me.

«Puoi scrivere il tuo articolo dandogli un taglio diverso», riprende, serio.

«Temo che Colette non lo accetterebbe. Oltretutto, dovrei contattare delle celebrità in vena di confidenze sul rapporto esclusivo con il loro personale vibratore e questa è sicuramente la parte più difficile».

«Scusa, ma perché non ti cerchi un lavoro più dignitoso?».

Adesso mi ha proprio ferito. Di più: le guance prendono fuoco per la rabbia. Mi volto perché non se ne accorga, fingendomi interessata a uno scoiattolo appena sbucato dal prato di fronte a noi.

«Dài Amy, lo sanno tutti che "Manhattan Rumors" è un fogliaccio», gira il coltello nella piaga.

Probabilmente ha ragione, ma che cosa ne sa lui di me, delle mie capacità e dei curriculum che ho mandato in giro, prima che Maggie intercedesse per me facendomi assumere da Colette? Oltretutto il mio capo, nonostante i difetti, è sicuramente meglio delle direttrici delle riviste più gettonate che trattano le loro dipendenti, e non solo le stagiste, come schiave.

«Ci lavori anche tu, se non sbaglio», gli faccio notare, «e ti accontenti di fare il fattorino...».

Il suo sguardo, ora, si è fatto tagliente: «Che cos'hai contro i fattorini?».

Ho rovinato tutto, l'ho umiliato e indispettito. Certo che è come un cactus, dovrebbe girare con una maglietta con su scritto: "Maneggiare con cautela perché pungo!".

«Assolutamente nulla», cerco di rimediare, «ma tu hai un modo di parlare colto, i tuoi modi raffinati raccontano la provenienza da una famiglia di un certo livello e non di New York, visto il tuo accento».

E tua madre ti ha insegnato a fare il tacchino ripieno!

Non sono mica nata ieri, caro mio, in fondo sono una giornalista quindi ho una certa capacità di osservazione e di analisi! E poi anche un cieco si accorgerebbe che non sei quello che vuoi dare a intendere.

Robin non mi risponde, evidentemente il mio terzo grado lo infastidisce, oppure sta pensando alle risposte da darmi, sicuramente non sincere.

«Non credo che la massima aspirazione della tua vita sia fare il fattorino», insisto.

«Perché no?», ribatte, «non m'interessa diventare un manager di successo stressato dal lavoro e dall'andamento della borsa, mentre la vita, quella vera, gli passa accanto senza sfiorarlo».

«Volendo, potresti diventare un manager di successo?», indago.

«Te l'ho detto, non m'interessa», dichiara evitando ancora una volta la mia domanda, volta a scoprire se è in possesso almeno di un titolo di studio.

«Ma deve esserci qualcosa che t'interessa», mi impunto giocandomi il tutto per tutto.

«Le donne», è la sua risposta. Una risposta che avrei preferito non sentire.

«Amo le donne, ma più di tutto mi piace farle felici», ammette avvicinandosi a me. Nel sentire il suo profumo, familiare ed esotico al tempo stesso, una fitta di gelosia mi torce lo stomaco. Chissà quante donne avranno già sentito questo odore che sa di sesso allo stato puro e ne sono state segnate a vita.

«Vedi», continua, «la mia missione non è tanto penetrare i loro corpi ma entrare in sintonia con la loro emotività, capire quello che vogliono e quando ci riesco – devo ammettere, piuttosto spesso – questo mi soddisfa ancora più che farle godere».

Sono, a dir poco, esterrefatta. Ma chi diavolo è

quest'uomo? Un satiro, un maniaco, un drogato di sesso?

«C'è chi sussurra ai cavalli, chi ai cani e chi ai fantasmi. Io sussurro alle donne», continua Robin.

Sto per domandargli se mi sta prendendo in giro, ma la sua espressione, assolutamente seria, mi blocca.

La piega inaspettata di questa conversazione mi ha destabilizzato. È stato come trovarsi in equilibrio su una corda tesa fra due grattacieli, solo che a metà strada, quando ormai pensavo di farcela a passare dall'altra parte, Robin l'ha tirata e io sto per cadere nel vuoto.

«Comincia a fare freddo», dice alzandosi, «andiamo, ti chiamo un taxi».

«Tu non vieni?», gli domando. «Non dovevamo affittare un film e mangiare popcorn davanti alla TV?»

«Mi sono ricordato di avere delle cose da sbrigare», replica.

Ci avviamo verso l'uscita del parco. Le luci della strada e dei grattacieli illuminati penetrano l'oscurità e la nebbia creando un effetto tremolante, da film dell'orrore.

Non so che cosa pensare. Da un lato ho la sensazione che Robin voglia scaricarmi, dall'altro spero fino all'ultimo che mi dica che stava scherzando, che in questo momento sta uscendo solo con me e che mi aspetta domani sera a casa sua.

Ma lui non dice nulla, è assorto nei suoi pensieri e non appena alza la mano, un taxi si ferma accanto a noi. E ti pareva! Quando ne hai davvero bisogno rischi di invecchiare sul marciapiede, ma quando ne faresti volentieri a meno, ecco che ti si materializza davanti.

Robin apre la porta, io salgo e lo fisso con uno sguardo che spero sia interrogativo e non implorante.

«Ci vediamo», mi saluta, senza darmi nemmeno un bacio.

Annuisco mentre le lacrime mi pungono gli occhi e il magone mi serra la gola.

Non sono una sensitiva, non ho mai avuto sogni premonitori né intuizioni soprannaturali, eppure ho avuto la netta sensazione che Robin mi stesse dicendo addio. Lungo il tragitto il groppo in gola si fa soffocante e non riesco a trattenere le lacrime.

Entro nel mio appartamento che non mi è mai sembrato così vuoto e desolato, mi spoglio, mi faccio una lunga doccia, mi avvolgo nell'accappatoio di Maggie extramorbido, provando un'acuta fitta di rimorso. Vorrei tanto che lei fosse qui. Io le racconterei per filo e per segno la mia storia con Robin, lei mi ascolterebbe comprensiva e poi mi darebbe i consigli giusti. Tuttavia una parte di me, visto il triste epilogo di questa sera, è contenta di non averle detto nulla. Non credo che avrei la forza di fare l'autopsia ai miei sogni e al mio cuore infranti.

Quello che devo fare adesso è cercare di scrollarmi di dosso la tristezza e telefonare alla mia amica e ai miei genitori per chiedere loro come hanno passato la festa del Ringraziamento.

A casa dei miei non risponde nessuno, così chiamo Maggie. Sullo sfondo sento voci e risate.

«I tuoi sono qui», mi informa lei, «stiamo giocando a Scarabeo, vuoi salutarli?»

«Sì, certo», replico perplessa.

Un attimo dopo mia madre è al telefono: «Come sta la giornalista più impegnata della Grande Mela?», mi domanda sarcastica.

«Mi dispiace, mamma», mi scuso per l'ennesima volta, «mi farò perdonare per Natale».

«Sì, sì», mi risponde distratta. «Scusa, ma ora devo andare, non ci crederai ma sto vincendo...».

E riattacca facendomi sentire ancor peggio di prima.

CAPITOLO 14

Fare shopping nel periodo natalizio sta diventando sempre più delirante in questa città. La gente sembra impazzita, corre, spinge, ti calpesta e non ti chiede nemmeno scusa. I bambini sono più pestiferi del solito e, nei grandi magazzini, ti perforano le orecchie con le loro grida. Tuttavia le luminarie, gli addobbi, i Babbi Natale fuori dai negozi, i jingle che risuonano ovunque e l'enorme albero che troneggia sulla pista ghiacciata al Rockefeller Center, trasformano Manhattan in un paese dei balocchi cui è impossibile resistere senza sentirsi, di nuovo, i bambini che siamo stati.

Phil e io siamo appena usciti da Saks carichi di pacchetti e borse. Mi piace fare shopping con Phil, ha sempre un sacco di idee per doni originali e a poco prezzo. Sono molto soddisfatta di quelli che ho acquistato: un colbacco di pelo finto, che sembra vero, per Maggie, un paio di guanti a manopola dello stesso strabiliante tessuto (una novità assoluta firmata Everlast) per la mamma, un papillon di Dior paillettato per papà e vari gadget da scrivania per le impiegate della redazione. Per Julia ho preso una bertuccia di peluche con due occhi enormi che le assomiglia. Per Colette un piccolo, delizioso barboncino bianco, accoccolato su un cuscino. Sullo stesso scaffale c'era un bellissimo gatto dalla forma particolarmente sinuosa, intento a stiracchiarsi. Quando l'ho visto ho pensato a Robin, al suo modo di camminare felino ed elegante. In verità mi basta molto poco per pensare a lui: una cartolina della Statua della Libertà, la vista di Central Park dalla Quinta Strada, o un bicchiere di champagne. Dal giorno del Ringraziamento i rapporti fra noi si sono raffreddati o, per meglio dire, si sono interrotti. Io cerco di tirare avanti come posso, ma non è facile. Ci sono giorni in cui devo farmi forza per alzarmi dal letto.

Per fortuna l'estate scorsa ho acquistato il regalo per Phil, accaparrandomi, in saldo, l'ultimo pezzo di un costume da bagno di Missoni. Non è un regalo molto natalizio, ma sono sicura che lo gradirà.

«Sai che a sei anni ho fatto una campagna intitolata "Salvate Babbo Natale?"», mi racconta Phil.

«Ma va?», replico incuriosita.

Quando un compagno gli aveva rivelato che Babbo Natale non esisteva, a Phil era crollato un mondo fatto di incanto e mistero. Adorava Babbo Natale e ciò che rappresentava. La sera della vigilia gli lasciava sempre un bicchiere di latte e un pezzetto di cioccolato accanto al caminetto. Come accade a molte persone quando si trovano di fronte a una verità troppo dolorosa, Phil si era rifiutato di crederci. Secondo lui Babbo Natale esisteva eccome! E coloro che lo negavano erano delle persone ottuse che non vedevano più in là del loro naso. E così si era procurato delle foto di Babbo Natale seduto sulla sua slitta trainata dalla renne, davanti alla sua dimora al Polo Nord, una fiabesca capanna di legno, aveva fatto delle fotocopie e presidiato l'ingresso della scuola distribuendole ai suoi compagni, e strillando che quella foto era la prova che Babbo Natale esisteva.

«Kevin, un bullo grande e grosso mi si avvicinò e disse: "Non è vero, sono solo storie per bambini. Io non l'ho mai visto e non mi ha mai portato niente"», prosegue Phil. «Allora io replicai: "È perché non ci credi. Lui mi fissò un attimo con uno sguardo stolto, quindi ribatté: "È roba per froci"».

«È stata la prima volta che qualcuno mi ha dato del frocio», racconta Phil sorridendo. «Comunque, la sera della vigilia sgattaiolai fuori casa e lasciai davanti alle soglie dei miei compagni delle calze piene di dolcetti. In quello di Kevin misi della cacca di cane, perché non avevo trovato il carbone».

«Ma dài!», sorrido immaginando la faccia di Kevin nel rovistare nella calza. Lo prendo sottobraccio e lo stringo a me: «Mi dispiace, deve essere stato terribile».

«Mica tanto», replica, «non sapevo che cosa significasse quella parola e quando lo chiesi a mia madre lei mi disse che significava "sognatore"».

Torniamo a casa ridendo, ma non appena varco l'ingresso mi accorgo di essere stanchissima. Mi fanno male le ossa e la mia gola è come carta vetrata. Colpa dello sbalzo di temperatura, da Saks ci saranno stati almeno ventisette gradi, mentre la temperatura fuori è di meno quattro. Insomma, temo di essermi beccata, come minimo, un raffreddore.

Phil sta chiacchierando della sua adolescenza, di quando ha fatto outing e della reazione dei suoi. «Oh be', mi chiedevo quando ce l'avresti detto», gli domandò suo padre. «Anche Jason, il figlio di Lucy è gay», commentò sua madre allegramente, come se fosse contenta di entrare a far parte di un qualche club esclusivo. Storie che conosco benissimo ma che ascolto sempre volentieri, se solo non mi sentissi così stanca e non temessi di avere la febbre.

«Sei rossa e accaldata», osserva lui, «non ti sarai mica presa un virus?»

«In effetti, non sto troppo bene».

«Mettiti subito a letto», mi ordina, «ti preparo qualcosa di caldo ma poi devo tornare a casa. Malcom dovrebbe rientrare fra poco».

Le cose fra loro due non vanno benissimo. Una sera ho invitato a cena Phil e mi sono fatta raccontare tutto nella speranza di essere perdonata per averlo mollato quando aveva bisogno di me. Mi ha riferito che Malcom ha cominciato a indossare i panni del divo viziato e arrogante, e che spesso mostra segni di insofferenza nei suoi confronti. Phil teme che ci sia qualcun altro, eventualità piuttosto alta in quell'ambiente di artisti scombinati ed eccentrici. Ma quando l'ha messo alle strette, lui ha negato tutto, giurando che non vede nessun altro.

Dicono tutti così, eccetto Robin che ha ammesso la sua promiscuità come se fosse un vanto!

Dopo aver trafficato in cucina, Phil mi porta una tazza di latte caldo in cui ha sciolto del miele d'acacia aggiungendo un po' di whisky.

«Ti chiamo più tardi per sentire come stai», mi promette.

«Grazie», mormoro accorgendomi di essere praticamente afona, «ma non ti preoccupare, Maggie dovrebbe rientrare fra poco».

Oggi è il ventuno dicembre, domani, in ufficio, ci sarà il party natalizio e Maggie sta dando una mano a Colette con i preparativi. Se continuo a stare così male penso proprio che non potrò partecipare. Peccato... non vedevo l'ora di sfoggiare il mio nuovo abito rosso, di cachemire, leggero e impalpabile che mi segna nei punti giusti e che avrei indossato con le scarpe rosse. Ho acquistato il vestito da Barneys, un vero affare perché faceva parte della vecchia collezione. Comunque, non me lo sarei potuta permettere se la rivista avesse tardato ancora con i pagamenti. Invece, una settimana fa, ho ricevuto il mio assegno con un bonus natalizio. Un po' me l'aspettavo dal momento che l'intervista con Josh Walker, pubblicata sull'ultimo numero, ha suscitato tanto di quello scalpore da relegare in secondo piano il servizio sugli attori porno.

Non appena il numero era uscito, con la foto di Josh in costume da bagno in copertina, i telefoni avevano preso a squillare e in redazione erano entrati tutti in fibrillazione, compresa Julia che, questa volta, non aveva cambiato una virgola al mio testo originale. Di solito mi taglia le frasi cui tengo di più, rendendole banali. Per non parlare di quando mi aveva corretto un termine. Io avevo scritto "si ravviò" i capelli e lei l'aveva corretto in "si ravvivò" i capelli.

Colette mi aveva chiamato nel suo ufficio congratulandosi con me: «Ottimo lavoro, il prossimo articolo sarà quello sui vibratori, del resto era quasi pronto, no?»

«Sì, certo», avevo risposto ingoiando la delusione. Visto il successo del mio pezzo su Josh, avevo sperato che la storia dei vibratori fosse acqua passata, ma, a quanto pareva, Colette non demordeva. Mi balenò per la mente l'idea di iniziare l'intervista con lei. Anche se non era una diva dello spettacolo, era pur sempre un'esponente del jet set di Manhattan! E io ero malignamente curiosa di vedere come se la sarebbe cavata.

Sorrisi fra me e stavo quasi per accennarglielo quando lei mi lanciò un'occhiata severa, come a dire: "Non azzardarti a trovare scuse". Accantonai l'idea, ripromettendomi di tirarla fuori qualora mi fossi trovata in serie difficoltà.

Era stata Julia a riferirmi, anche se a denti stretti, che il mio articolo stava scuotendo dalle fondamenta una Manhattan distratta e sonnacchiosa, che si preparava a festeggiare le prossime festività. Pareva che i direttori delle riviste più quotate, quando si erano accorti di essersi lasciati sfuggire lo scoop dell'anno, avessero avuto un mezzo infarto. Molte teste stavano per essere tagliate rovinando il Natale a caporedattori, giornalisti e famiglie annesse. I vari network avevano ripreso la notizia assediando letteralmente il Plaza, da dove il divo se n'era già andato lasciando tutti a bocca asciutta. Josh mi aveva accennato che sarebbe tornato in Croazia per trascorrere le feste con la sua famiglia, poiché sentiva il bisogno di mettere l'oceano fra il mondo scintillante e finto dello *showbiz* e la realtà da cui proveniva. Per fortuna, nel suo Paese d'origine certe notizie non arrivavano proprio, il che era piuttosto confortante. Il suo agente, un croato che annoverava fra i suoi clienti esclusivamente dei connazionali, sarebbe partito con lui, mi aveva informato con un luccichio negli occhi azzurri.

«Caspita! Magari è il suo compagno», ricordo di aver pensato. La prospettiva di rendere l'intervista ancora più accattivante mi aveva procurato una scarica di adrenalina, ma avevo avuto l'accortezza di contare fino a dieci e di affidarmi al buon senso. Era troppo presto, meglio non sfidare la fortuna!

Tutto questo era successo la settimana dopo che Robin mi aveva fatto salire su un taxi e contemporaneamente mi aveva scaricato con un: «Ci vediamo». Una settimana resa sopportabile solo dal successo del mio articolo, dal momento che lui mi aveva praticamente ignorato.

La mattina successiva alla nostra discussione a Central Park, ero entrata in redazione non sapendo che cosa aspettarmi né come comportarmi. Dovevo far finta che non fosse successo niente? Salutarlo come se fossimo vecchi amici oppure con gli stessi convenevoli che usavo con John? Maggie non era ancora tornata e mi aveva telefonato dicendomi che si sarebbe trattenuta qualche giorno in più a casa, perciò avevo campo libero.

Robin era seduto alla consolle della reception, da solo, e stava parlando al telefono. Sollevò un attimo lo sguardo e mi fece un cenno con la mano continuando con la telefonata. Gli sorrisi e mi diressi verso l'ascensore con piglio deciso, pensando che dopotutto spettava a lui fare la prima mossa.

Arrivata nel mio ufficio tutta la mia determinazione svanì e fui sopraffatta dallo sconforto. Trasalivo ogni volta che squillava il telefono e non facevo che fissare la porta dell'open space. Quando, verso le undici, fu evidente che non mi avrebbe cercato, il mio orgoglio ebbe un'impennata. Come si permetteva di trattarmi così? Tirai fuori il telefonino e digitai un SMS, in cui gli chiedevo di vederci per chiarire la nostra posizione. Mi ero preparata almeno una decina di discorsi pacati, ragionati e maturi per non sembrare una stalker o una patetica sfigata. Tuttavia non riuscivo a decidermi a inviarlo. Nel mio animo romantico persisteva l'illusione che se gli importava qualcosa di me, toccava a lui venirmi a cercare.

Lui non si fece vedere né sentire nemmeno nei tre giorni seguenti, nemmeno alla reception, dove il suo posto, quando entravo, era desolatamente vuoto. Sospettai che lo facesse apposta, per evitarmi. Nella mia mente paranoica mi sembrava di vederlo mentre spiava la strada e, non appena mi scorgeva, schizzava via dalla sua postazione per rifugiarsi nel seminterrato.

«Che strano...», commentò Maggie una mattina, «dov'è finito John? E Robin? Non dirmi che non lavora più qui». Era il suo primo giorno di lavoro dopo la pausa per il Ringraziamento.

«John è ancora in ferie, quanto a Robin non saprei....», risposi sentendomi avvampare.

Maggie mi lanciò un'occhiata di traverso e non disse nulla.

Nei giorni seguenti mi accorsi che la mia amica non era più la stessa, sebbene apparentemente si comportasse nel solito modo. Era come se fra noi due ci fosse una barriera molto sottile ma resistente che c'impediva di essere spontanee e naturali. Parole inespresse, da parte mia, oppure appena sibilate, da parte sua, non riuscivano a infrangerla. Avrei dovuto raccogliere i suoi messaggi in codice, ma non lo feci. Come quando mi disse: «L'aiuto di tua madre è stato prezioso. Veniva a trovarci ogni giorno, così io le lasciavo a chiacchierare in salotto e ne approfittavo per prendermi una pausa o per andare da papà. Il giorno del Ringraziamento ci siamo divertiti un mondo a giocare a Scarabeo, anche con tuo padre. È stato come tornare ai vecchi tempi quando festeggiavamo tutti insieme. Te lo ricordi?».

Certo che mi ricordavo, le nostre famiglie erano molto unite.

«Abbiamo rispolverato gli aneddoti più buffi, e pensa, alla fine la mamma ha promesso che ci penserà, che forse a Natale inviterà papà a pranzo».

«Un ottimo risultato, no?», avevo osservato.

«Sì, grazie a tua madre», aveva sottolineato lei.

E non certo per merito tuo. Non serviva essere fini psicologi per completare la frase.

Avrei dovuto, dicevo, raccogliere il messaggio, confessarle tutto e chiederle perdono, ma il senso di colpa per aver preferito passare il giorno del Ringraziamento con il mio amante piuttosto che con la mia migliore amica mi schiacciava. Inoltre mi vergognavo per essere stata così ingenua e stupida da illudermi che la mia storia con Robin potesse trasformarsi in una vera relazione! Non era meglio lasciare Maggie nel dubbio che mi fossi fermata in città perché dovevo salvare la mia intervista?

Grazie all'inaspettato successo del mio articolo, Maggie sotterrò le sue perplessità nei miei confronti e smise di guardarmi con quel cipiglio sospettoso che mi faceva sentire come una bambina sorpresa a mangiare di nascosto una tavoletta di cioccolato, per non dividerla con la sua amica. Mi disse di essere felice per me e si congratulò per l'incisività del mio pezzo. Tanto più che in redazione girava voce che avevo salvato «Manhattan Rumors» dalla chiusura. Il mio telefono non smetteva di squillare, redattori e caporedattori delle testate più importanti insistevano affinché li mettessi in contatto con Josh. Che cosa mi costava? In fondo lo scoop era mio, nessuno me l'avrebbe portato via.

Una volta tanto provai l'ebbrezza di essere una di quelle giornaliste che potevano permettersi di snobbare la concorrenza. La mia autostima, a dispetto di Robin, era cresciuta di qualche tacca nel grafico dei miei insuccessi, così una mattina, dopo aver rifiutato gentilmente di fornire informazioni su Josh a Jessica Storm, una giornalista di «Vogue» che se la tirava quando facevo il tirocinio, bussai alla porta dell'ufficio di Maggie. L'avrei invitata a bere qualcosa da qualche parte e con l'aiuto di un paio di drink le avrei parlato con il cuore in mano.

Entrai senza aspettare che dicesse "avanti" e restai impietrita nel vedere Robin accanto a lei, piegato sulla sua scrivania, intento a guardare lo schermo del suo computer. Forse Maggie l'aveva chiamato perché aveva bisogno d'aiuto, cercai di persuadermi. Tuttavia il sangue mi defluì fino alle caviglie, il mio cuore accelerò i battiti e mi sentii di troppo.

«Chiedo scusa», mormorai al colmo dell'imbarazzo. Lui non si era nemmeno scostato, mi aveva lanciato solo un'occhiata distratta, come se fossi un'intrusa qualsiasi.

Maggie, invece, era arrossita leggermente o almeno così mi parve.

Richiusi la porta e tornai alla mia scrivania in un tumulto di emozioni. La scena a cui avevo assistito era peggio, molto peggio di quando avevo spiato Robin e Colette durante la festa di Halloween. Colette era il mio capo, una donna matura e sposata che non riuscivo a considerare una vera rivale. Se anche fra loro due ci fosse stata una storia, non poteva essere niente di più che un capriccio. Un incidente di percorso nel suo altrimenti solido matrimonio.

Ma Maggie era single ed era una ragazza molto attraente, simpatica e intelligente! Ai tempi del college, era sicuramente lei la più polare fra noi due. La gelosia non era contemplata nel nostro rapporto, ci volevamo troppo bene per cadere in una trappola così ovvia. Tanto più che in fatto di ragazzi i nostri gusti erano molto diversi. Lei preferiva i tipi "originali" e tormentati come Stephen, un ragazzo magro e allampanato che girava con un furetto al guinzaglio e con cui era uscita per quasi un anno finché lui non aveva dato di matto girando nudo per il campus. Mentre io avevo una spiccata tendenza a impelagarmi con tipi comuni e noiosi.

Robin rappresentava l'eccezione che confermava la regola delle nostre scelte, dal momento che nessuna poteva considerarsi immune al suo indiscutibile fascino. E in ogni caso, per quale motivo il profeta del sesso, l'uomo che sussurrava alle donne, colui che praticava il sesso dolce facendole letteralmente sciogliere, avrebbe dovuto rinunciare a fare il sultano dell'harem per sceglierne una sola, ossia la sottoscritta?

Nonostante mi sforzassi, cercando di attingere a quella autostima che, un attimo prima, mi aveva ridato fiducia in me stessa, non ne vedevo traccia.

L'ipotesi che Maggie potesse andare a letto con Robin era intollerabile e per la prima volta compresi che cosa fosse la gelosia. Mi accorsi che stavo piangendo quando una lacrima cadde sulla lista degli agenti delle celebrità che tenevo sempre sulla scrivania, come un monito.

Fu in quel momento che mi venne il sospetto di essere innamorata di Robin. Innamorata senza speranza, visto la piega che stavano prendendo gli eventi.

Ma ero in ufficio e non potevo rischiare che qualcuno mi vedesse piangere come un'adolescente appena mollata dal suo ragazzo. Perciò drizzai le spalle, mi asciugai le lacrime e andai in bagno a rifarmi il trucco. Mi sciacquai la faccia, mi guardai nello specchio e, mentre mi davo da fare con fard e mascara riacquistando la calma, mi dissi che non bastava fare sesso con un uomo in maniera stupefacente per esserne innamorata e desiderare di passare il resto della propria vita con lui. Anche se prima di Robin non avevo mai conosciuto l'amore fisico, e lui mi aveva risvegliato da un lungo sonno con un'overdose di dolcezza che stava mettendo a rischio il mio sistema metabolico, non era sufficiente. Quello che provavo per lui era solo infatuazione, ossessione e dipendenza da Mr Rob. La nostra conoscenza, sebbene per certi versi molto profonda, era piuttosto superficiale dal punto di vista umano. Sapevo che gli piaceva il cous cous e che si dilettava a cucinare, che aveva un'ampia visione della situazione politica mondiale e che, sotto le mentite spoglie di un semplice fattorino, si nascondeva un uomo di cultura. Senza scomodare scenari da spy story, restava il mistero sul suo ruolo alla rivista e sulla sua totale mancanza di ambizione. Come se fosse un vezzo di cui andare orgogliosi!

Inoltre, chi mi garantiva che non era uno di quegli uomini che fa pipì senza chiudere la porta e schizza tutto intorno? Oppure che si mette le dita nel naso o, ancora, che passa il tempo libero formando un tutt'uno con il divano sorseggiando birra direttamente dalla bottiglia ed emettendo suoni indecenti? La mia spiccata propensione a sdrammatizzare non servì a rendere meno penosa la realtà: comunque fosse, frequentare un uomo con un ego così grande mi avrebbe procurato solo guai e sofferenza.

Nel tentativo di reagire a uno stato d'animo che stava sfociando nell'autocommiserazione, per non dire nella depressione, mi ero buttata nel lavoro. Avevo telefonato a un paio di agenti, fra cui il famigerato Paul Finch che questa volta mi avevano passato subito. Avevo illustrato, in tono leggero e frivolo, come se si trattasse di un'intervista sull'ombretto preferito della loro cliente, l'argomento dei vibratori e la risposta che avevo ricevuto, all'unanimità, era stata: «Non è un tema da affrontare in un periodo dell'anno in cui tutti si sforzano di essere morigerati. Però possiamo risentirci dopo le vacanze».

Dopotutto, mi ero detta, non avevano opposto un secco rifiuto e non mi erano parsi particolarmente scandalizzati. Inoltre, mi avevano suggerito una valida argomentazione per prendere ancora un po' di tempo con Colette.

«In effetti», ammise il mio capo quando gliene parlai, «ci stavo proprio pensando». Tipico di Colette appropriarsi delle idee altrui facendole passare per proprie. «Nel numero di gennaio tratteremo l'argomento amore».

«Scusa?», le chiesi pensando di aver capito male.

«Cosa c'è di strano?», osservò lei. «L'amore non è forse il motore che fa andare il mondo?».

Ma non era il sesso? Cosa aveva provocato quell'improvviso cambiamento? C'era forse lo zampino di Robin che l'aveva inserita nel suo harem?

"Falla finita!", mi imposi, "altrimenti comincerai a farneticare su fantomatici dèi del sesso che volano su Manhattan con Robin in testa".

«Non calcheremo troppo la mano, insomma non voglio articoli stucchevoli da romanzetto rosa. Mi piacerebbe qualcosa di più incisivo e approfondito sulla psicologia dell'amore, la dipendenza, le ossessioni... insomma non serve che te lo spieghi, no?».

No, non serviva, l'esperienza con Robin mi aveva insegnato abbastanza. Cominciai a scrivere un articolo che parlava della relazione fra i due sessi, ma mi suonava fasullo, una brutta copia di *Sex & the City*. Cancellai il testo e ricominciai daccapo almeno cento volte, prima di capire che non avrebbe mai funzionato.

E poi una mattina, controllando la mia posta elettronica, mi saltò agli occhi il seguente oggetto: "Tanti maschi ma pochi uomini". Era una delle frasi preferite di Phil e, per un attimo, pensai che si trattasse di lui che mi aveva fatto uno scherzo.

Lo aprii e lessi.

Il recente outing di Josh Walker mi ha convinto, se mai ce ne fosse stato bisogno, che ci sono tanti maschi, ma pochi uomini. E quei pochi sono tutti dall'altra parte. Dove sono finiti gli uomini veri, forti e teneri al tempo stesso, capaci di amare e di far sognare una donna? Firmato: Ragazza delusa.

Inevitabilmente il mio pensiero corse a Robin. Lui era, senza ombra di dubbio, un uomo con modi più femminili che maschili. Le sue mani gentili, dalle dita lunghe e affusolate, capaci di farmi vibrare per la tenerezza e la sensualità, erano quelle di una donna. Le sue labbra non erano mai voraci, ma morbide, calde e voluttuose. Labbra che sapevano assaporare, lenire e donare piacere. E Mr Rob, be', lui era il contraltare di una sinfonia altrimenti troppo smielata che pulsava al ritmo del mio battito cardiaco e del sangue che mi scorreva veloce nelle vene.

Fu così che buttai giù un articolo in cui sviscerai i rapporti fra i due sessi, sfatando i luoghi comuni che andavano per la maggiore.

Lo rilessi e mi resi conto che avevo raccontato la mia storia con Robin mettendomi a nudo più di quanto avessi mai fatto prima di allora.

Ci tornai sopra nei giorni seguenti, limando, aggiungendo e tagliando finché non fui soddisfatta. L'avrei consegnato a Colette, dopo il party aziendale, a meno che durante la notte non si fosse verificato un fenomeno straordinario, tipo una pioggia di preservativi su Manhattan, a farmi cambiare idea.

Non era stata una decisione presa a cuor leggero; correvo il rischio di diventare la single più patetica di Manhattan, senza contare che avevo scelto di affidare alla penna quello che non ero stata capace di confidare alla mia migliore amica. Ma ero giunta alla conclusione che poteva essere l'unico modo per mettere una pietra sopra a quella storia. Non una qualsiasi ma una pietra tombale, sulla quale scrivere un epitaffio: "Qui giacciono i resti di un amore ad alto tasso glicemico discioltosi nel nulla".

Insomma, una sorta di catarsi che, speravo, mi avrebbe guarito. Dopodiché avrei avuto tutto il tempo per raccogliere i cocci della mia amicizia con Maggie e per leccarmi le ferite.

CAPITOLO 15

Mentre, in preda alla febbre, aspetto Maggie, decido che non consegnerò il mio articolo prima di tornare al lavoro. Sarebbe come affidare il mio bambino in mani estranee senza avere voce in capitolo, abbandonandolo al suo destino. Vorrei essere presente quando Colette lo leggerà e, prima di darlo a lei, mi piacerebbe che lo leggesse Maggie. Un gesto catartico come questo necessita di un minimo di fair play da parte mia, senza contare che dalla loro reazione potrò scoprire se hanno fatto sesso con Robin o meno.

'Fanculo, perché non la smetti di pensare a lui?

Al mal di gola ora si è aggiunta una tosse stizzosa che non mi lascia riposare. Sono così stanca e ho tanto sonno... Nei rari momenti in cui mi appisolo faccio dei sogni talmente vividi, nei quali Robin e io siamo uniti nell'amplesso, che non sono sicura di star sognando. Avverto sulla pelle i suoi baci e le sue carezze lievi, il suo profumo mi avvolge in una nube di sensualità e le sue labbra mi sussurrano quelle parole che solo lui sa pronunciare. Queste sensazioni sono così reali che allungo le gambe per cercare il suo corpo, per toccare Mr Rob. Mr Rob, che quando entra in me è come un coltello sul burro, capace di spalmare il mio piacere con la dolcezza del miele con un tocco di peperoncino. Io lo accolgo in quel *Tunnel of Love* che prima di lui era solo una galleria oscura che nessuno sapeva percorrere né illuminare. A un certo punto l'immagine di Mr Rob, scultorea ma infusa di vita, scaccia quella di Robin e, fra un delirio e l'altro, mi domando se non sia innamorata soltanto di lui.

«Che ci fai a letto, stai male?». La voce di Maggie mi giunge ovattata e mi ci vuole qualche minuto per tornare in me.

«Credo di avere la febbre», rispondo con voce flebile.

Da questo momento in poi i miei ricordi si fanno confusi. Rammento un incessante andirivieni nella mia stanza da parte di Maggie e Phil e poi il viso rassicurante di un uomo di mezza età dalla voce pacata che mi ausculta il petto e il cuore. In seguito ho saputo che è uno dei dottori più pagati di Manhattan, un amico di Phil che era venuto a visitarmi gratis.

Avevo una grave bronchite: perciò dovevo starmene tassativamente a letto e prendere gli antibiotici, capsule più grandi di quelle dell'ultima navicella spaziale della Nasa.

Inebetita dalla febbre e indebolita dalla tosse, rimasi a letto in uno stato di semi incoscienza, intervallato da momenti di lucidità in cui Phil mi somministrava centrifughe di verdure e frutta e mi imboccava con pezzetti di carne al sangue e budini freschi e golosi.

Phil è il sogno di ogni single, etero o gay che sia. Disponibile, attento, sensibile! Ma sono sicura che Maggie, se non fosse stata impegnata col lavoro, avrebbe fatto altrettanto.

Sono le nove del mattino della vigilia di Natale – come vedo dal display del mio telefonino che probabilmente Maggie ha messo in carica – quando mi sveglio sentendomi decisamente meglio.

Mi alzo a sedere su una pila di cuscini e per qualche minuto mi godo la sensazione di non essere più in un sudario e di riuscire a respirare senza tossire.

Vorrei andare in bagno, ma non mi azzardo ad alzarmi da sola. Chi lo sente Phil se mi succedesse qualcosa? Il mio amico è peggio di una chioccia e, se sgarro, sarebbe capace di sculacciarmi.

Il trillo del mio cellulare risuona nella stanza silenziosa e mi fa battere forte il cuore. Sono proprio debole se basta un rumore qualsiasi per agitarmi, penso, mentre rispondo. All'improvviso mi ricordo che oggi dovrebbero arrivare i miei genitori. Sarà sicuramente mia madre...

«Ciao Amy, come stai?». La voce calda e sensuale, dall'accento strascicato, mi toglie le poche forze che credevo di avere. Sono troppo debole per reggere l'emozione e anche troppo stanca per pensare. «Un po' meglio, grazie», rispondo in un sussurro.

Segue un attimo di silenzio che si protrae un po' troppo. Perché mi ha chiamato se non ha niente da dirmi?

«Pensavo di passare a trovarti», riprende Robin.

Ma che faccia tosta! Dopo avermi ignorato per un mese facendomi capire che non vuole avere più a che fare con me, ora vuole venire a trovarmi? Come faccio a giustificare una sua visita con i miei amici e con i miei genitori che saranno qui nel pomeriggio?

Vi presento Robin, il fattorino di «Manhattan Rumors». Ha le mani d'oro, è in grado di riavviare la stampante quando la presa è male inserita. E sorvoliamo su quello che è davvero capace di fare con quelle mani...

«Non saprei...», replico, più che mai confusa. «Oggi ci sarà parecchia gente qui e...».

«Capisco», mi interrompe lui in tono lievemente deluso, «allora ti auguro Buon Natale. Guarisci presto!».

«Buon Natale anche a te», contraccambio.

Passano un paio di secondi prima che Robin riattacchi, tanto che per un attimo spero che si decida ad aggiungere qualcosa. Ma lui chiude la comunicazione e il telefono quasi mi scivola dalla mano sudata.

Il dubbio di aver fatto un grosso errore mi lievita nel petto fino a farmi tornare la tosse. Forse si è pentito, forse voleva ricominciare, parlare con me, spiegarmi il motivo del suo assurdo comportamento. In fondo Robin è diverso dagli altri uomini che conosco, compreso mio padre. Al contrario di loro, maschi dalla mentalità prevedibile che guardano ai fatti come a una scacchiera ben divisa fra bianchi e neri, è una persona complicata. Forse dovrei davvero confidarmi con Phil; lui potrebbe fornirmi un punto di vista totalmente diverso e sorprendente.

La tentazione di richiamare Robin è forte. Dopotutto, perché no? Gli chiedo scusa, gli confesso che mi aveva colto di sorpresa e... se accetta significa che fra lui e Maggie non c'è stato altro che il frutto della mia immaginazione malata. Sto per farlo, ma non so dove ho messo il telefonino. Deve essere scivolato da qualche parte. Comincio a frugare sotto le coperte e, non trovandolo, le butto di lato e faccio per alzarmi. Fra l'altro, ho un disperato bisogno di andare in bagno.

«Ferma! Dove credi di andare?».

È Phil, il mio infermiere nazista che marcia verso di me, mi ficca il termometro in bocca e mi intima di stare a letto.

«Mi scappa la pipì», piagnucolo. Allora lui mi aiuta ad alzarmi e mi accompagna in bagno come se fossi una bambina.

Il momento è svanito, non posso mica richiamare Robin con Phil presente. Dovrei dargli troppe spiegazioni.

Più tardi, incurante delle mie proteste, Phil insiste per pettinarmi e truccarmi un po'. «Non vorrai mica farti vedere in questo stato dai tuoi genitori?», mi ammonisce.

Acconsento docile e intanto che lui si dà da fare con i miei capelli, che sembrano spaghetti cinesi, guardandomi allo specchio mi rendo conto, con orrore, che se avessi acconsentito alla visita di Robin mi sarei giocata le ultime, miserabili chance. Sono così pallida e smunta…

«Questa zuppa è deliziosa!», sta mugolando la mamma, mentre si porta con sussiego il cucchiaio alla bocca. I miei genitori hanno fatto propria la tradizione di Nonna Mary e nonno Mario, che la vigilia di Natale mangiavano solo piatti a base di pesce, poi andavano alla messa di mezzanotte e solo al rientro aprivano i pacchetti. Sebbene non vadano più a messa, mia madre e mio padre non rinuncerebbero mai alla cena a base di pesce e allo scambio dei regali. E così ho chiesto a Phil di organizzare la cena della vigilia.

Il mio amico sorride compiaciuto, raccogliendo le meritate lodi ai suoi sforzi. Durante il pomeriggio ha addobbato l'albero, un abete finto che sembra vero acquistato da Macy's perché "noi non sfruttiamo gli alberi", allacciato le luci e ordinato il menu, a base di pesce, a un nuovo catering il cui titolare è un suo vecchio amico. Comincio a pensare che Phil conosca tutta Manhattan o almeno le persone che contano. Come recita quel detto? Fra i propri amici bisognerebbe annoverare un dottore, un avvocato, sicuramente un dentista e – perché no? – un barman e uno chef.

Per secondo ci serve della spigola al vapore con verdure bollite. Il vino, bianco e ghiacciato, è un frizzantino italiano.

Mentre lo sorseggio, osservando i miei ospiti, non posso fare a meno di pensare, con una nuova emozione, che non potevo desiderare una vigilia di Natale migliore di questa, accanto alle persone cui tengo di più. Phil, nonostante l'assenza di Malcom, che è andato nel Vermont a trovare i genitori, è di buon umore e si adopera in ogni modo per rendere la serata speciale. E infine Maggie. Un attimo prima che ci mettessimo a tavola ha ricevuto una chiamata di suo padre. Ha parlato con lui per qualche minuto, quindi ha annunciato: «Stasera la mamma ha invitato papà a cena».

Mia madre è corsa ad abbracciarla, papà le ha dato un buffetto sulla guancia e Phil l'ha baciata e stretta a sé. Quando è toccato a me ci siamo fissate per un momento. «Sono molto contenta per te e per la tua famiglia!», ho esclamato.

«Grazie», ha replicato lei, stringendomi forte. Ho avuto la netta impressione che ogni malinteso fra noi fosse superato.

Allo scoccare della mezzanotte apriamo i regali con lo stesso entusiasmo dei bambini di sei anni. Mentre scarto l'ultimo pacchetto, una paio di orecchini etnici favolosi da parte di Maggie, Phil nota il mio pallore. «Ti sei strapazzata troppo, stasera», dichiara, «è ora di andare a dormire».

«Se avessi saputo che eri in così buone mani mi sarei preoccupata di meno», osserva la mamma sorridendo.

«Io te l'avevo detto», interviene Phil, «sei stata tu a dubitare delle mie capacità». Quando la mamma aveva saputo che mi ero ammalata, voleva precipitarsi subito qui, ma Phil (che Dio lo benedica!), le aveva detto che non era necessario. Aveva chiuso la palestra per le vacanze, Malcom era impegnato a teatro e a lui non pareva vero di avere qualcosa da fare. Inoltre sapeva che preferivo starmene in pace, senza l'assillo di mia madre. Se fosse venuta qui non avrebbe resistito: mi avrebbe rimproverato di aver preso freddo perché non mi ero vestita abbastanza, di lavorare troppo per una causa persa e di aver lasciato Mark che, in quanto medico, sicuramente avrebbe saputo prendersi cura di me. Insomma, le solite, tipiche discussioni fra una trentaduenne single e sua madre.

Mio padre sale a dormire a casa di Phil, la mamma si sistema sul divano letto del soggiorno, e a mezzanotte e mezza siamo tutti sotto le coperte. I miei si fermeranno ancora domani, poi torneranno a casa per festeggiare il Capodanno con i loro amici. Maggie, che ha aiutato Colette a organizzare il veglione a casa sua, passerà la notte di San Silvestro da lei. E io, salute permettendo, parteciperò al party di Phil, al piano di sopra. Non che ne abbia voglia, ma sempre meglio che restarmene qui da sola. L'anno scorso eravamo state invitate dall'amico di un amico di Maggie in un locale aperto di recente sulla Madison. Ci eravamo divertite, ma le amicizie a Manhattan sono brevi e volubili, come la moda. Difficilmente riescono a durare più di una stagione.

Un attimo prima di scivolare nel sonno, un pensiero fugace mi attraversa la mente. Come si sarebbe inserito Robin in questa serata?

Maggie è uscita stamattina verso le dieci con un cambio d'abito informandomi che sarebbe andata direttamente da Colette subito dopo l'ufficio, in cui si festeggia la fine dell'anno sin dalle tre del pomeriggio.

«Non bere troppo», mi sono raccomandata ricordando che l'anno scorso eravamo arrivate alla festa già brille. Lei ha alzato gli occhi al cielo replicando: «Non fare la mammina, per piacere».

Ok, non lo farò.

Ho colto fra le righe una punta di ostilità, per cui mi sono affrettata ad aggiungere: «Ti metti il vestito dell'anno scorso?». Un abito lungo, verde smeraldo come i suoi occhi, fasciante e scollato sulla schiena. Le stava da Dio!

Ha annuito. «Ho speso una fortuna per quel vestito e non l'ho più messo, le persone che incontrerò stasera non l'hanno mai visto, perciò è come se fosse nuovo».

È stata una mia impressione oppure è arrossita leggermente? Strano, Maggie non arrossisce mai... secondo me c'è sotto qualcosa. Il ricordo della festa di Halloween e di ciò che è seguito mi pungola fastidiosamente, specie quando mi rendo conto che se Robin era presente a quella festa potrebbe essere stato invitato anche per Capodanno. Maggie sarà sicuramente la più affascinante di tutte, con quel vestito che fa pendant con gli occhi. E i suoi capelli rossi da fata irlandese. Se fossi un uomo non resterei indifferente a tanta bellezza!

Non ci devo pensare, non ci devo pensare, non devo continuare a farmi del male!

«Buon divertimento», le ho augurato baciandola.

«Anche a te», ha ricambiato lei. Dopo la tregua della vigilia di Natale la sento di nuovo distante come se quella barriera si fosse ricomposta, più spessa di prima.

Temo che restando a lungo confinata in casa potrei dare di matto!

Mezz'ora dopo che Maggie è uscita, un Phil tutto eccitato è entrato nella mia stanza e sta rovistando nel mio armadio. «Allora, hai deciso che cosa ti metterai stasera?».

Io sono tornata a letto, mi sento ancora debole e non vedo per quale motivo dovrei alzarmi, lavarmi e vestirmi per poi stare seduta su un divano fino a stasera. Così, sebbene i miei amici sostengano che stare troppo sdraiata non mi fa bene, risparmio le forze. Ma non lo sanno che il corpo e lo spirito hanno bisogno di tempo per guarire? È ora di smetterla di essere sempre iperattivi, di correre, correre, correre. Per andare dove, poi...

«Non vengo Phil», gli comunico.

L'ho deciso in questo istante, avrò diritto o no di cambiare idea?

«Sono ancora spossata e non ho voglia di festeggiare».

«Storie... non esiste che passi il Capodanno da sola», ribatte afferrando una gruccia su cui è appeso il mio vestito rosso, quello che volevo indossare per il party dell'ufficio.

«Questo andrà benissimo, sarai chic e calda allo stesso tempo», continua, come se non avessi parlato.

Quindi mi elenca le specialità che ha ordinato al catering e che consegneranno verso le dieci. «Gli ospiti non arriveranno prima di quell'ora e comunque saremo in pochi intimi: Malcom e io, George e Ricky. Arthur, il fratello di Ricky, che è etero e che devi assolutamente conoscere».

L'ultima cosa che desidero e di cui ho bisogno in questo momento, è di conoscere qualcuno. Chissà se affiggendo alla porta un cartello che recita: "Sono chiusa per turbe metaboliche causa overdose di glicemia", mi lascerebbero in pace?"

Sto per ribellarmi in maniera decisa alle sue insistenze quando gli squilla il cellulare. Lo vedo dapprima sorridere, poi farsi serio, quindi pallido e infine terreo. Si lascia cadere sul bordo del letto e mormora: «È finita».

Mi sollevo a sedere preoccupata: «Che cos'è *finita*?»

«La mia storia con Malcom, mi ha appena lasciato», mi informa pronunciando le ultime parole con voce rotta dal pianto.

«Vuoi dire che ti ha lasciato ora, con questa telefonata?»

«Esatto, ha detto che è meglio chiudere prima che il nostro rapporto si logori e subentrino la noia e le recriminazioni».

Ma che razza di discorso è questo? Ti amo ma ti lascio perché ho paura di non amarti più? Certo che gli uomini sono proprio strambi... non è stato Daniel Day Lewis a lasciare Isabelle Adjanì con un fax?

«Quella troia», riprende lui con enfasi, «sono sicuro che stasera esce con il suo agente, un tipo viscido, molto più vecchio di lui e pieno di soldi».

Ora Phil sta proprio piangendo e mi si stringe il cuore. Non ho mai visto un uomo piangere e sono molto a disagio.

Gli vado vicino, gli metto un braccio intorno alle spalle e cerco di consolarlo: «Non fare così, Malcom non ti merita, tu sei una persona buona e generosa e lui è solo un bambino viziato...».

Dopo quasi un'ora, durante la quale sono rimasta ad ascoltare il suo sfogo, che non ha niente da invidiare a un reality show, non sapendo più che stratagemma inventarmi per consolarlo, compio l'errore fatale: «Ti capisco, sai, anch'io ho il cuore a pezzi», gli dico.

È bastata questa frase per farlo calmare di colpo. Mi fissa ed esclama: «Ah! Lo sapevo, mi domandavo quando ti saresti decisa a dirmelo».

Passare l'ultimo dell'anno in compagnia di Phil, dicendo peste e corna degli uomini non è esattamente il mio ideale di divertimento. Ma è così liberatorio...

Alle dieci in punto, il servizio di catering ci consegna i vassoi ancora fumanti. Alla fine Phil, dopo aver disdetto con gli amici, ha deciso di non rinunciare alla cena del veglione dichiarando: «Festeggeremo tu e io».

Il caviale, le ostriche e la zuppa di pesce sprigionano un profumo stuzzicante e il mio appetito, sopito al punto che lo credevo morto, si risveglia. Mangio di gusto mentre Phil mi versa a più riprese lo champagne, che evoca in me ricordi struggenti quanto tristi. Durante la cena che, dopotutto, si gusta anche lui, continuiamo parlare di uomini. Secondo Phil, Robin è malato di sesso e dovrebbe farsi curare. In ogni caso mi sconsiglia di corrergli dietro, se voglio mantenere integra la mia salute mentale e... la mia glicemia.

«Un uomo che sussurra alle donne... non ho mai sentito una cazzata più grossa di questa in vita mia. Due sono le cose, o Robin è davvero una specie di dio del sesso oppure è un grande stronzo», conclude.

Tuttavia i pochi particolari che gli ho raccontato sul sesso dolce hanno su di lui un effetto eccitante, ma quando le sue domande iniziano a farsi morbose, sorvolo con eleganza e lui, capita l'antifona, ricomincia a parlare di Malcom.

Mezzanotte arriva senza che ce ne accorgiamo e per poco Phil non riesce a stappare in tempo la seconda o terza bottiglia di campagne.

E chi le ha contate?

Ci abbracciamo, ci baciamo e accendiamo la tele per guardare la sfera di cristallo che scende a Times Square. Sarebbe tutto perfetto se a un certo punto, all'unisono, non dicessimo: «Chissà dove sarà Robin in questo momento».

Ovviamente a menzionare Robin sono stata io, mentre Phil ha nominato Malcom. Ci guardiamo, scoppiamo a ridere e continuiamo a parlare dei nostri amori perduti fino alle quattro del mattino.

È mezzogiorno inoltrato quando mi sveglio con la testa che scoppia. Mi sollevo sui cuscini e mi accorgo che Maggie non è rientrata. Cerco di non allarmarmi, in fondo è il primo dell'anno, avrà fatto bisboccia e si sarà fermata a dormire da Colette. Oppure avrà rimorchiato qualcuno e passato il resto della notte con lui.

Le fitte alla testa non mi danno tregua, così mi alzo, e mi preparo un caffè fissando inebetita la macchina. Per allentare la pressione chiudo gli occhi e quando li riapro rimango quasi accecata dal riverbero bianco che giunge dalla finestra della cucina. Mi sporgo e vedo che sta nevicando. A giudicare dal manto compatto che ricopre il giardino, deve esserne caduta parecchia e, a quanto pare, non ha intenzione di smettere.

È una delle più grandi bufere di neve che si siano abbattute sullo stato di New York da dieci anni a questa parte. Almeno così dicono in televisione, che Phil e io non smettiamo di guardare.

Alle quattro del pomeriggio, quando sto cominciando a preoccuparmi seriamente per Maggie, mi squilla il cellulare. Con enorme sollievo vedo che è lei.

«Buon anno! Sono bloccata per la neve, tornerò a casa appena possibile», mi dice con un tono di voce piuttosto piatto.

«Buon anno anche a te, ma dove sei?». Non riesco a fare a meno di chiederle.

«Da un amico», risponde laconica.

Un tempo avrebbe aggiunto qualche particolare, magari in codice se il tizio era vicino a lei. Ma ora capisco che non le va di parlare.

«Tutto bene?», insisto con il tono da "mammina".

«Sì, tutto ok, ci vediamo presto».

Phil mi scruta, curioso di conoscere i dettagli. «Allora?»

«È da un amico, ma non sembrava molto contenta. Speriamo che non sia stata sequestrata».

«Tu guardi troppi film, dolcezza», osserva Phil. «Maggie sa badare a se stessa... a proposito che cosa ha detto della tua relazione con l'homo eroticus?»

«Io... be', non gliel'ho detto», confesso.

«Non gliel'hai detto?». Phil è costernato e si aspetta una spiegazione da parte mia. Che cosa ho fatto? Ma non potevo stare zitta come mi ero ripromessa? Non ho la forza di spiegargli un comportamento che non riesco a comprendere nemmeno io.

«Phil, non ti arrabbiare, ma ho un feroce mal di testa. Ne riparleremo, ok? Intanto ti prego di tenere per te il mio segreto. Posso contarci?».

Lui ci pensa un po' troppo a lungo per i miei gusti. Poi si mette la mano sul cuore: «Il tuo segreto con me è al sicuro».

Phil ha tante qualità ma la discrezione non è una di queste. Tuttavia per il momento non posso fare altro che credergli.

E ora siamo qui, Phil e io, sequestrati da questa bufera di neve che, come un imbianchino pazzo, dipinge di pennellate bianche il cielo nero e minaccioso di una notte di gennaio. Neppure Malcom è tornato a casa a prendere i suoi effetti personali, sicuramente è bloccato dal suo nuovo amante, come Maggie.

Maggie! Chissà chi è l'uomo misterioso con cui probabilmente sta facendo l'amore in questo momento, dato che con un tempo del genere e considerato che in TV non fanno che parlare della bufera, non c'è molto altro da fare. A meno di non essere due calzini spaiati come me e Phil…

CAPITOLO 16

Il giorno seguente la neve si è trasformata in pioggia. Le strade sono state sgomberate e la circolazione è ripristinata.

Osservando dalla finestra i cumuli di neve grigia, mi chiedo quanto possa metterci Maggie per tornare a casa. È pomeriggio inoltrato, il cielo è cupo e presto calerà il buio. Potrei chiamarla, ma ricordandomi che mi ha accusato di comportarmi da "mammina", preferisco non farlo.

«Maggie non ha molta fretta di lasciare la sua nuova conquista, a quanto pare», osserva Phil, aumentando, se possibile, la mia preoccupazione.

«E se le fosse successo qualcosa?», mi allarmo.

«Cosa vuoi che le sia successo...», mi rincuora lui, «se la starà spassando, più chiaro di così».

Ma ogni tanto lo sorprendo a guardare fuori della finestra e a distogliere lo sguardo non appena si accorge che lo sto fissando.

Finalmente, verso le otto, sentiamo la chiave girare nella toppa.

Maggie ha il tipico aspetto di chi ha passato due notti e due giorni a rotolarsi in un letto, occhiaie e pallore compresi, nonostante si sia rifatta il trucco alla bell'e meglio. Nel momento in cui mi viene vicino per abbracciarmi un odore familiare mi stuzzica le narici. E non è solo il profumo che porta, è qualcosa di diverso, è lo stesso odore che mi restava attaccato addosso dopo aver fatto l'amore con Robin. Sto diventando pazza, non c'è altra spiegazione.

Maggie abbraccia e bacia anche Phil, quindi dice: «Vado a farmi una doccia, sono a pezzi».

«Non ce l'aveva la doccia il suo amichetto?», borbotta Phil quando lei si chiude la porta del bagno alle spalle.

«Sei il solito pettegolo», lo riprendo, «non c'è niente come il proprio bagno...».

«Sarà, ma la vedo strana. Anche tu sei strana», considera.

Ah!, le antenne gay, potessi reciderle con un trinciapollo lo farei seduta stante. Ma mi guardo bene dal ribattere, sperando che Phil non insista. E, infatti, non insiste, limitandosi solo a sospirare: «Ah, le donne!».

Maggie riemerge dal bagno avvolta nell'accappatoio, con i capelli ancora umidi. Sembra un pulcino rosso stropicciato.

«Se non vi dispiace, me ne andrei a letto», annuncia.

Phil e io ci guardiamo perplessi e lui, sebbene controvoglia, si avvia verso la porta augurandole buona notte e sogni d'oro. È la prima serata che passerà da solo da quando Malcom l'ha lasciato e so che si lascerà travolgere dalla tetraggine. Potrei andare da lui, ma non mi va di incontrare Malcom, nel caso venisse a recuperare le sue cose.

Maggie, come annunciato, si infila a letto. Sono appena le nove di sera, non posso accendere la TV o la lampada per leggere, la disturberei. Del resto, con questo mal di testa che ancora non mi è passato del tutto, è meglio che non stanchi gli occhi.

Ingoio un paio di aspirine e spengo la luce. Dalla finestra entra una tenue luce che forma un'ombra simile a un insetto. Mi ritrovo a fissarla finché non si ingrandisce e assume la forma di un ragno gigante, pronto a lanciarsi su di me. Ficco la testa sotto le coperte e quando, dopo un secolo, finalmente mi addormento, sogno un'invasione di ragni su Manhattan, come in uno di quei film dell'orrore che piacciono tanto a Maggie e Phil.

Nonostante l'incubo, nove ore di sonno mi rimettono in sesto. Il mal di testa è scomparso e la doccia calda è corroborante. Quando entro in cucina Maggie sta già preparando la colazione.

Dopo un buongiorno, le uniche battute che ci scambiamo sono sulla marmellata e sul burro che ha uno strano sapore. Oggi si ricomincia a lavorare e non mi sono mai sentita così contenta di tornare alla normalità. Non so proprio come Maggie e io avremmo affrontato la giornata se fossimo state costrette a dividere lo stesso spazio.

Eppure, ieri sera non è successo niente di eclatante. Non abbiamo litigato, non ci siamo offese, non abbiamo fatto niente che avesse potuto ferire l'altra. Almeno in apparenza. A volte le cose non dette sono più gravi e pesanti di quelle urlate in un momento di rabbia. Le cose non dette sedimentano, si ingigantiscono e marciscono come un'infezione nascosta.

Comunque la mia infezione sta per scoppiare e diventerà di dominio pubblico non appena consegnerò il mio articolo.

Durante il tragitto in taxi ci limitiamo a parlare del tempo e di quanto sia triste la neve sporca. Varcando la soglia della redazione il mio cuore si arresta alla prospettiva di incrociare Robin alla reception. È il caso che gli faccia gli auguri?

Ma alla postazione c'è solo John, come sempre, da quando ho messo piede per la prima volta qui. La sua figura è così familiare e consueta che ho la sensazione che Robin non ci sia mai stato.

Ci saluta calorosamente augurandoci un felice 2014, come del resto fa chiunque incontriamo nei corridoi con baci e abbracci.

A un certo punto Maggie e io ci dividiamo per raggiungere i nostri uffici.

«Sei qui finalmente», mi accoglie Julia, come se fossi appena tornata da un viaggio alle Bahamas. «Sei un po' pallida», osserva, «stai bene?»

«Benissimo, buon anno anche a te!», rispondo.

«Ah sì, buon anno, suppongo che il tuo articolo non sia ancora pronto…».

«Supponi male», replico congratulandomi con me stessa per aver pensato di riciclare i regalini di Natale per l'anno prossimo. Dato che la mia scrivania è in perfetto ordine e non c'è alcun pacchetto ad aspettarmi, presumo di non essere l'unica ad aver avuto questa geniale idea.

Julia mi punta addosso il suo sguardo ipertiroideo, aspettando che prosegua.

«Lo sottoporrò a Colette questa mattina stessa», la informo.

Lei apre la bocca, come per dire qualcosa, probabilmente che il caporedattore è lei e che le spetta leggerlo in anteprima. Ma per qualche motivo non dice nulla. Si gira sui tacchi borbottando: «Come vuoi».

Accendo il computer, richiamo il file e rileggo il mio testo.

Mi piace, mi piace proprio, manca solo il titolo. All'improvviso i miei neuroni si mettono in moto facendomi fare un salto sulla sedia. Ma è ovvio, come ho fatto a non pensarci prima?

Mi chino sulla tastiera e digito: *A qualcuno piace dolce.*

Sono molto soddisfatta del mio articolo e del titolo, un po' meno di me stessa. Per quale strano motivo ho preferito consegnare la mia confessione alla pagina, prima che alla migliore amica? Innanzitutto non sono mai stata brava a parlare mentre, modestamente, me la cavo piuttosto bene con la scrittura. In secondo luogo l'ho buttato giù di getto, senza essere interrotta e dover dare spiegazioni a un interlocutore. In questo modo ho potuto raccontare una verità più da osservatrice che da protagonista, lasciando fuori le implicazione emotive e sentimentali. Almeno credo!

Ma c'è anche un terzo e non meno importante motivo: fare un salto di qualità! La rivista ha un estremo bisogno di uscire dal filone gossip-spazzatura che l'ha caratterizzata finora e il successo della mia intervista a Josh, molto equilibrata e affatto morbosa o maliziosa, mi ha fatto capire che sono sulla strada giusta.

Stampo l'articolo, mi alzo e vado nell'ufficio di Maggie.

Nel vedermi entrare, la mia amica solleva la testa dal computer un po' stupita.

«Ho scritto l'articolo che mi ha chiesto Colette», esordisco, «ma prima di presentarlo a lei vorrei che lo leggessi tu», aggiungo consegnandole i fogli con la mano leggermente tremante.

«Certo, volentieri», replica Maggie incuriosita.

Lo prendo per un buon segno, se ce l'avesse tanto con me non sarebbe così disponibile, no?

Maggie inizia a leggere e man mano che va avanti il colore scompare dal suo viso.

A un certo punto solleva lo sguardo. Gli occhi verdi sembrano più grandi e più lucidi, come se si fosse appena messa del collirio. Oppure come se le lacrime si fossero fermate fra le ciglia e non riuscissero a scendere.

«Sei andata a letto con Robin... lo sapevo, anche se una parte di me si rifiutava di crederci dato che non me ne avevi mai parlato», mormora talmente piano che mi tocca tendere l'orecchio per sentirla.

Ora le tremano pure le labbra. Non c'è più tempo per tergiversare, per speculare o fantasticare. La verità nuda e cruda è qui, davanti a me, scritta sul volto di Maggie a chiare lettere, come la locandina di un musical di Broadway.

La sua reazione è un'ammissione di colpa in piena regola. «Anche tu», riesco a dire.

«Già, quando... quando è successo?», vuole sapere.

«A Halloween», rispondo, chiedendomi che importanza abbia.

«Eh certo, se me ne avessi parlato non avrei fatto sesso con lui la notte di Capodanno».

La notte di Capodanno, non prima dunque. Avrei potuto fermarla... del resto non sono sua madre o la sua tutrice. E tanto meno la fidanzata di Robin, senza contare che non c'è niente di peggio che mettersi di traverso fra due persone attratte l'una dall'altra.

«Non darai la colpa a me, spero...», mi difendo.

«Non è mia abitudine scaricare le mie responsabilità sugli altri», ribatte lei con voce alterata, «tanto più che è stata la scopata più incredibile della mia vita!».

Chissà quanti orgasmi ha avuto; se la mia media era di tre, la sua sarà stata... non ci voglio pensare, non posso pensare a che cosa sia stato capace di fare un maestro come Robin con lei.

«Be', anche della mia, come lui non c'è nessuno, puoi starne certa».

Gli occhi di Maggie stanno lanciando bagliori verdi, le sue guance sono color porpora e persino i capelli stanno crepitando. Non vorrei che mi graffiasse con quelle sue unghie da strega, che ora mi paiono più lunghe, affilate e minacciose del solito.

Quand'ecco che la porta si spalanca e Colette fa il suo ingresso, con passo marziale.

«Che cosa sta succedendo qui, non siamo al mercato!», grida.

Maggie e io abbassiamo la testa come due bambine sorprese a litigare dalla maestra.

«Allora?», incalza lei in tono stridulo. Troppo stridulo. Ha gli occhi leggermente velati e non si regge molto sulle gambe. Che abbia bevuto? Ma sono solo le dieci del mattino!

Maggie è la prima a ricomporsi: «Niente Colette, qualche divergenza di opinione».

«Cos'è quello?», chiede fissando i fogli che Maggie tiene ancora in mano.

«Il mio articolo», ritrovo la voce.

Maggie glielo porge e Colette inizia a leggere. Finito il primo foglio passa subito al secondo con una velocità tale che mi domando se abbia davvero letto tutto. Il cuore mi batte all'impazzata e ho ripreso a sudare. Ma perché, perché mi sono cacciata in questo casino? Proprio io che sono sempre stata una persona discreta, che ha sempre detestato essere al centro dell'attenzione.

«Nel mio ufficio!», ci ordina, «e chiudete la porta!».

Colette ci fa accomodare sulle poltrone di fronte a lei, quindi estrae dal cassetto della scrivania una fiaschetta argentata, la svita e ne beve un sorso. Sicuramente è vodka, l'alcolico che non lascia traccia nell'alito, come uno di quei veleni che non sono rilevabili con gli esami del sangue.

«L'articolo è ottimo», inizia riponendo la borraccia, «hai avuto un bel coraggio, Amy, a mettere in piazza la tua, come chiamarla, *liaison*? Del resto Robin non è un uomo comune, e posso capire che abbia scatenato in te una reazione imprevedibile».

Non è che l'abbia messa proprio in piazza, ma evidentemente gli indizi sono piuttosto evidenti... Comunque continuo a tenere gli occhi abbassati cercando di concentrarmi sul fatto che ha giudicato il mio articolo "ottimo".

«Ma perché litigavate?», continua fissando Maggie. «Ah, capisco, ci sei cascata pure tu. Nessuna gli resiste eh?».

Ma che cosa sta insinuando? Lo conosce bene, quindi, come sospettavo. È un attore porno, un gigolo o cosa?

«C'è mancato un pelo che subissi anch'io il suo fascino, ma per mia fortuna sono una donna matura ed esperta che non si lascia incantare dai serpenti tentatori... insomma mi sono tirata indietro in tempo, non senza qualche rimpianto, specie ora che ho letto l'articolo».

Colette sorride fra sé e sul volto le compare un'espressione sognante come se stesse rivangando qualche piacevole ricordo. Resta così per un po', quindi si raddrizza sulla sedia e ci guarda di nuovo severamente. «Guai a voi se vi lasciate scappare una parola di quello che vi ho appena detto, sono stata chiara?».

Maggie e io annuiamo.

«Il mio è un buon matrimonio. Certo, non è tutto

rose e fiori, ma quale unione lo è? A ogni modo, mi sono resa conto in tempo che la posta in gioco era troppo alta e rischiavo di perdere Henry per un capriccio. Non che lui sia molto perspicace, nonostante sia uno psichiatra». Dopodiché si mette a ridere sguaiatamente mentre noi due la fissiamo sconcertate.

Le ci vuole un po' per calmarsi e riprendere: «Sapete come si dice, no? Un medico non dovrebbe mai curare la propria famiglia. Henry ha talmente fiducia in me che non si accorge mai di nulla, nemmeno, ehm, di questo mio piccolo vizietto», dice fissando il cassetto dove ha appena riposto la fiaschetta. Smettere di bere è tra i miei buoni propositi per il nuovo anno. Certo, non potevo iniziare proprio oggi, dopo aver letto l'articolo di Amy».

E giù, di nuovo a ridere.

La risata è contagiosa e faccio fatica a resistere, ma non oso perché Maggie invece è serissima.

«Bene, mi auguro che facciate pace, non vale mai la pena litigare per un uomo, anche se è un tipo notevole come Robin. Ed è piuttosto strano… voglio dire non è bellissimo, ma ha un tale carisma…».

Come sarebbe a dire che non è bellissimo? Ma ce li ha gli occhi?

Il fatto che lei si sia aperta con noi mi dà il coraggio di farle la domanda che mi frulla nella testa da quando ho visto Robin per la prima volta. «Scusa Colette… ma chi è Robin? È evidente che non è un semplice fattorino. Inoltre, ultimamente non si vede quasi mai».

Noto che anche Maggie è interessata alla risposta perché si è sporta leggermente verso la scrivania di Colette. La curiosità e l'attesa fanno accelerare i battiti del mio cuore. Finalmente saprò la verità e potrò mettere a tacere le mie assurde fantasie.

«Robin è un sociologo. Mi aveva chiesto di entrare in redazione per qualche tempo come osservatore. Stava facendo un dottorato di ricerca, non ricordo bene quale fosse l'argomento. Qualcosa che aveva a che fare con i rapporti fra uomini e donne. Confesso che mi piaceva molto l'idea di avere un uomo così interessante e fuori dal comune nel mio ufficio. Oltretutto lui ha davvero le mani d'oro...».

Di nuovo quell'espressione sognante...

Un sociologo? Che bastardo! Mi ha mentito dall'inizio alla fine, mi ha preso in giro... Si è preso gioco di tutti noi osservandoci come se fossimo una strana tribù di gente con due teste e sei occhi.

«Quando mi sono accorta che tutte le donne di questa redazione gli morivano dietro, mi sono un po' pentita», continua Colette, «non per gelosia, sia chiaro, è solo che temevo mi procurasse qualche guaio».

Sbircio Maggie con la coda dell'occhio e noto che si è irrigidita. Nonostante il suo sviluppatissimo intuito, nemmeno lei si aspettava una rivelazione del genere.

«E avevo ragione... qualche guaio l'ha procurato. Be', ragazze, vedete di non cavarvi gli occhi, eh? Non è l'unico sulla faccia della Terra... anche se devo ammettere che appartiene a una specie molto rara. E ora, se non vi dispiace, avrei da fare...».

Mi alzo a fatica. È come se avessi un enorme zaino sulle spalle che, mi schiaccia e mi fa vacillare.

«Ah, Maggie, dovrei dettarti un memo», l'apostrofa Colette.

Sono sicura che non ha nessun memo da dettarle, ma le sono grata per questa pausa. Non sarei stata in grado di affrontare la mia amica in questo momento, ho bisogno di un po' di tempo per calmarmi e raccogliere le idee.

Colette non è la donna superficiale, viziata e un po' svampita che vuol far credere, ma una persona assennata e con un carattere forte. Non deve essere stato facile per lei respingere le avance di Robin.

Smettere di bere è più difficile che rifiutare un uomo, ma secondo me ci sono dei buoni presupposti perché ci riesca!

Seduta alla mia scrivania inizio a rileggere per l'ennesima volta il mio articolo. Alla luce dei recenti sviluppi, sono ancora in tempo per cambiare qualche cosa:

L'uomo, inteso come maschio, per caratteristiche morfologiche e culturali, è considerato, sin dalla notte dei tempi, il sesso forte. Mentre il ruolo della donna nel corso dei secoli è stato ritenuto inferiore e subalterno rispetto a quello maschile.

Ci sono voluti anni e grandi lotte affinché alla donna fosse riconosciuto il ruolo di parità che le spetta nella società, nella famiglia e, non ultimo, nel rapporto fra i due sessi.

Nel terzo millennio la donna dovrebbe aver quindi ottenuto appieno il diritto all'autodeterminazione, specie per quanto riguarda la sfera sessuale. In altre parole, dovrebbe essersi conquistata la libertà di fare sesso come un uomo, senza per questo essere tacciata di essere una poco di buono o altro.

Il condizionale, però, è d'obbligo. Se da un lato la donna si è resa soggetto e non più oggetto nel rapporto sessuale, dall'altro assistiamo a una recrudescenza della violenza da parte dell'uomo sulla donna. Lo stalking e il femminicidio sono fenomeni di cui, purtroppo, sono piene le cronache e che offrono innumerevoli spunti alle fiction poliziesche.

Ma questa non è la sede adatta per discutere di un fenomeno di cui si stanno occupando esperti sociologi, sessuologi e psicologi. Quello che mi preme sottolineare è la nascente inclinazione, da parte delle donne, nei confronti del sesso sadomaso in cui quasi sempre occupa la posizione della sottomessa. Lo dicono le statistiche e il grande successo di una trilogia come *Cinquanta sfumature di Grigio* e dei successivi Rosso e Nero.

Ciò mi induce a fare due considerazioni: che la donna, nonostante la libertà sessuale raggiunta, sia ancora fortemente condizionata dalla sindrome della crocerossina, desiderosa di redimere il proprio uomo, un individuo disturbato e violento a causa di gravi e non sempre plausibili e giustificati motivi. Per non parlare della sua propensione a innamorarsi del bastardo di turno scartando accuratamente gli uomini seri.

L'altra considerazione è che, per infondere un po' di eccitante fantasia a rapporti sessuali stanchi e noiosi – si dice che molti rapporti siano stati rinvigoriti dalla lettura di questa trilogia – la donna sia attratta da giochi erotici che prevedono la sua sottomissione.

Nel sesso fra persone maggiorenni e consenzienti tutto è lecito, chi scrive non è certo una puritana. Ma è proprio per questo che mi sono decisa a parlare di una terza opzione cui, secondo me, non si dà il giusto risalto: il sesso dolce.

Io l'ho provato e vi posso assicurare che è un'esperienza

molto eccitante e appagante. L'unico problema è che non è facile trovare uomini capaci di praticarlo. Vuoi per retaggio culturale, vuoi per la sua natura, il maschio è un individuo rude, le cui carezze, a volte, assomigliano alla carta vetrata che usa per levigare le porte. Molti uomini sono ancora convinti che un approccio violento tipo "ti inchiodo contro il muro e ti martello con il mio trapano" sia il modo migliore per dare piacere a una donna. I più "raffinati", in genere manager di successo stressati e annoiati, preferiscono usare espedienti più sottili ma non meno efficaci quali manette e frusta al posto della forza bruta. Spesso questi giochi erotici non comportano vere torture, basti vedere il gran numero di gadget offerti dai vari negozi specializzati. Tuttavia mi chiedo cosa ci sia di tanto eccitante in queste fantasie, se non l'ennesima dimostrazione del potere dell'uomo sulla donna.

Tornando al sesso dolce, è comprensibile che molte di voi saranno perplesse. Quello che mi sento di dirvi è che nel sesso, come in ogni scelta personale, ognuno è libero di comportarsi come crede, ma che il sesso dolce è, a mio parere, una nuova frontiera che spetta a noi donne esplorare.

Mi rendo conto che è un compito arduo, tanto più che pochi uomini sono in grado di sussurrare alle donne, e quindi capaci di entrare in sintonia con il corpo e i desideri della loro partner.

Ma credetemi, l'uomo gentile, capace di farvi fremere con una carezza o con un bacio, esiste ancora. Non smettete di cercarlo e quando l'avrete trovato non lasciatevelo scappare.

Alla fine, anche se sono consapevole che questo articolo è un invito a nozze per Robin, decido di non cambiare nulla. Dopotutto non ho usato parole come amore o innamoramento, no? Ho parlato solo di sesso dolce e delle emozioni che suscita.

Ma più di tutto mi preme che gli arrivi un messaggio: che sono capace, almeno quanto lui, sociologo dei miei stivali, di scrivere un articolo sul tema che tanto gli sta a cuore.

CAPITOLO 17

«Maggie, scusami, non so, davvero non so che cosa mi fosse preso». Tiro fuori una bottiglia di vino rosso e riempio due bicchieri: è arrivato il momento di rompere quella barriera e pazienza se andrà in mille pezzi. Come sostiene mio padre: una cura canalare può risultare dolorosa ma distrugge per sempre il nervo scoperto.

Maggie prende il suo bicchiere e ci avviamo verso il salotto. Tracanno un lungo sorso aspettando con ansia che dica qualcosa.

Perché non parla? Perché continua a fissarmi con quell'aria da sacerdotessa druidica o, meglio, da strega? Vuole che mi prostri più di così?

«Ho avuto come un blocco, sulle prime mi sono detta che volevo capire quale direzione avrebbe preso la mia storia con Robin, poi gli eventi mi hanno preso la mano… ero confusa, aspettavo il momento giusto».

«Phil lo sa?», si decide a chiedermi.

Cazzo, perché deve sempre andare dritta al punto?

«Gliel'ho detto la notte di Capodanno, sai eravamo così disperati, lui aveva appena rotto con Malcom e…».

«Quindi l'unica a esserne all'oscuro ero io», infierisce, sedendosi sul divano.

Io mi accomodo sulla poltrona di fronte, voglio che ci guardiamo in faccia, che tiriamo fuori tutto. La canalare deve essere drastica, senza anestesia.

«Te l'ho detto, mi dispiace tanto, Robin mi ha messo in crisi, non avevo mai fatto sesso in quel modo, so che tu, be' insomma, da quel punto di vista sei molto più evoluta di me. Temevo di aver perso la testa, mi sentivo come una bambina sprovveduta, ma più di tutto mi vergognavo».

Per la prima volta vedo i suoi tratti rilassarsi e farsi più dolci. Sorride: «Ma sei fuori? Cosa vuol dire che ti vergognavi?»

«Ah, non lo so, è stato come perdere tutti i freni che trattenevano la mia sessualità, probabilmente avrei bisogno di uno psicologo...».

«Se tu ti fossi confidata con me, non avrei mai fatto sesso con lui, lo sai questo, vero?»

«Sì, lo so, sei un'amica leale», concordo mestamente.

«Insomma», riprende con foga, «sei come una sorella per me!».

Le ultime parole rimangono sospese nell'aria e incombono su di noi per i minuti in cui restiamo in silenzio. Io fisso una macchia di umidità sulla parete che non avevo mai notato, lei un punto indefinibile davanti a sé.

«Ho cominciato ad avere dei sospetti», continua Maggie, «dal giorno del Ringraziamento, quando non sei venuta a casa. La tua scusa mi suonava falsa, ma non avevo prove. Mi sentivo persino in colpa per avercela con te. Dopotutto, potevi anche aver detto la verità. Scommetto che eri con lui…».

«Sì», confesso, «ero con lui».

«Almeno il mio risentimento era giustificato. Devo avere fatto sesso con lui per vendicarmi inconsciamente di te». Maggie rimane qualche secondo in silenzio, poi mi guarda: «No, non è vero. Ho fatto l'amore con lui perché ne avevo una gran voglia».

Questo è un colpo basso, ma lo merito di sicuro. Riprendo a fissare la macchia sul muro non sapendo più che cosa dire. A parte questo, sono terrorizzata per il futuro. La nostra amicizia potrebbe rompersi, non saremmo le prime né le ultime che litigano per un uomo. Ma io non voglio separarmi da Maggie, e se qualcuno mi puntasse una pistola alla tempia intimandomi di scegliere fra lei e Robin, sceglierei lei. E non perché Robin lo abbia già perduto, ma perché sono convinta che l'amicizia sia più importante dell'amore. Anche se mi sposassi domani con l'uomo della mia vita, Maggie avrebbe sempre un vantaggio di vent'anni su di lui.

E allora, scema, perché non glielo dici?

«Lui è un grande manipolatore, cui non è facile resistere», riprende Maggie prima che riesca a formulare il mio pensiero. «Mi stuzzicava… cavolo se mi stuzzicava. Quell'uomo ha qualcosa di diverso, e non è solo carisma, come sostiene Colette, è qualcos'altro. Chiamali feromoni o tecniche di seduzione, ma ero molto curiosa di vedere se all'atto pratico era capace di mantenere le promesse».

Ci stiamo addentrando in un terreno minato, e preferirei non proseguire oltre. Ma so anche che non posso più fuggire, che devo imparare ad affrontare le difficoltà e le conseguenze delle mie azioni. «Immagino che le abbia mantenute», mormoro.

«Oh sì, alla grande!», afferma, senza un attimo di esitazione.

Pur essendo preparata a ricevere un colpo al cuore, mi stupisco di quanto faccia male. Raccolgo le gambe sotto il busto e resto così, a cullarmi in silenzio.

«Mi dispiace, ma sai che sono sincera», rincara la dose.

Segue un altro lungo momento di silenzio, rotto all'improvviso da Maggie: «Secondo te è stata una cosa immorale, come un incesto?».

Sulle prime non capisco che cosa intenda. Devo avere un'espressione da ebete, poiché lei si affretta ad aggiungere: «Se noi due siamo come sorelle...».

Mio malgrado mi viene da ridere e mi accorgo con sollievo che ride pure lei.

«Ne sei innamorata?», mi domanda dopo un po'.

Ecco il grande quesito intorno al quale non faccio che girare a vuoto, incapace di darmi una risposta.

«È un grande bastardo!», esclamo.

«Oh sì, lo è!».

«E tu?», le giro la domanda per prendere tempo.

«È stata la scopata più eccitante della mia vita, un'esperienza... come definirla? Formativa. Ma non basta per dire che sono innamorata di lui».

Un'esperienza formativa? Per che cosa, per l'elezione di Miss Scopata del nuovo anno?

Allontano il pensiero del suo corpo sottile, dei suoi seni tondi e pieni e del suo culetto manipolati dalle mani di Robin e le sorrido, leggermente sollevata.

«Col senno di poi, sono sicura che non potrei stare con un tipo del genere», riprende. «Oh, non fraintendermi, non mi ha drogato né costretto in alcun modo a fare sesso con lui. Anzi, si è comportato da perfetto gentiluomo sebbene, quando mi ha salutato, mi abbia fatto capire che la nostra parentesi si chiudeva lì».

Ora mi sta scrutando con uno sguardo indagatore, in attesa della mia risposta. Sono innamorata di Robin? Non posso e forse non voglio più tirarmi indietro. «Sono pazza di lui, Maggie e ho paura che sarà molto difficile dimenticarlo».

Finalmente l'ho detto, e non so come sentirmi, se liberata o disperata!

«Buona fortuna, non vorrei essere nei tuoi panni», commenta acida.

Dopo quello che è successo, non mi aspettavo che mi porgesse una spalla su cui piangere, però non la facevo così crudele. Gli occhi mi si riempiono di lacrime e giro la testa affinché non mi veda.

Ma ovviamente lei se ne accorge e fa finta di niente. «La notte di Capodanno, quando eravamo a casa sua – se si può definire casa quella specie di loft – Robin ha tirato fuori dal frigo una bottiglia di champagne dicendo: "Il preferito di Amy"».

Ho un sussulto: posso sopportare tutto, ma non il gioco dello champagne…

«È stato allora che ho avuto la conferma dei miei

sospetti. Mi è montata dentro una tale rabbia, che se ancora avevo qualche scrupolo l'ho superato».

Infierisci, infierisci pure, tanto ormai ho raggiunto il punto di non ritorno, niente può farmi più male.

«E adesso che facciamo?», le chiedo mentre le lacrime mi pungono gli occhi.

«Adesso mangeremo qualcosa, poi guarderemo un po' di TV e alla fine andremo a dormire», è la sua risposta.

E per il momento me la faccio bastare!

Più tardi, a letto, quando abbiamo spento la luce, ripenso al mio articolo. Mi sembrava così incisivo, così sincero… ma ora mi appare come una gigantesca mistificazione, un falso ideologico, la bufala del secolo!

Ci sono molti modi, per un uomo, di affermare il proprio potere su una donna e il sesso dolce può essere più insinuante, subdolo e pericoloso delle manette e delle torture fisiche, ecco la verità!

Non è possibile! Ieri sera, prima di uscire, avevo archiviato e cancellato tutti i messaggi di posta elettronica, liberando la mia casella. E ora ce ne sono di nuovo cinquecento? Non credo di poter passare la vita a rispondere ai messaggi di posta, devo anche *lavorare*.

Ops! Dimenticavo che rispondere ai miei lettori è *il mio lavoro*. Ma se continua ad arrivarmi questo flusso inarrestabile di posta dovrò chiedere a Colette di affiancarmi qualcuno.

È incredibile come, in un paio di mesi soltanto, la

mia vita sia completamente cambiata in meglio. Da giornalista imbrattacarte di una rivista di gossip di bassa lega, sono diventata l'opinionista di una rubrica molto seguita sia nella versione cartacea che sulla pagina online. Tanto che Colette ha in mente di chiudere definitivamente la rivista tradizionale implementando quella sul web. Pare abbia già firmato dei buoni contratti con delle agenzie pubblicitarie.

E tutto grazie alla sottoscritta!

L'articolo dal titolo *A qualcuno piace dolce* ha fatto schizzare le vendite di «Manhattan Rumors», ancora più del numero dedicato a Josh Walker, ma i dati più significativi riguardano gli accessi alla pagina online e la valanga di email inviate dai lettori e, soprattutto, dalle lettrici. Di conseguenza Colette mi ha affidato una rubrica dal titolo *A qualcuno piace dolce*, una specie di posta del cuore dove rispondo alle email, fornisco opinioni sul sesso dolce e consolo cuori infranti.

Tutti tranne che il mio, ma questa è un'altra storia...

Comunque, ora ho un ufficio personale; è soltanto una stanzetta che un tempo era riservata alle scope, ma per me equivale a un attico sulla Quinta Strada. Colette mi ha fatto una sorpresa proprio il giorno del mio compleanno: l'11 febbraio scorso. Mi ha invitato a seguirla lungo il corridoio, ha aperto la porta e ha esclamato: «Ta... da...! So che non è granché, ma per il momento era l'unico spazio disponibile». Sulla scrivania c'era un bellissimo mazzo di rose rosa che, per un attimo, mi sono illusa fossero state mandate da Robin. Ho letto il bigliettino di auguri con tutte le firme dei dipendenti e mi sono commossa. L'ho abbracciata e ringraziata.

Compivo trentatré anni e mi sembrava ne fosse trascorso non più di uno da quando ne avevo compiuti ventitré. Possibile che il tempo passasse così veloce? Iniziai a fare un bilancio di quei dieci anni, per poi accorgermi che non ero tipo da bilanci. Guardare indietro, alla mia vita sentimentale, mi suscitava un sentimento di malinconia misto ad angoscia. Non era meglio concentrarsi sul presente e il prossimo futuro invece che rinvangare il passato? In fondo ero ancora una *giovane* donna con tutta la vita davanti, no?

Non che pensare all'imminente San Valentino mi facesse sentire meglio...

L'avrei passato da sola, come sempre da quando mi ero lasciata con Mark. Da un paio d'anni a questa parte Maggie e io restavamo in casa a brindare alla nostra *singletudine*, convincendoci che andasse bene così, che avevamo bisogno di un uomo come il pesce di una bicicletta. Le solite stronzate femministe, una patetica rielaborazione della parabola della volpe e l'uva! Temevo, nonostante Maggie mi avesse fatto capire che con Robin era finita, un ritorno di fiamma fra loro due, proprio in occasione del 14 febbraio.

Come ho già detto, ero in completa paranoia! Tanto più che dall'inizio del nuovo anno Robin non si era fatto più vedere in redazione. Per quanto ne sapevo, poteva anche non essere più a New York. In quei due mesi avevo resistito alla tentazione di passare per caso davanti al suo loft e, trascorsi i primi, terribili giorni, cominciavo a farmi una ragione di tutta quella storia, cercando di dimenticarlo.

La sera, quando tornai a casa, Maggie e Phil mi consegnarono un regalo acquistato in comune: una stupenda borsa di Louis Vuitton. Alle otto arrivarono i miei genitori con un grosso pacco infiocchettato che conteneva il trolley coordinato. Poi ce ne andammo tutti a cena da Mamma Melina, un ottimo ristorante italiano, dove mi svenai per pagare il conto.

Ma ne era valsa la pena.

Eravamo un bel gruppetto affiatato sebbene l'imbarazzo dei miei genitori per gli argomenti che avevo trattato nei miei articoli fosse palpabile. Nonostante fossero orgogliosi della loro figlia, non erano il tipo di persone che parlano con disinvoltura di omosessualità e sesso. Hard o dolce, non fa molta differenza.

Credo avessero paura che il mio improvviso successo fosse un fuoco di paglia destinato a bruciare in fretta, lasciandomi solo un mucchietto di cenere. E si rendevano conto che raccogliere quella cenere e ricominciare daccapo sarebbe stato, per me, piuttosto difficile.

Ancora una volta fu Phil, l'uomo capace di rendere interessante l'argomento più banale, a farli sentire a proprio agio. Capii che si stavano affezionando a lui quando papà gli propose un trattamento di igiene dentale con sbiancamento gratuito e la mamma gli promise che avrebbe cucinato per lui le sue famose lasagne.

L'affetto che provavano per Maggie era un sentimento di vecchia data, rafforzatosi da quando vivevo con lei. Per i miei genitori la mia amica era molto più assennata di me ed erano convinti che mi proteggesse dalle insidie della tentacolare Manhattan. Se solo avessero saputo che Maggie e io, all'apparenza due brave ragazze, eravamo due arpie capaci di mentire, tradire e sfoderare gli artigli per catturare la stessa preda... Be', a meno che non ci fossimo ubriacate al punto di perdere la ragione, non lo avrebbero mai scoperto.

Usciti dal ristorante ci imbarcammo in due taxi diversi. Maggie, Phil e io diretti a casa, i miei nel Queens.

«Allora, ragazze, ho un programma per San Valentino», esordì Phil mentre la macchina si immetteva nel traffico serale. Era seduto in mezzo a noi sul sedile posteriore, perciò Maggie e io ci girammo contemporaneamente a guardarlo.

«Potremmo stare insieme, da me o da voi, ordinare qualcosa da mangiare e spararci tre commedie d'amore, le più romantiche e strappalacrime che riusciamo a trovare nel negozio di video. Dopodiché ci prendiamo una sbronza colossale, che ne dite?».

Stavo per rispondere che tutto sommato non era una cattiva idea, quando Maggie mi precedette: «Io passo, ho un impegno».

«Buon per te», replicò Phil, «qualcosa che dovremmo sapere?».

Io mi ero irrigidita sul sedile. Il fatto che non mi avesse accennato nulla poteva voler dire due cose: la prima che non mi considerava più la sua migliore amica, la seconda che aveva qualcosa da nascondere. In entrambi i casi mi sentii tradita.

«È ancora prematuro...», rispose lei tranquillamente, «ma se ci sarà qualcosa da sapere, sarete i primi...».

Non dimenticherò facilmente la sera di San Valentino del 2014, passata a casa di Phil a guardare *C'è posta per te*, *Insonnia d'amore* e *Quattro matrimoni e un funerale*. E a bere champagne di dubbia qualità finché non crollai sul divano, in un sonno pesante e senza sogni.

Sono le nove del mattino di una giornata serena e frizzante di fine febbraio, che fa venir voglia di uscire all'aria aperta, nonostante faccia ancora piuttosto freddo. Le cinquecento mail che mi aspettano sono meno allettanti di una passeggiata in Central Park, ma non mi posso e non devo lamentarmi. Inizio così a scorrerle selezionando quelle più significative.

Una certa Janice mi scrive:

Cara Amy,

innanzitutto volevo farti i miei complimenti per la tua rubrica. Il sesso dolce è davvero la nuova frontiera, come sostieni tu. Io e Brian, il mio ragazzo, ci stiamo provando e ci piace moltissimo. Lui è un ragazzo dolce e affettuoso, tanto che al college lo prendevano un po' in giro perché non era abbastanza macho, non eccelleva negli sport ed era timido con le ragazze. Quando l'ho conosciuto era complessato, convinto che nessuna donna lo avrebbe mai degnato di considerazione e che un animo poetico come il suo fosse una pecca da tenere ben nascosta per evitare di essere deriso.

Io però non sono mai stata attratta dai tipi tutti muscoli e arroganza, e Brian mi era piaciuto subito. Devo dire però che nei primi tempi il sesso con lui non era esaltante. I suoi approcci erano piuttosto impacciati e i suoi tentativi di imitare l'uomo forte e sicuro di sé risultavano patetici.

Quando gli ho fatto leggere il tuo articolo né è rimasto piacevolmente sorpreso. Mi ha detto: nessuno ha mai pensato di istruire gli uomini in questo senso. Dovrebbero aprire delle scuole dove insegnano a fare l'amore. Noi maschietti spesso brancoliamo nel buio e ci affidiamo ai racconti degli amici più navigati di noi oppure alle riviste pornografiche.

Alla fine, cara Amy, credo che il sesso dolce sia l'uovo di Colombo, sono convinta che esistano uomini capaci di praticarlo, ma sono altrettanto sicura che la maggior parte, nel timore di veder messa in discussione la propria virilità, si rifiuti anche solo di sentirne parlare.

Grazie per la tua rubrica, sono sicura che la tua opera di sensibilizzazione sia molto utile per educare i maschi a un maggior rispetto nei confronti delle donne. Continua così.

A volte le lettrici mi offrono spunti molto stimolanti per la mia rubrica. Risponderò a Janice ponendo l'accento non tanto sul rispetto – che come donne ci spetta di diritto – quanto sulla mentalità maschilista dominante che affonda le sue radici in duemila anni di storia. Spetta a noi, mogli, sorelle e madri, l'arduo compito di cambiarla educando mariti, fratelli e figli a essere rispettosi e collaborativi!

Giovani donne, è giunta l'ora di liberarsi del cliché della Barbie vestita Versace che sogna il Principe azzurro sotto le mentite spoglie di un sadico con manette e frusta!

Aprire una scuola di educazione sessuale è un'iniziativa rivoluzionaria, potrei fondarla io, avvalendomi di sessuologi, psicologi e... Robin. Ah!, lui sarebbe l'insegnante ideale, *l'uomo che sussurra alle donne* e che elargisce sesso dolce a piene mani, un patrimonio dell'universo femminile che andrebbe condiviso!

Sarà bene che non mi lasci prendere troppo la mano. Oltretutto il femminismo è passato di moda come i pantaloni a zampa e i gilet con le frange degli anni Settanta.

A volte mi chiedo se Robin sia al corrente della mia rubrica. Difficile che non lo sappia dal momento che ne parlano tutti, e diventerà un caso nazionale quando parteciperò al nuovo talk show condotto da Mellie Osborne che dicono sia la nuova Oprah. La data non è ancora stata fissata, ma io sono già superelettrizzata.

Ieri sera Phil discuteva con Maggie del mio look che dovrà essere raffinato e allo stesso tempo sexy! Io li lasciavo fare, erano così divertenti! Del resto il mio amico è talmente depresso per la fine della sua relazione con Malcom che ogni occasione è buona per aiutarlo a distrarsi. Phil fa tappa ogni sera a casa nostra, con una busta di D'Agostino contenente la cena e vari snack per il dopocena, quando lui e io sprofondiamo sul divano a guardare la tele oppure un film in DVD. Maggie non si unisce sempre a noi, talvolta esce senza fornire troppe spiegazioni, scatenando la fantasia di Phil e i miei sospetti.

Ieri sera mentre guardavamo *NCIS*, Phil ha osservato: «A parte il lavoro, siamo come due vecchietti che dopo cena non hanno niente di meglio da fare che guardare la TV».

«Io sono troppo sotto pressione in questo periodo», ho replicato, «la sera sono davvero stanca...».

«Secondo te Maggie si vede con qualcuno?», mi ha domandato.

È stato difficile, per me, ammettere che non ne sapevo nulla.

«Non capisco il motivo di tanto mistero, magari è un uomo sposato, oppure...», ha ripreso lui.

«Non lo so e non m'importa», l'ho interrotto, seccata.

«Ci vuole tempo, baby», ha detto cercando di consolarmi, «vedrai che le passa... ma io mi auguro che passi anche a te, mi mancate voi due, vorrei che tornaste a essere come prima».

Lo avrei desiderato tanto anch'io, ma la vita non era una commedia rosa, dove azionando il telecomando si potevano saltare le scene più tristi e il lieto fine era assicurato. In quel momento la mia esistenza era come un lungo inverno grigio senza calore né dolcezza. Ma presto sarebbe arrivata la primavera e con la primavera, come sosteneva Phil, malizioso, gli uccelli migravano e si preparavano il nido. E noi due saremmo stati pronti ad accoglierli.

La primavera, a New York, è un'esperienza mistica. Quale città al mondo ti offre un'esplosione di verde e di colori pastello tra i grattacieli che si innalzano in un cielo insolitamente blu? Rimanere in casa è impossibile, perché arriva il momento in cui il richiamo ad uscire all'aria aperta è più forte di qualsiasi altra cosa.

I rapporti fra me e Maggie si sono stabilizzati in una convivenza accettabile ma formale. Ci trattiamo con riguardo, stando bene attente a non invadere i reciproci spazi. E per spazio non intendo solo il nostro appartamento, ma la cosiddetta "zona Robin", come se si trattasse di un buco nero pronto a inghiottirci. Per fortuna, il mio recente successo ci offre molti spunti per conversazioni amabili e interessanti.

Come sostiene Phil, devo dare tempo al tempo e perciò voglio credere che una mattina ci sveglieremo, ci guarderemo negli occhi e torneremo a essere le grandi amiche di prima. Mi auguro anche di guarire dalla crisi di ipoglicemia in cui sono precipitata e che cerco costantemente di curare con overdose di cioccolato, muffin, ciambelle e... pancake! Ho già preso un paio di chili e una taglia in più, ma la voglia di dolce anziché diminuire aumenta. E allora mi lascio andare ai sogni più impossibili. Ad esempio che Robin mi veda in trasmissione, che sia fiero di me, e che provi un po' di nostalgia per i momenti da coma diabetico passati insieme.

Ma se anche confessasse di amarmi, non credo che riuscirei a fidarmi completamente. Un uomo dagli appetiti insaziabili come lui, che per giunta si vanta di essere un esperto nel sussurrare alle donne, non si accontenterebbe di intingere il suo biscotto nella solita marmellata. E io non potrei dividerlo con nessun'altra. Senza contare che ha fatto sesso con la mia migliore amica!

Potrei sempre convincerlo a farsi curare e... Il *bip* del

mio cellulare mi avverte che ho ricevuto un messaggio. Spero solo che le mie lettrici non siano riuscite a scoprire il mio numero e che non mi subissino di SMS.

Per poco non mi cade il telefono di mano quando vedo il nome sul display. Robin?

Scorro il messaggio con le dita che mi tremano: "Ciao, complimenti per la tua rubrica, la seguo con molta attenzione. R."

Appoggio la schiena sulla poltrona continuando a fissare il messaggio.

Devo rispondere? Oppure è meglio ignorarlo? Le celebrità non rispondono a tutti i messaggi che ricevono, no? Inoltre dispongono di più di un telefono e il numero privato è top secret! Dovrò andare al più presto alla compagnia telefonica a richiedere un nuovo numero.

Ma a chi la racconto? Le mie dita stanno già digitando la risposta.

"Quando l'allieva supera il maestro…".

Ecco fatto, inviato.

Che velocità, mi ha già risposto.

"Questo è ancora da vedere…".

"Lo vedrai presto!".

Ma che sto facendo? Scambio SMS con Robin come se fossi una ragazzina del liceo?

"Non vedo l'ora!".

Bastardo, che cosa crede? Che mi precipiti da lui senza mutande? Eh no, bello mio, non t'illudere. È finita, FINITA. Ti sei portato a letto la mia migliore amica, non esiste niente di più spregevole, ignobile e indegno! Sei un farabutto e non vali niente! Questo non lo scrivo, ma spengo il cellulare.

E non appena esco dall'ufficio, cambio numero.

I messaggi di Robin hanno riportato in superficie tutta la mia rabbia repressa. Gliela farò vedere io, eccome! Mi troverò al più presto un rimpiazzo, un uomo capace di praticare il sesso dolce, non sarà così impossibile no?

Certo, se continuo a passare le mie giornate in redazione, non ho molte possibilità di incontrare qualcuno. Devo architettare una strategia, rimugino mentre, verso le sette, dopo aver acquistato l'ultimissimo modello di iPhone con un numero tutto nuovo, infilo la chiave nella toppa.

«Ciao Amy», mi saluta Phil, «Maggie e io andiamo su da me a guardare *Dark Hollow*, un horror soprannaturale, ti unisci a noi?»

«No, grazie», replico. Loro due vanno pazzi per i film dell'orrore, io preferisco guardarmi l'ennesima replica di *Friends*.

Ma dopo tre episodi e altrettante barrette di cioccolato, mi prende lo sconforto. Nella confezione ne rimangono ancora due e la tentazione di farle fuori è grande. Non riesco a capire perché sono tanto inquieta, anche se ho un sospetto: mi è bastato quel contatto virtuale con Robin per mettere in moto vecchie e mai dimenticate dinamiche che hanno risvegliato i miei desideri sopiti. Inspiro ed espiro un paio di volte per calmarmi, ripetendomi: ho il perfetto controllo della mia mente e del mio corpo e non sono eccitata.

Ma non funziona granché.

Mi alzo dal divano, prendo la busta del negozio di elettronica in cui ho acquistato il telefonino e tiro fuori la confezione di batterie al litio che in un momento di previdente intuizione ho acquistato.

Riesumo da sotto il mio letto il povero Mr Rabbit, che, dopotutto, non avevo avuto il coraggio di buttare. Come se non avessi mai fatto altro in vita mia, sostituisco le batterie, prendo il gel lubrificante dall'armadietto del bagno, chiudo a chiave la porta (non si sa mai), apro il getto della doccia regolando la temperatura, salgo sul piatto e aziono il pulsante. Mr Rabbit ronza e vibra nella mia mano, quasi in sordina. Allontano dalla mente la visione di Mr Rob, vivo e pulsante, cercando di restituire a questo povero clone un po' di dignità. In fondo lui fa il proprio dovere, senza pretese ma anche senza défaillance. Non che Robin durante il sesso avesse perso qualche colpo, lui... be' lui era come un motore perfettamente oliato e funzionante. Un meccanismo fatto di carne, sangue e... dolcezza. Lo percepivo dalla sua pelle leggermente sudata, dal battito del suo cuore, dalle parole che mi sussurrava (al solo ripensarci mi sento arrossire), dai suoi sospiri e dal contatto con il suo corpo caldo e fremente.

Le vibrazioni di Mr Rabbit dentro di me sono tutt'altra cosa, ma comunque la sensazione è piacevole, mi sto eccitando e... al diavolo Mr Rob, non ho bisogno di lui.

Nel momento clou comincio a sentir vorticare nella

mia mente le parole di Robin: «I vibratori sono un surrogato pericoloso del pene perché generano dipendenza». Mi viene da ridere perché, nel raggiungere l'orgasmo, mi rendo conto che la mia dipendenza non ha e non avrà mai nulla a che fare con il povero Mr Rabbit, ma solo con Robin, l'unico uomo che mi abbia fatto conoscere tutte le splendide sfumature del sesso.

Ed è così che passo dal riso al pianto, e prometto a me stessa che non lo userò mai più.

CAPITOLO 18

«Allora vieni a casa per il weekend?», mi domanda Maggie affacciandosi alla porta del mio ufficio. È il venerdì di una settimana piuttosto lunga e impegnativa, e non vedo l'ora di staccare. Tornare a casa e farmi un po' coccolare da mia madre mi sembra, in questo momento, un programma abbastanza allettante. Inoltre spero che l'ambiente della nostra infanzia aiuti Maggie e me a ritrovare la perduta intesa. Staremo alzate fino tardi, dormiremo nella stanza dell'una o dell'altra, lei mi racconterà del suo nuovo amore e chiacchiereremo finché i nostri occhi non si chiuderanno...

«Sì, puoi contarci», rispondo.

Maggie si siede di fronte alla mia scrivania e mi ragguaglia sugli ultimi sviluppi della rivista online che dovrebbe partire nella nuova veste il prossimo mese.

La mia amica stamattina è radiosa. Porta i capelli sciolti sulle spalle e indossa una camicetta di seta impalpabile che dà risalto ai suoi occhi, più grandi e brillanti del solito. È un buon segno, significa che si è davvero lasciata l'avventura con Robin alle spalle e non me lo ha detto solo perché pensa che io ne sia innamorata. E mi auguro che l'uomo misterioso con cui si vede – perché ormai i segni che si incontra con qualcuno sono piuttosto evidenti –, non sia una specie di chiodo scaccia chiodo. Tom ed Erin sono di nuovo insieme e stanno vivendo un nuovo capitolo del loro amore, piuttosto bollente. Maggie mi ha riferito che Erin si è confidata con lei dicendo: «Se solo l'avessi saputo, l'avrei buttato fuori di casa molto prima. Non ho mai fatto l'amore con tuo padre in questo modo...».

«Le ho intimato di piantarla», ha continuato. «Che cosa ho fatto di male per essere ragguagliata sulla vita sessuale dei miei genitori?».

Sono stata sul punto di chiederle delle sue uscite misteriose, ma alla fine mi è mancato il coraggio. Credo debba partire da lei, se e quando sarà pronta.

Come prevedevo, mia madre mi ha accolto come il figliol prodigo, dal momento che il successo della mia rubrica è di dominio pubblico e si sta consolidando. Mancavano solo gli striscioni di benvenuto e il tacchino che non ho potuto gustare da loro il giorno del Ringraziamento. «Ho fatto leggere la tua rubrica a tutte le mie amiche. Erano molto colpite», ha affermato, trasudando orgoglio. Non si capacitava che presto la rivista sarebbe uscita solo online; a ogni modo si è iscritta allo stesso corso di computer frequentato da Erin per restare al passo con i tempi e continuare a leggere i miei articoli. Pare che mio padre si sia risentito perché la mamma si è sempre rifiutata di imparare a usare il computer dell'ambulatorio, costringendolo ad arrangiarsi da solo. Mi ricordo che mia madre aveva una vera avversione per la tecnologia, telefonini compresi – secondo lei sono un mezzo che consente all'Intelligence di spiare i cittadini –, e questa sua inversione di tendenza è la misura di quanto sia fiera di sua figlia. Anche stavolta si è guardata bene dal proferire parola sul sesso dolce e le conseguenti implicazioni, cosa di cui le sono molto grata!

Quanto a mio padre, mi è sembrato piuttosto a disagio durante il pranzo, dato che continuava a evitare il mio sguardo. Non deve essere piacevole pensare alla propria figlia mentre si fa un'overdose di sesso dolce. L'immaginazione può essere più terribile della realtà, ma in ogni caso è preferibile un'overdose di sesso piuttosto che di eroina, giusto?

A trentatré anni non ho nessuna intenzione di sentirmi in colpa nei confronti dei miei genitori perché ho una vita sessuale piena e soddisfacente.

Ma che cosa sto dicendo? *Avevo* una vita sessuale piena e soddisfacente.

Comunque mia madre non può continuare a ingozzarmi a pranzo e anche a cena. Ho mangiato come un'oca all'ingrasso e adesso mi presenta una fetta di cheesecake, il mio dolce preferito.

«Ho già preso qualche chilo, mamma. Devo stare attenta», protesto.

«Sciocchezze, stai benissimo, vero Sam?».

Sbaglio o mio padre sta arrossendo?

«Siamo noi donne a essere fissate con la linea e la moda, ma credi a tua madre, agli uomini piace un po' di carne intorno all'osso». Scoppia in una fragorosa risata mentre mio padre si alza per sparecchiare.

Qualche minuto dopo sono a casa di Maggie. Erin mi saluta affettuosamente e si congratula con me dicendo che aveva sempre saputo che un giorno avrei fatto qualcosa di eclatante. Dalla mise, un tubino nero piuttosto scollato e scarpe con il tacco, deduco che stia per uscire. E infatti, ecco che compare Tom, che mi stringe calorosamente la mano.

Noto che rispetto all'ultima volta che ci siamo incontrati la sua calvizie è avanzata sino alla sommità della testa, e che le basette, più folte e lunghe, la fanno sembrare ancora più estesa. In compenso mi sembra leggermente più snello, anche grazie alla giacca scura di buona fattura.

«Abbiamo prenotato al Longue», m'informa sottovoce Erin. Caspita! È uno dei migliori locali del Queens.

«Faremo molto tardi, non aspettarci», si raccomanda Erin.

«Ti rendi conto?», dice la mia amica non appena i suoi genitori sono usciti, «pare che abbiano scoperto quanto sia eccitante fare l'amore in un motel fingendo di essere amanti».

«Stanno vivendo una nuova fase della loro vita, è positivo, no?», osservo.

Maggie scuote la testa, non molto convinta. «Ma non si rendono conto di essere ridicoli?».

Forse, se al posto di Erin e Tom ci fossero mio padre e mia madre, la penserei allo stesso modo. «No, sono teneri...», affermo.

Ci siamo appena sdraiate sul letto di Maggie munite

di una bottiglia di vino e di noccioline pralinate (diventerò una balena), quando le squilla il cellulare.

Nel rispondere si alza e va verso la finestra sussurrando piano.

La mia curiosità è alle stelle, specie quando la vedo assumere un'espressione imbambolata arrotolandosi una ciocca di capelli fra le dita. «Sì, va bene», conclude chiudendo la comunicazione, «a domani».

La fisso con aria interrogativa. Lei si lascia cadere sul letto accanto a me e dice: «Si chiama Greg ed è lo psicologo di mia madre».

«Ma va? Racconta».

Si sono conosciuti quando Maggie accompagnava Erin alle sedute di psicoterapia. Come da prassi, Greg aveva voluto sentire anche lei per farsi un'idea dell'ambito familiare in cui viveva sua madre. E siccome da cosa nasce cosa, era andata a finire che Maggie gli aveva raccontato tutto di sé, compresa la sua avventura con Robin.

«Non ci crederai, ma Greg è un sostenitore del sesso dolce. Secondo lui è la scoperta dell'acqua calda e ha ridimensionato molto il fenomeno "Robin". Tuttavia ha osservato che negli ultimi tempi c'è stato davvero un ritorno del sesso violento, forse per contrastare il potere delle donne che sono ormai multitasking, non hanno più bisogno degli uomini e, anzi, li spaventano con i loro atteggiamenti da virago».

«Be', sì, è possibile», commento. «Ma l'avete fatto? Com'è stato?».

Maggie si lascia andare a un sorriso mentre i suoi occhi scintillano. «Sublime».

«Wow, sono molto contenta per te. È una storia seria?»

«Lo spero tanto».

Sgranocchio una pralina pensando che io non sarò mai così fortunata da incontrare un uomo sessualmente all'altezza di Robin, che si innamori davvero di me e non guardi le altre, ma soprattutto non mi tradisca con la mia migliore amica.

«Devo confessarti una cosa...», riprende Maggie. «Il primo dell'anno, quando ti ho chiamato per avvertirti che ero bloccata dalla neve, Robin mi ha chiesto come stavi, sembrava preoccupato per te».

«Figurati, si è solo comportato in maniera educata», ribatto mentre il cuore mi fa un salto nel petto.

Lei mi lancia uno sguardo in tralice, puoi scuote la testa. «Non ti invidio per esserti innamorata di un tipo simile, ma secondo me lui prova qualcosa per te e se ci tieni a lui, be' cerca di riprendertelo».

«Come se fosse facile accalappiare un tipo del genere. È vero che stava conducendo una ricerca sociologica, ma è evidente che giocava in un campo, quello della seduzione, molto favorevole per lui. Non gli sarà sembrato vero di poter unire l'utile al dilettevole per una buona causa. Con questi presupposti non mi sembra proprio tipo da impegnarsi in una relazione seria. Che razza di vita sarebbe la mia? Sempre a sospettare e a guardarmi costantemente alle spalle».

«Ho detto forse che sia facile?», sorride lei.

«Come mai ti sei decisa a dirmelo solo ora?», le domando.

«Perché mi sono innamorata di Greg, perché nonostante i miei genitori mi sembrino due vecchi ridicoli, penso che l'amore, alla fine, sia una cosa meravigliosa per cui valga la pena di lottare».

Maggie sta vivendo la magia dell'innamoramento, ogni incontro è una scoperta emozionante, si sente leggera, entusiasta e positiva. Vede in Greg solo i pregi e non i difetti.

Purtroppo la realtà è ben diversa, specie quando hai a che fare con un bastardo come Robin.

«Grazie, Maggie», le dico prendendole la mano, «amiche?».

Lei sorride e risponde, senza la minima esitazione: «Amiche».

Oggi, non appena apro la posta elettronica, mi compare il messaggio di casella piena. È successo quello che temevo. Le email che ricevo sono talmente numerose che non riesco a gestirle.

Sono tentata di cancellarle tutte, ma è solo un'ipotesi sulla quale mi piace indugiare ogni volta che apro il mio account. Non ci sono scappatoie, dovrò controllarle una per una. Per fortuna ho affinato la mia tecnica, riesco a leggere velocemente gli oggetti e a individuare quelle degne di attenzione.

"Ma che cosa vuole questo?", mi chiedo nel leggere l'oggetto: "Possiamo incontrarci? Ti devo parlare".

Manca solo il maniaco che comincia a perseguitarmi! Evidenzio l'oggetto e sto per eliminare il messaggio quando, all'ultimo momento, qualcosa mi blocca. Non succede nulla se lo leggo, no? Anche se il mittente, un certo RHood@hotmail.com ha chiesto la conferma di lettura.

Ciao,
il tuo numero non è più raggiungibile e, a meno di non venire in redazione o chiedere il tuo indirizzo a Colette, non so come altro contattarti. Ho bisogno di incontrarti, facciamo stasera alle sette a Washington Square Park? Robin

Resto a fissare l'email, leggo e rileggo il messaggio, finché le lettere non si confondono davanti agli occhi. Il cuore batte all'impazzata e ho la bocca secca.

E ora che faccio? Vado o non vado? Un momento, ho dimenticato di guardare la data del messaggio, magari l'ha inviato ieri e io non l'ho visto. No, la data è di oggi, l'ha spedito un'ora fa.

Robin Hood, ma che bel nickname, peccato che lui dell'eroe che toglieva ai ricchi per dare ai poveri non abbia nemmeno il dito mignolo! Anche se, a ben pensarci, Mr Rob è un organo piuttosto generoso, in grado di soddisfare gli appetiti più esigenti delle donne...

Probabilmente si aspetta una risposta, che in ogni caso non gli darò subito. Ho bisogno di pensare, ne parlerò con Maggie e magari anche con Phil. Non voglio ripetere gli errori del passato. Un paio di opinioni spassionate non potranno che essermi utili per decidere se presentarmi o meno all'appuntamento.

Nonostante il chiodo fisso che mi ha martellato il cervello durante la giornata, ho letto, risposto e archiviato tutte le email. Non è stato semplice mantenere la lucidità e mi auguro solo di non aver scritto qualche fesseria.

Alle sei, finalmente a casa, chiamo a raccolta i miei amici e li metto al corrente degli ultimi sviluppi.

«Secondo me, devi andare», dichiara Maggie agitando lo shaker in cui ha versato gli ingredienti per il Daiquiri. «Può darsi che lui abbia le migliori intenzioni, ma ti consiglio di non crearti troppe aspettative. In ogni caso la vostra situazione va chiarita, in un modo o nell'altro».

«Sono d'accordo», conferma Phil, prendendo il lime dal frigo per ornare i bicchieri con qualche fetta, «sempre se sei ancora interessata a lui...».

«Certo che le interessa, non vedi quanto è agitata?», ribatte Maggie come se io non fossi presente.

E io che credevo di essere riuscita a nascondere il mio nervosismo!

Phil mi si avvicina e mi prende il polso: «Cavolo, centoventi battiti al minuto... vuoi che faccia venire un'ambulanza a bordo campo?»

«Tu hai sbagliato mestiere, dovevi fare il paramedico o il medico», osservo.

«Ieri ho quasi salvato la vita al mio fiscalista», continua Phil tagliando abilmente le fettine di lime e disponendole sui calici. Maggie versa il cocktail e tutti e tre ci sediamo intorno al tavolo.

«Davvero?», chiede Maggie.

«Stava facendo la cyclette quando, all'improvviso è diventato pallidissimo ed è riuscito appena a mormorare: "Mi sento male", prima di cadere. Per sua fortuna ero lì accanto e l'ho afferrato in tempo. L'ho aiutato a scendere, l'ho disteso a terra e gli ho sollevato le gambe. Dopo qualche minuto si è ripreso».

«Sei stato bravo… io mi sarei spaventata da morire e avrei chiamato subito un'ambulanza», commento.

«Ho fatto un corso obbligatorio, non puoi gestire una palestra se non conosci le tecniche di primo soccorso. Comunque ho capito subito che aveva avuto una congestione. Infatti, aveva bevuto dell'acqua ghiacciata. I sintomi erano così evidenti… Quando si è ripreso abbiamo cominciato a chiacchierare e ho avvertito delle vibrazioni. Finora lui e io avevamo parlato solo di argomenti noiosi e non lo avevo mai considerato niente di più che il mio fiscalista. Ma ho scoperto che Larry è un uomo interessante, per non parlare del suo fisico in pantaloncini cui prima non avevo fatto caso. Usciamo stasera».

«Ma è fantastico!», commenta Maggie, «io ho appuntamento con Greg alle otto».

«Viene qui?», s'informa Phil.

«Sì, passa a prendermi».

«Bene», si sfrega le mani lui, entusiasta, «il mio appuntamento è alle otto e mezza, così me lo presenti».

"Ehi, ci sono anch'io!", mi viene voglia di gridare mentre loro continuano a parlare della serata.

Guardo l'orologio, sono le sei e mezza. D'accordo, per raggiungere Washington Square Park ci vogliono solo cinque minuti, ma non so ancora cosa mettermi e... trangugio il mio Daiquiri per farmi coraggio. Anche se i miei amici sembrano essersi dimenticati di me, poco fa mi hanno dato la loro benedizione.

Non datemi consigli, so sbagliare da sola!

Ad esempio, ho indossato un paio di jeans un po' troppo larghi perché quelli vecchi non mi vanno più. Sembra che abbia un sedere enorme. E dato che la T-shirt non riusciva a coprirmelo, ho infilato una giacca che un tempo mi piaceva, ma che ora non mi piace più. Non so che cosa avessi nella testa quando l'ho acquistata. Non era neppure in saldo!

Passando sotto l'arco di Washington Square Park cerco Robin con lo sguardo, pronta a chiamarlo sul cellulare qualora non riuscissi a individuarlo. Non mi ha precisato un punto esatto per il nostro incontro, tuttavia non siamo a Central Park e non dovrebbe essere difficile vederlo.

"Oddio no!". A un tratto mi ricordo che, impegnata com'ero a gestire le email delle lettrici, non ho risposto alla sua. Come ho potuto dimenticarmene? E se lui non venisse?

Tutto sommato sarebbe meglio, sono brutta e grassa ed è probabile che non gli piaccia più.

Cammino lungo il vialetto principale, guardandomi intorno. A quest'ora della sera c'è parecchio movimento. Mamme con bambini, coppie che camminano strette, padroni con i loro cani e gli abituali giocatori di scacchi seduti agli appositi tavolini...

Per poco non inciampo in una palla che mi rotola

fra i piedi. Alzo lo sguardo e vengo quasi travolta da un grosso cane che si fionda sulla palla.

«Mi scusi», dice un signore di mezza età richiamandolo.

«Di niente», sorrido osservando il cane che si allontana saltellando, con la palla in bocca.

In mezzo alla piazza un ragazzo con i capelli lunghi sta suonando la chitarra e intorno a lui si è formato un gruppetto di gente.

Ma non vedo Robin. Guardo l'orologio: le sette e dieci. È in ritardo.

Sono ormai sicura che non verrà quando sento una voce alle mie spalle, strascicata e inconfondibile. «Scusa il ritardo».

Mi volto e Robin è qui, davanti a me. Resto per un attimo interdetta e non solo perché lui, nonostante non gli abbia risposto, ha dato per certo che venissi. Ma anche perché non è l'uomo dei miei ricordi, ha qualcosa di diverso. Sì insomma è sempre lui, nonostante i capelli più lunghi, quasi arruffati, e il viso un po' più scarno. Indossa un giubbetto di cotone cachi e un paio di jeans davvero vissuti.

Ci sediamo su una panchina di fronte all'area per cani, dove alcuni barboncini si rincorrono felici.

«Grazie di essere venuta», esordisce fissandomi. I suoi occhi scuri brillano di una luce diversa, più dolce, che non ha niente a che fare con lo sguardo da predatore che mi rivolgeva quando voleva fare sesso. La stessa luce che avevano quel giorno sulla Statua della Libertà.

Scruto attentamente il suo viso, la piccola rete di rughe intorno agli occhi, le guance un po' scavate e la piega amara della sua bocca. È come se la patina che lo rendeva tanto attraente fosse stata rimossa portando alla luce la sua vera natura.

Davanti a me c'è un uomo in carne e ossa, piuttosto affascinante ma non così tanto da far girare ogni donna che passa. Sono io che lo vedo con occhi diversi oppure è lui che è cambiato?

«Perché mi fissi così?», mi chiede.

«Niente, è solo che... sei diverso da come ti ricordavo».

«Sono stanco... Ho ottenuto la cattedra all'università e non credevo fosse un lavoro tanto faticoso. Colette mi ha riferito di aver parlato con te e con Maggie, quindi sai che sono un...».

«Oh certo, sei il sociologo che ci ha osservate con la sua lente d'ingrandimento, evidenziando le debolezze di noi comuni mortali», lo interrompo.

«Mi dispiace, mi rendo conto di non essermi comportato bene nei tuoi confronti, ma...».

«Sei andato a letto con la mia migliore amica e probabilmente anche con il mio capo e con qualsiasi essere femminile della redazione purché respirasse», ribatto indignata. L'urgenza di dar sfogo al mio risentimento è più forte del timore di fare la figura dell'appiccicosa, della piagnona e di non so che altro.

Devo aver alzato la voce perché una coppietta di adolescenti si gira a guardarci.

«Calmati», dice Robin prendendomi le mani. «Capisco che tu possa essere arrabbiata ed è per questo che ho voluto incontrarti. Per raccontarti la mia versione dei fatti».

«Sentiamo», replico sarcastica. Sono proprio curiosa di sentire che cosa si inventerà.

«Stavo conducendo una ricerca intitolata *Sociologia del genere e delle differenze di genere*, che mi avrebbe fatto ottenere la cattedra alla Columbia. Ho sempre nutrito un forte interesse per le differenze psicologiche, culturali e sociali fra uomini e donne. E non mentivo quando ti ho detto che mi interessano molto le donne. "Manhattan Rumors", con i suoi bizzarri articoli sul sesso, era l'ambiente ideale per completare il mio lavoro. Così ho proposto a Colette, che avevo conosciuto tramite il marito, di farmi entrare nella redazione in incognito. Al di là di quello che veniva pubblicato e che avrei potuto apprendere leggendo semplicemente la rivista, mi interessavano le dinamiche interne, i rapporti fra i dipendenti che in qualche modo fossero stati costretti a parlare di sesso con un approccio totalmente fasullo».

«E così, sei arrivato tu, il dio del sesso, per farci capire dove sbagliavamo?», lo interrompo di nuovo.

«Se mi lasciassi finire... ora arriva la parte più difficile. Io sono sempre stato così, sin da ragazzino. Un maschio che attira le donne. Non so da che cosa dipenda, se dai miei geni – mio nonno, dicono, era un dongiovanni impenitente –, dai feromoni o da altro. Fatto sta che ho sempre avuto vita facile con le donne. Ho avuto la mia prima esperienza sessuale a tredici anni, con un'amica di mia madre. Sembra un cliché, ma ti giuro che è vero. All'inizio ero molto grato a queste donne per le attenzioni che mi dedicavano e anche in seguito, le ho sempre trattate con dolcezza e rispetto. Quando diventai un uomo, mi resi conto che cercavano in me ciò che i loro compagni o mariti non erano capaci di dare loro, mentre a me risultava così facile... Mi sono sempre reputato un privilegiato, ma non ne ho mai approfittato, devi credermi. Non ho mai illuso nessuna né fatto promesse che sapevo di non poter mantenere. Per molto tempo ho vissuto benissimo così, senza legami e senza farmi troppi problemi. Forse perché non mi ero mai innamorato».

Che cosa sta cercando di dirmi? Che non mi ha mai promesso nulla e che quindi non ha nessuna colpa?

«So a che cosa stai pensando, che sto solo cercando di giustificarmi per sembrare meno bastardo di quel che sono in realtà».

«Avresti dovuto fare lo psicologo, non il sociologo», ribatto.

Robin si passa una mano tra i capelli disordinati, con un gesto che non gli ho mai visto fare. Ma non è il momento di soffermarsi su questo suo nuovo aspetto da uomo vissuto che mi piace più del tipo leccato di prima.

«In questo periodo mi sono reso conto che tengo veramente a te...», continua.

«Davvero? Ed è per questo che sei andato a letto con la mia migliore amica? Perché tieni a me?», gli chiedo fulminandolo con lo sguardo.

Il ragazzo con la chitarra sta cantando *The answer my friend, is blowing in the wind, the answer is blowing in the wind.*

Lui, per la prima volta da quando ci conosciamo, abbassa gli occhi. Un gesto più significativo di tutte le sciocchezze che ha detto finora e che mi getta in un'improvvisa confusione.

«Non è stato facile, per me, ammetterlo. Era la prima volta che mi succedeva e sebbene, in un certo senso, ne fossi piacevolmente sorpreso, ero terrorizzato di sconvolgere la mia vita e di perdere la mia libertà. La vigilia di Natale, quando ti ho chiamato, avevo un disperato bisogno di vederti per dirti quello che sentivo, ma tu sei stata fredda con me, mi hai liquidato su due piedi e io mi sono detto che non era destino. Una parte di me resisteva tenacemente, non voleva cambiare. Perché lasciare la strada vecchia, nella quale mi sentivo sicuro e tutto sommato soddisfatto per andare incontro alle responsabilità e a qualcosa che non conosco? Perciò, quando mi si è presentata l'occasione con Maggie l'ho colta al volo. È stata l'ultima della serie, una ragazza straordinaria che mi ha fatto capire che dovevo darmi una regolata».

A questo punto sono davvero incuriosita, Maggie non mi ha parlato di questo particolare. «Ti ha fatto capire? E come?».

«Lei non ha detto né fatto nulla di particolare, è stato il suo modo di essere: semplice, diretta e passionale. Un po' come te, ma non eri tu. E in quel momento ho capito che mi mancavi moltissimo».

Uhm, questa è davvero carina, secondo me se l'era preparata!

«E che mi dici di Colette?», lo incalzo, dal momento che non intendo farmi abbindolare da quattro belle parole. «Vi ho sorpresi nella sua stanza alla festa di Halloween».

«Colette è una donna incredibile... Ci hai sorpresi?»

«Sì, avevo sbagliato stanza, vi ho sentito arrivare e mi sono nascosta in bagno».

«Non ti facevo così intraprendente». Sorride e sembra il Robin di sempre, quello che mi ha fatto perdere la testa. Non che il nuovo Robin non mi faccia alcun effetto, sia chiaro!

«Allora ti sarai accorta che non è successo nulla. Ci siamo andati vicino, questo sì, io ero molto attratto da lei. Credo ci sia parecchio da scoprire della sua personalità così complessa ed eccentrica, ma sono contento di non essere andato fino in fondo. È stato Henry a presentarci e anche se non siamo amici, sarebbe stata una vigliaccata. Colette, sotto la scorza di donna disinibita e irriverente, nasconde parecchie fragilità».

Mi accorgo che Robin mi sta ancora tenendo le mani fra le sue e ora sta avvicinando pericolosamente la sua bocca alla mia. Desidero che mi baci ma allo stesso tempo non voglio. Ho bisogno di metabolizzare quello che mi ha detto, oppure di qualche prova in più che mi faccia capire che posso fidarmi di lui.

«Io ti amo, Amy», sussurra con voce bassa e calda guardandomi negli occhi con quella luce che mi scioglie più di qualsiasi carezza, «e so che anche tu mi ami. Per me è arrivato il momento di dare un taglio al tipo di vita che ho condotto finora, insomma di costruire qualcosa di stabile e duraturo. Con te. Ti prometto che se mi dici di sì, io non guarderò più nessun'altra».

Il cuore mi balza in gola, prima ancora che la mia mente recepisca il significato delle sue parole. Parole che, nel profondo, ho desiderato ardentemente di sentirgli pronunciare. Tuttavia continuo a non fidarmi di lui e libero le mani dalla sua presa. Sul suo viso appare un'espressione di vulnerabilità che mi stupisce. Dov'è finita la sua sicurezza, l'arroganza con cui si prendeva quello che voleva? Il Robin che ora mi guarda con occhi leggermente velati e labbra piegate all'ingiù è un uomo vero, con le sue debolezze e insicurezze.

Come tutti noi.

«È troppo presto», mormoro, «ho bisogno di tempo».

«Capisco», replica lui, «ma non farmi aspettare troppo».

Ah-ah, lo sapevo che non era così cambiato come vuol far credere!

CAPITOLO 19

Cara Amy,

complimenti per la tua interessantissima rubrica, che seguo con molta attenzione. Le tue affermazioni sul sesso dolce e le lettere delle lettrici che lo hanno sperimentato hanno stimolato la mia curiosità e la fantasia, ma allo stesso tempo mi hanno demoralizzato: non è facile trovare un uomo che lo sappia praticare. Quando ho provato ad accennarlo al mio ultimo fidanzato, mi ha guardato come se stessi parlando una lingua aliena.

Ma ora, al corso di Sociologia che frequento alla Columbia, è arrivato un nuovo professore, molto sexy, con una voce che mi scioglie qualcosa dentro e mi fa credere che sia l'uomo che stavo cercando.

Secondo te dovrei farmi avanti o aspettare che sia lui a fare il primo passo?

Grazie in anticipo,

Amanda

Sto fissando allibita quest'email dalle nove di stamattina, quando ho aperto la posta elettronica.

Alle undici non sono ancora riuscita a farmene una ragione.

Il fatto che i miei amici siano felicemente in coppia non mi ha aiutato molto in queste ultime settimane.

Ovvero, mi ha esortato a emularli, a fantasticare su "come sarebbe se Robin e io stessimo insieme".

Quella sera, dopo aver lasciato Robin al parco ero tornata a casa, appena in tempo per salutare i rispettivi nuovi partner di Maggie e Phil, prima che uscissero per la serata. Avevo constatato con piacere che Larry era un uomo dell'età di Phil, elegante, educato e gentile.

E Greg... sembrava un boscaiolo appena trapiantato in città. Capelli lunghi fino alle spalle, camicia a quadri, jeans sdruciti e un sorriso abbacinante. Mi aveva teso una mano sorprendentemente morbida. Del resto era uno psicologo, non un taglialegna. Nel vederli insieme avevo pensato che la sacerdotessa druidica che era in Maggie avesse trovato l'uomo dei boschi, forte e concreto, con un che di mitologico.

«Sono molto felice di conoscere la migliore amica di Maggie», aveva detto allargandomi il cuore all'idea che Maggie gli avesse parlato di me in quei termini.

Quanto a me, ero sulla buona strada per superare completamente il passato e non vedevo l'ora di raccontarle quello che era successo al parco.

Sono trascorse tre settimane da quella sera e io continuo a prendere tempo. Giorno dopo giorno, ho sperato che Robin mi mandasse un'altra email oppure che si facesse vivo in qualche modo. Che mi corteggiasse, che mi inseguisse, che si inginocchiasse ai miei piedi.

D'accordo, pretendo troppo da un uomo che, se mi

ha detto la verità, nelle faccende di cuore è alle prime armi.

«Non so proprio che cosa tu voglia di più», è stato il commento di Phil quando, un paio di sere fa, mi sono sfogata con lui. Maggie ci ascoltava meditabonda e non aveva ancora espresso la sua opinione.

«Possibile che con tutta la sua esperienza non sappia come si corteggia una donna? Una volta, quando voleva fare sesso con me, mi aveva mandato una rosa...».

«Gli hai detto che ti serve del tempo», è intervenuta Maggie, «quindi non vuole forzarti».

«Dici?», ho replicato speranzosa.

«Certo, secondo me Robin aspetta che sia tu a cercarlo», ha confermato lei.

Phil ha annuito. «Nessuno può prevedere il futuro, dolcezza. A volte bisogna buttarsi e incrociare le dita. Meglio farsi male che struggersi per i rimpianti. Prendi me, non avrei mai pensato di innamorarmi di nuovo, dopo quello che mi aveva fatto Malcom. Di un fiscalista, poi. Ah, i pregiudizi! Invece Larry è un uomo brillante, dolce e affidabile. Pensate... non ha mai sbagliato una dichiarazione dei redditi. Se non è affidabile uno così...».

Ho evitato di fargli presente che nelle questioni di cuore la sua competenza di fiscalista c'entrava ben poco. Era così entusiasta, chi ero io per minare la sua felicità con commenti acidi?

«Tu pensi troppo», ha concluso Phil.

«Se lasci passare ancora del tempo corri il rischio

che lui si stanchi di aspettarti», gli ha dato corda Maggie.

Mi avevano convinto e proprio ora che avevo deciso di fidarmi di Robin, ecco che spunta questa qui. Una delle tante donne che gli cadono fra le braccia e che non smetteranno certo di farlo solo perché lui è innamorato di me. Non lo porta mica scritto in fronte, giusto? Potrei costringerlo a indossare una maglietta o un capellino con su scritto: "Sono impegnato, girate alla larga!"

Del resto, se la sua carica sensuale è tanto potente, non perderà vigore solo perché ama me. Oppure sì? Magari raggiungendo un buon equilibrio e una certa stabilità sentimentale, il suo viso e il suo corpo potrebbero trasmettere il segnale di "occupato".

Ma che ne posso sapere io? Dovrei fare un corso di Sessuologia e linguaggio del corpo.

Comunque, oggi avevo deciso di telefonargli, pensavo di farlo verso l'una, durante la pausa pranzo per non disturbarlo nel bel mezzo di una lezione, quand'ecco l'email di Amanda mi ha reso di nuovo insicura.

Ha ragione Phil, non devo pensare troppo. Quello che farò ora è rispondere alla lettera di Amanda, che sarà pubblicata sulla pagina online in tempo reale.

Cara Amanda,

mi chiedi se dovresti farti avanti con il tuo professore affascinante che, secondo te, ha tutte le caratteristiche per essere un uomo che pratica il sesso dolce.

Temo che la mia risposta non ti piacerà, ma vedi, io sono

una donna all'antica e credo che spetti sempre all'uomo fare il primo passo.

Il maschilismo ha tante facce: una di queste è la tendenza di una grossa fetta del genere femminile a scimmiottare l'uomo. Sia nella carriera sia nei rapporti con l'altro sesso. Questo comportamento non le trasforma in donne emancipate ma in una brutta copia del maschio. Ed è per tale motivo che molti uomini hanno adottato un'altra strategia, una variante del maschilismo che consiste nel passare dall'una all'altra con leggerezza, rifiutandosi di crescere e impegnarsi.

Pari opportunità non significa ripetere gli stessi errori degli uomini e poi pretendere che siano anche romantici. Pari opportunità vuol dire rispetto dei ruoli e di quei valori che, nonostante tutto, rimangono i capisaldi della nostra società.

Un abbraccio,

Amy

Rileggendo la lettera mi rendo conto che è un concentrato di moralismo e di proclami degno di un Grillo parlante. Ma più di ogni altra cosa è una lettera personale, scritta a mio uso e consumo. Ma dopotutto, che cosa avrei dovuto rispondere ad Amanda? Ti do la mia benedizione per sedurre il professore sexy che ha vent'anni più di te?

Clicco su invio e in un paio di secondi la mia risposta è online. Sono curiosa di leggere le reazioni, e non solo da parte di Amanda. L'aver consegnato alla rete il mio pensiero mi ha dato una nuova sicurezza. Sono pronta a buttarmi. Phil ha ragione: meglio rischiare di farsi male e patirne le conseguenze che vivere di rimpianti.

Il suono del telefono quasi mi spaventa. È troppo

presto per ricevere già dei commenti da parte delle colleghe, o peggio di Colette, che segue in maniera compulsiva la pagina online.

«Salve, sono Karen Stone, l'assistente di Mellie Osborne. Mellie si chiedeva se le andrebbe bene venire nei nostri studi domani mattina alle undici per quell'intervista...».

L'intervista! È passato così tanto tempo da quando me l'avevano proposta che non ci pensavo più.

«Certo», rispondo prontamente, «alle undici va benissimo».

«Perfetto, ci vediamo nella sede dell'ACB e... mi raccomando, niente trucco oppure un trucco leggero, ci pensiamo noi».

«Grazie Karen, a domani», la saluto.

Domani mattina sarò ospite di uno dei talk show più seguiti del Paese. In diretta! Le gambe già mi tremano e mi sudano le mani. Sarà meglio che mi dia una calmata, non vorrei arrivare là balbettando in preda a una crisi di panico.

«Fantastico!», cinguetta Colette non appena glielo comunico personalmente. «M'informo subito se possiamo trasmetterla in streaming dal nostro sito».

Maggie mi abbraccia: «Congratulazioni, ora invio un'email a tutta la redazione, ti seguiremo in diretta».

«Che bello!», commento con un filo di voce. Sarà l'esperienza più terrificante della mia vita, non sono mai stata in televisione e l'idea di parlare in diretta mi terrorizza.

«Ce la farai», mi rassicura Maggie, «sei più forte di quello che credi».

Quando torno nel mio ufficio mi lascio cadere sulla sedia pensando che dovrei prepararmi qualche appunto. Ma come faccio a prendere degli appunti se non so quali domande mi faranno? Chissà se mi permetteranno di leggere la scaletta, mi pare che la prassi sia questa.

A un tratto mi ricordo che mi ero ripromessa di chiamare Robin. Ma sono troppo agitata, rischio di non essere me stessa e di combinare qualche guaio. Una telefonata del genere richiede sangue freddo, mente lucida e cuore con battiti il più possibile regolari. Lo chiamerò domani, dopo lo show, lui non guarda mai la televisione per cui non c'è pericolo che assista all'intervista. In realtà sognavo che lui mi vedesse in trasmissione, credevo di essere pronta, di avere acquistato sicurezza e disinvoltura, ma ora mi accorgo che non è così. La sola idea che possa vedermi, mi fa venir voglia di telefonare a Karen e cancellare l'appuntamento.

«Il vestito corto di Donna Karan, con i sandali argentati», sentenzia Phil davanti al mio armadio aperto.

Phil e Maggie stanno discutendo del mio look da circa un'ora. Dopo aver tirato fuori tutto il mio guardaroba e averne scartato la maggior parte, si sono soffermati su due capi di genere completamente diverso. Conoscendoli, so che litigheranno a morte finché uno dei due non la spunterà. Il problema è che potrebbero andare avanti per delle ore e io non ho molto tempo, dato che sono quasi le dieci.

«No, fa troppo ragazza romantica e ingenua, meglio il completo di lino azzurro con un top sotto, è più donna in carriera, sexy quanto basta», interviene Maggie.

«Non deve aver paura della sua femminilità, ma metterla in mostra», ribatte Phil.

«Tu che ne pensi?», mi chiede Maggie.

«Mi provo il completo di lino», replico. In giacca e pantaloni mi sento più sicura di me che con un vestitino di chiffon, semitrasparente, che lascia scoperte le ginocchia, smanicato e scollato sul davanti.

Mi infilo nervosamente i pantaloni e mi accorgo che non riesco a chiudere la lampo. «Accidenti, sono davvero ingrassata, sembro una balena».

«Che ti dicevo? Per esaltare la tua femminilità meglio il vestito», sentenzia Phil.

«Fa' vedere?», dice Maggie venendomi vicino, «non me n'ero accorta, ma devi avere almeno una taglia in più».

È inutile che cerchi di nascondere la terribile realtà: sono grassa.

Giocoforza indosso il vestito che risulta un po' stretto all'altezza del seno. Fantastico, mi è pure aumentata la misura del petto. Diventerò come Colette!

«Aspetta...», mi dice Maggie con un paio di forbicine in mano. Che vuole fare, sgonfiarmi le tette come se fossero due palloncini? Con due sforbiciate scuce le due pence poste sotto il seno ed ecco che il tessuto non tira più. «Wow, è fantastico, grazie Maggie!».

Indosso i sandali luccicanti, un modello che non ho mai portato perché mi sembrava troppo pretenzioso – per non parlare dei tacchi vertiginosi dai quali cadrò di sicuro e mi fratturerò una caviglia – e mi guardo allo specchio. I capelli, appena lavati, sono lunghi e vaporosi, e mi fanno sembrare una "fatalona". Per non parlare del vestito che mi fa assomigliare più a una maggiorata degli anni Cinquanta che a Jennifer Aniston.

Domani devo assolutamente mettermi a dieta!

«Sei uno schianto», commenta Phil, «quando ti avranno truccata non avrai nulla da invidiare a una star del cinema».

«Sei bellissima», commenta Maggie, «farai un figurone».

Li ringrazio e inforco gli occhiali neri che mi coprono quasi tutto il viso. Ho seguito le indicazioni di Karen e non mi sono truccata. E poi ho sempre sognato di mettermi nelle mani di un abile professionista.

Sono pronta, non mi resta che abbracciare Phil e Maggie e chiamare il taxi.

Non appena scendo dal taxi, un'ondata di calore mi investe togliendomi il fiato. L'estate è ormai scoppiata, la gente se va in giro mezza nuda e sono tutti abbronzati. Non certo per il sole di Manhattan ma per quello delle Bahamas o della California.

La sede dell'ACB è sulla Broadway. Entro nell'elegante atrio, mi annuncio e qualche minuto dopo, Stacey, una ragazza con un piercing al naso, uno sul labbro inferiore e innumerevoli orecchini, mi trucca chiacchierando entusiasticamente del sesso dolce.

E io che pensavo fosse dedita al sadomaso…

Quando ha finito non mi riconosco. I miei occhi sono grandi e luminosi, gli zigomi più evidenti e le labbra, dipinte di un morbido rossetto rosa, turgide e sexy.

Entro nello studio con un certo batticuore ma con una nuova consapevolezza della mia femminilità.

Dopotutto non è detto che mi metterò a dieta!

Esco dalla sede dell'ACB due ore dopo, barcollando sui tacchi troppo alti, il vestito mi si appiccica addosso, le labbra sono arse e i capelli scarmigliati. Guardo il mio riflesso in una vetrina e per poco non urlo. Sembro una che ha appena preso un grosso spavento! Come mi è saltato in mente di parlare a ruota libera? E perché non mi hanno sottoposto una scaletta delle domande? Volevano mettermi in difficoltà?

Be', ci sono riusciti!

L'intervista era iniziata bene, Mellie era gentile e io avevo risposto puntualmente. Ma quando ha cominciato a farmi domande più incisive sul sesso dolce qualcosa ha fatto *clic* nella mia testa.

«Stando alla tua rubrica, tu hai praticato il sesso dolce», mi ha chiesto.

«Sì», ho risposto, cauta, con l'intenzione di non rivelare nient'altro.

E allora perché poi mi sono lasciata sfuggire che l'uomo con cui l'ho provato per la prima volta è un guru, il non plus ultra nel suo campo, e che è stata un'esperienza che mi ha segnato?

«Ne sei innamorata o solo ossessionata?», mi ha chiesto a quel punto Mellie. Se avessi risposto che ero ossessionata, avrei sbugiardato me stessa e le teorie sul sesso dolce che andavo proclamando. Non invasivo e psicologicamente violento come quello sadomaso, ma con risvolti altrettanto pesanti dal punto di vista emotivo. Non potevo, proprio non potevo vanificare tutto il lavoro fatto fino a quel momento, perciò ho detto: «Ne sono innamorata».

Mellie mi ha sorriso con compassione, nei suoi occhi ho letto la pietà, la tipica espressione di una donna navigata di fronte a una delle tante single newyorkesi innamorate, senza speranze, dell'ennesimo bastardo.

«Quindi ho ragione di credere che la risposta che hai dato ad Amanda sulla pagina online si riferisse alla tua storia personale? Immagino che un tipo come quello che mi hai appena descritto sia pieno di donne e che perciò non abbia molta voglia di impegnarsi».

È stato come se un uragano mi avesse sollevato da terra per poi sbattermi qua e là in una marea di fango, dove stavo per affogare.

«Be'... è piuttosto complicato», ho risposto avvampando.

«L'amore lo è sempre, cara», ha concluso Mellie. Quindi mi ha fatto i suoi migliori auguri per la rubrica, e subito dopo sono partiti i titoli di coda accompagnati da *Everybody Hurts*, un classico dei R.E.M. che parla di dolore e incita a combattere le sofferenze senza lasciarsi andare. Un pezzo così struggente che mi faceva piangere anche quando non ne avevo motivo.

Non doveva andare così, avrei dovuto chiamare Robin prima dell'intervista per dirgli che l'amavo e non dichiararlo davanti a migliaia di persone.

Spero solo che non abbia visto lo show, perché se l'ha visto potrebbe pensare che fossi in cerca di pubblicità, che mi sia servita di lui.

E adesso con che faccia mi ripresento in redazione? Già immagino gli sberleffi dei colleghi alle mie spalle, la soddisfazione di Julia che aveva messo gli occhi su Robin, e i commenti di Colette che ha seguito l'intervista in diretta. IN DIRETTA, Santo Cielo! E le mie lettrici? Cominceranno a tempestarmi di domande per cercare di scoprirne di più, faranno due più due e capiranno che il professore di sociologia di Amanda è lo stesso uomo che mi ha fatto perdere la testa?

Lo squillo del cellulare mi fa capire che non ho molto tempo per trovare scuse o per procrastinare il momento della resa dei conti.

Ma io non ho la forza di rispondere e, senza guardare il display, chiudo il cellulare e mi avvio lungo la Broadway, ondeggiando sui miei tacchi troppo alti.

CAPITOLO 20

Non ho fretta di arrivare al patibolo, perciò cammino piano guardando inebetita le vetrine. A un certo punto mi trovo davanti alla vetrina di un sexy shop. Sgrano gli occhi perché non è uno di quei negozi volgari, situato in qualche via laterale poco trafficata, ma un posto elegante che espone modelli di abbigliamento e oggetti sadomaso.

Una giovane coppia si sofferma a osservarla ridacchiando. Lei è la tipica ragazza acqua e sapone, capelli lunghi, riga in mezzo, jeans e T-shirt banali. Lui indossa pantaloni militari, stivali Dockers e ha la testa rasata. Confabulano un attimo, quindi entrano nel negozio, con passo sicuro.

Evidentemente il sadomaso continua ad andare forte, nonostante la mia rubrica.

Tiro dritto e continuo la mia lunga camminata finché, esausta e con i piedi maciullati dalle vesciche, non raggiungo l'ingresso del palazzo che ospita la redazione di «Manhattan Rumors».

Sono ancora stordita dall'intervista, dalla scarpinata, dalla visione di quella coppietta e quindi sicuramente sto avendo un abbaglio, ma l'uomo appoggiato al muro, vicino all'ingresso, è Robin!

Oddio, adesso mi insulterà, mi dirà che sono un'opportunista della peggior specie, che mi sono servita di lui e che non vuole più vedermi.

«Ciao diva», mi saluta.

Non sembra arrabbiato, anzi sta sorridendo in quel modo un po' sarcastico e sexy che mi piace tanto. Mi guardo intorno pensando che si stia rivolgendo a qualcun'altra ma non c'è nessuno dietro di me. Il mio cuore accelera i battiti e ho la sensazione che le guance prendano fuoco.

«Ciao», gli rispondo rendendomi conto che sarebbe sciocco fuggire.

«Bella intervista», continua, accarezzandomi con lo sguardo. Poi, come se si fosse accorto solo ora del mio vestito, mi guarda più attentamente.

«Sei molto sexy, più... voluttuosa, che cosa hai fatto?»

«Oh niente, ho solo mangiato troppi dolci perché ero in crisi ipoglicemica e...».

Lui si lascia andare a una risata. «Questa storia del sesso dolce ti ha preso un po' la mano, vero?»

«Un pochino».

Robin mi rivolge uno sguardo intenso e profondo. I nostri occhi si incontrano e quello che vedo nei suoi è un mare di dolcezza soffusa di un pizzico di vulnerabilità.

Mi faccio coraggio e gli chiedo: «Ti è piaciuta davvero?»

«Oh sì, è stata piuttosto istruttiva, anche se avrei preferito qualcosa di diverso da un proclama seguito dall'intero Stato di New York».

E ti pareva, lui non guarda mai la TV, proprio stavolta doveva fare un'eccezione!

«Lo so, hai ragione, ti chiedo scusa. Mi sono lasciata prendere la mano...».

«Ti staranno aspettando per festeggiare», riprende guardando l'ingresso.

«Preferirei fare una gastroscopia piuttosto che entrare là dentro», ribatto.

Robin sorride di nuovo. «Andiamo da me?».

Da qualsiasi parte piuttosto che nella fossa dei leoni. E lo seguo, docile come un agnellino, nella tana del lupo. Non appena entriamo nel suo loft-magazzino, vengo assalita da un'ondata di ricordi eccitanti che mi fanno tremare internamente.

«Vuoi qualcosa? Caffè, tè...».

Mi aspetto che aggiunga "me", ma lui non è così scontato.

«Sto bene così», replico.

«Allora Amy, eccoci qui», esordisce fissandomi di nuovo in quel modo, «due persone che hanno molto da imparare in tema di sentimenti».

Non ho il coraggio di guardarlo negli occhi, dopo quello che ho fatto.

«Io ci ho messo un po' per capire che ti amavo e per dirtelo, ma tu mi superi!».

«Avevo paura», gli confesso, «paura che non saresti stato capace di cambiare e di rinunciare alle altre. In fondo non so quasi niente di te e insomma, non mi fidavo...».

«Che cosa vuoi sapere?», mi chiede, serio.

«Be', da dove vieni, se hai una famiglia, com'eri da piccolo, quali studi hai fatto...».

«Sono nato a Montgomery, in Alabama. Non ho fratelli né sorelle, mio padre gestisce l'azienda di famiglia, un cotonificio, che in tempi come questi non è più solida come in passato. I miei avi erano dei latifondisti, proprietari di campi di cotone e di schiavi... Negli anni e soprattutto grazie a quel nonno di cui ti parlavo – lo sciupafemmine a cui pare io assomigli, amante non solo delle donne ma anche del gioco – gran parte del capitale è stato dissipato. Tuttavia i miei genitori hanno potuto pagarmi gli studi a Harvard, dove mi sono laureato in Sociologia. Da piccolo ero un secchione, ma ero anche un ragazzino brillante e molto ricercato dalle ragazze. Ho avuto un'infanzia e un'adolescenza felici, niente traumi, niente che valga la pena di raccontare o su cui scrivere un libro. Però ho preparato la tesi sulla storia della mia famiglia, partendo dall'Ottocento e inserendola nel contesto sociale dell'epoca. Tuttavia non mi sono mai interessato all'azienda di famiglia e mio padre non me ne ha mai voluto. Sapeva sin dal principio che le mie aspirazioni erano altre ed è molto orgoglioso della mia laurea a Harvard. Ma non del fatto che non mi sia ancora sposato. Secondo i miei genitori, che sono piuttosto all'antica, un uomo senza una famiglia è un uomo a metà. Ogni volta che sento mia madre, mi martella con le stesse domande: "Stai con qualcuna? Quando metterai la testa a posto? Stai invecchiando, vedrai dopo i quaranta, quando le donne smetteranno di correrti dietro e ti ritroverai da solo"...».

Così dicendo sorride sornione, come se sapesse che

una studentessa di vent'anni si è invaghita di lui. Sua madre non è molto aggiornata: non l'hanno informata che il sex appeal degli uomini dura molto di più di quello di noi donne?

«C'è altro che vuoi sapere?».

Oh sì, vorrei che mi dicessi con quante donne hai fatto l'amore e quali di queste donne hanno lasciato in te un ricordo indelebile... ma è meglio che non te lo chieda.

«Sì, vorrei sapere perché il giorno del Ringraziamento a Central Park, invece di rientrare con me come stabilito, mi hai fatto salire su un taxi».

«Ho avuto paura di quello che provavo. Non ero ancora pronto a mettere in discussione la mia vita, le mie abitudini. Così, per non affrontare il problema, ho preferito fuggire...».

«Oh, io sono un'esperta nell'arte della fuga», ammetto, «soprattutto dalle persone a cui tengo. Non so, è come una sorta di pudore che non riesco a superare. Mentre mi risulta più facile lasciarmi andare con dei perfetti estranei».

«Vedi? Abbiamo più cose in comune di quanto pensassimo», afferma prendendomi le mani. Percepisco immediatamente la corrente di energia che passa fra di noi, come se fossimo legati a doppio filo.

«Sono fiero di te», mormora Robin avvicinando il viso al mio, «avevo intuito che avevi delle potenzialità, ma con i tuoi articoli sei riuscita a stupirmi, per certi versi sono più incisivi della mia ricerca sulle differenze di genere».

«Grazie», replico impacciata.

Ma perché accetto volentieri i complimenti degli estranei e mi imbarazzo tanto quando a farmeli sono le persone a cui voglio bene?

«Conosci una certa Amanda? Dovresti perché è una tua studentessa», gli domando a bruciapelo per mascherare il mio disagio, «scommetto che è una cavallona con le gambe lunghe due metri, il seno e le labbra rifatte».

Robin mi guarda come se non sapesse di che sto parlando, ma subito dopo il lampo birichino che gli attraversa gli occhi mi fa capire che...

No, non ci credo, non ci posso credere...

«Tu non ti decidevi e allora ho cercato di accelerare un po' le cose», confessa accostando le labbra alle mie.

«Farabutto!», esclamo, prima che lui mi chiuda la bocca con un bacio. Fingo di ribellarmi ma non resisto all'infinita dolcezza delle sue labbra che si fanno via via più calde e ardenti, alla sua lingua che si intreccia alla mia e poi si insinua in me con una passione che non ricordavo così intensa. Ora mi sta spogliando, e io sono talmente eccitata che non mi ricordo più di essere grassa se non quando lui, dopo avermi tolto il vestito, esclama: «Santo cielo, sei una bomba!».

«Sono grassa», ammetto impedendogli di togliermi il reggiseno.

«Stai scherzando?», ribatte lui, strappandomelo di dosso. Segue una specie di corpo a corpo in cui si intrecciano mani e braccia finché, ovviamente, lui ha la meglio e il reggiseno va a finire in un mucchietto bianco sul pavimento.

Robin sta ammirando il mio seno generoso, per non

dire esagerato, facendomi arrossire e impedendomi di nasconderlo con le mani.

«Adoro le donne dalle curve generose, non so proprio chi abbia messo in giro la voce che a noi uomini piacciono le top model», commenta.

Dopotutto mia madre aveva ragione. Agli uomini piace avere un po' di carne intorno all'osso!

Resta da vedere se avrò il coraggio di portare in giro la mia taglia 44. Ma potrebbe anche darsi che ora che riprenderò a fare sesso dolce, non abbia più bisogno di mangiare cioccolato e che quindi dimagrisca in maniera naturale!

Non avrei mai pensato che fare l'amore con qualche chilo in più nei punti strategici fosse così eccitante. Robin è deliziato dalle mie curve e non la smette di accarezzarle, toccarle e baciarle gemendo per la soddisfazione di avere a disposizione tanto bendidio. Come se io fossi uno di quei cesti di frutta matura e profumata da cui servirsi a piene mani.

Mr Rob si sta comportando in maniera eccellente: vivo, pulsante, pronto a soddisfare i miei desideri, è evidente quanto gli sia mancata.

A un certo punto mi ritrovo a tu per tu con lui. Sì, è decisamente più grande e grosso di quanto ricordassi. Lo fisso in quel suo occhietto cieco ma in qualche modo vispo per un attimo, poi lo bacio con infinita tenerezza. La sua improvvisa impennata mi fa capire che è molto felice di avermi ritrovato e chissà perché il mio pensiero corre a Mr Rabbit, destinato a rimanere per il resto dei suoi giorni confinato nella sua scatola ad accumulare polvere. E provo una pena infinita per lui.

Per la prima volta considero Mr Rob non più uno strumento di piacere ma una parte del mio uomo che mi appartiene veramente. Un giocattolo con cui mi trastullerò ancora per molto tempo.

Robin, dopo avermi baciato a lungo e non solo sulla bocca, è sopra di me e in me. Stringo le gambe intorno ai suoi fianchi, per costringerlo ad affondare ancora di più, per sentirlo fino in fondo e fondermi con lui.

Essere una cosa sola è un'esperienza straordinaria, una delle poche per cui valga la pena di vivere.

Robin mi rivolge uno sguardo dolce e pieno d'amore che mi fa perdere il controllo e… perché si è fermato?

Lo fisso con aria interrogativa supplicandolo di andare avanti e stringendolo a me come in una morsa.

«Non ti sei dimenticata di dirmi qualcosa?», sussurra con quel sorriso ironico.

Mi specchio nei suoi occhi scuri e lucenti e vedo sfilare davanti a me la nostra storia, come dicono accada prima di morire quando si rivivono i momenti salienti della propria vita.

Robin non è Brad Pitt e io non sono Jennifer Aniston, siamo solo un uomo e una donna, le due parti di un tutto anticamente unito, poi gettate nell'universo, a caso. La possibilità di ritrovarsi era una su un miliardo, ma a noi due è accaduto.

«Ti amo», sussurro.

«Finalmente». E riprende a muoversi dentro di me portandomi in Paradiso.

RINGRAZIAMENTI

Un grazie di cuore alle mie amiche scrittrici che, con il loro sostegno e affetto, mi fanno sentire più brava di quello che sono, ma soprattutto meno sola.

Francesca-Sherlock Holmes: impareggiabile collega di penna e amica (sempre per mano!).

Silvana: scrittrice di grande sensibilità e mamma per vocazione.

Leda: autrice raffinata e donna straordinaria.

Lucia: scrittrice eclettica e valida graphic designer.

A tutte le amiche del Salotto: siamo una bella squadra!

Desidero inoltre ringraziare la mia agente Maria Cristina Guerra e la mia editor, Alessandra Penna, per la loro disponibilità e professionalità.

INDICE

Anagramma

Ultimi volumi pubblicati

Federica Bosco, *S.O.S. amore*
Federica Bosco, *Innamorata di un angelo*
Sara Shepard, *Giovani, carine e bugiarde*
Fiona Neill, *Il profumo del tè e dell'amore*
Sara Shepard, *Giovani, carine e bugiarde. Divine*
Federica Bosco, *Il mio angelo segreto*
Melissa Hill, *Un regalo da Tiffany*
Jane Corry, *Il segreto della collana di perle*
Laila al-Uthman, *Il messaggio segreto delle farfalle*
Leah Fleming, *La strada in fondo al mare*
Amy Bratley, *Amore zucchero e cannella*
Najat El Hachmi, *La città degli amori infedeli*
Niamh Greene, *Ti amo ti odio mi manchi*
Karen Swan, *Un diamante da Tiffany*
Allegra Goodman, *La collezionista di ricette segrete*
Melissa Hill, *Innamorarsi a New York*
Ali McNamara, *Colazione da Darcy*
Rebecca Chance, *Donne con il tacco 12*
Helen Warner, *Quattro donne e un matrimonio*
Ersi Sotiropoulos, *Il sentiero nascosto delle arance*
Kaui Hart Hemmings, *Paradiso amaro*
Marjorie Hart, *I love Tiffany*
Fiona Neill, *Le cattive ragazze scelgono l'uomo giusto*
Roisin Meaney, *Cupcake Club*
Emma Pearse, *La seconda vita di un cane speciale*

Amanda Addison, *Taglia, cuci, ama*
Elizabeth Loupas, *La lettrice di fiori*
Federica Bosco, *Un amore di angelo*
Jane Corry, *La donna con l'anello di rubini*
Ami Sakurai, *Un mondo innocente*
Karen Swan, *Un regalo perfetto*
Cynthia Ellingsen, *Amori impossibili e fragole con panna*
Eleanor Prescott, *Seduzione, attrazione e tradimenti*
Marisel Vera, *Io credo nell'amore*
Sara Shepard, *Giovani carine e bugiarde. Perfette*
Daniela Farnese, *Via Chanel N°5*
Milly Johnson, *Un indimenticabile autunno d'amore*
Lucinda Carrington, *90 giorni di tentazione*
Allison Sherlock, *Domani mi sposo*
Dana Bate, *A cena dai suoi*
Trisha Ashley, *Cosa indossare al primo appuntamento*
Raj Kumar, *Il peccato*
Miranda Dickinson, *Iniziò tutto con un bacio*
Niamh Greene, *Sarà perché ti amo*
Jenny Nelson, *Love Kitchen*
Charlotte Betts, *Il giardino delle spezie segrete*
Dan Rhodes, *Il bello della vita*
Anna Premoli, *Ti prego, lasciati odiare*
Anna-Lou Weatherley, *La rivincita delle mogli*
Indigo Bloome, *Incontri proibiti. La Seduzione*
Indigo Bloome, *Incontri proibiti. La Tentazione*
Indigo Bloome, *Incontri proibiti. La Passione*
Evie Hunter, *L'iniziazione*
Lindsey Kelk, *I Love New York*
Jessica Sorensen, *Non lasciarmi andare*
C.L. Parker, *La proposta*
Vanessa Greene, *Biscotti, dolcetti e una tazza di tè*
Roisin Meaney, *Cose incredibili che facciamo per amore*
Jessica Sorensen, *Tienimi con te*
Rebecca Chance, *Amori, bugie e tacchi alti*

Leah Fleming, *La mappa segreta dell'amore*
Rebecca Chance, *Amori bugie e tacchi alti*
AliMcNamara, *Innamorarsi a Notting Hill*
Sara Shepard, *Giovani, carine e bugiarde. Incredibili*
Helen Warner, *È tutto nei tuoi sogni*
Elisa Amoruso, *Buongiorno amore*
Karen Swan, *Shopping da Prada e appuntamento da Tiffany*
Barbara Delinsky, *Mai più noi due*
Clare Dowling, *Amore a tempo perso*
Amy Bratley, *L'amore della mia vita*
Daniela Farnese, *I love Chanel*
Kathleen Tessaro, *La collezionista di profumi segreti*
Carolina Garcia-Aguilera, *Magnolia*
Nick Spalding, *Le due facce dell'amore*
Carmen Reid, *Shopping con le amiche*
Dina Silver, *Linea rosa*
Juliette Sobanet, *Una notte a Parigi per innamorarsi*
Sue Watson, *Coincidenze che fanno innamorare*
Portia Da Costa, *La promessa. L'incontro*
Portia Da Costa, *La promessa. L'insegnamento*
Anna Premoli, *Come inciampare nel principe azzurro*
Anna-Lou Weatherley, *Mogli infedeli*
Nicola Doherty, *Innamorarsi a Central Park*
Milly Johnson, *Un indimenticabile Natale d'amore*
Lauren Myracle, *Il nostro infinito momento*
Sara Tessa, *L'uragano di un batter d'ali*
Stella Knightley, *La ragazza dietro la maschera*
Cynthia Ellingsen, *Maledetto il giorno che ti ho amato*
Evie Hunter, *Piacere proibito*
Daniela Sacerdoti, *Ho bisogno di te*
Anisha Rai, *La devozione*
Emma Chase, *Non cercarmi mai più*
Rebecca Donovan, *Una ragione per amare*
Jessica Sorensen, *Con te sarà diverso*
Veronica Q, *Confessioni di una baby prostituta*